ullstein

Natürlich hatte Nele zugenommen – das konnte sie nicht leugnen. Aber als der Fahrkarten-Kontrolleur auf der Rückfahrt von Berlin nach Hamburg einen Fahrgast anherrscht: »Machen Sie bitte Platz für die schwangere Dame!« ist das Maß voll. Es muss etwas passieren – und zwar dringend! Widerwillig meldet sich Nele zu einer Fastenkur an – in einem Fasten-Boot-Camp in einem neuen Resort auf Sylt. Fastenkuren sind gerade total im Trend, fast alle von Neles Kolleginnen oder Freundinnen machen eine – oder haben bereits eine gemacht. Trotz ihrer Angst nimmt sie all ihren Mut zusammen – und fährt los. Aber ist Dünnsein wirklich die Lösung?

CLAUDIA THESENFITZ, 1967 geboren, hat lange festangestellt als Chefreporterin bei *Tempo* und *petra* gearbeitet, bevor sie sich 2001 als freie Autorin und Journalistin selbstständig machte. Sie schreibt für alle großen Frauen-Zeitschriften und Magazine (*emotion, Brigitte, petra, maxi, Für Sie, Cosmopolitan, Gala* uvm.) und hat unter anderem die Autobiografien von und mit Nena (2005, Luebbe), Dieter Wedel (2008, Luebbe) und Uwe Ochsenknecht (2013, Luebbe) geschrieben.

Von Claudia Thesenfitz sind in unserem Hause bereits erschienen: *Sylt oder Selters · Meer Liebe auf Sylt · Sylt oder solo · Mit James auf Sylt*

Christina

claudia
thesenfitz

sylt oder sahne

Ein Glücksroman

Ullstein

Besuchen Sie uns im Internet:
www.ullstein-buchverlage.de

MIX
Papier
FSC® C083411

Wir bedanken uns für die Abdruckgenehmigung von:
Dicke Mädchen haben schöne Namen
Text und Musik: H. Schöner, J.-P. Fröhlich,
H. Krautmacher, P. Werner
Mit freundlicher Genehmigung © Vogelsang Musikverlag

Originalausgabe im Ullstein Taschenbuch
1. Auflage April 2020

Umschlaggestaltung: Favoritbuero GbR, München
Titelabbildung: Landschaft © Drepicter / shutterstock;
Segelschiff: © Olesya Kuznetsova / shutterstock;
Möwen: © Roman Sigaev / shutterstock;
Krabbe: © ekkapon / shutterstock;
Blumen: © Maksym Bondarchuk / shutterstock;
Cupcake: © Ruth Black / Shutterstock;
Himmel: © Elenamiv / shutterstock;
Frau springend: © Ana Silva / EyeEm / getty images;
Frau tanzend: © Sean Justice / getty images
Gesetzt aus der Quadraat Pro powered by pepyrus.com
Druck und Bindearbeiten: CPI books GmbH, Leck
ISBN 978-3-548-29144-4

Für alle Genussmenschen

Durch die Leidenschaften lebt der Mensch,
durch die Vernunft existiert er bloß.
Nicolas Chamfort

Dicke Mädchen können besser singen,
weil ihre Körper einfach besser klingen.
Dicke Mädchen sind die idealen,
selbst Rubens wollte keine andren malen.
Kölner Karnevalslied

- 1 -

»Würden Sie der schwangeren Dame bitte Platz machen?«

Zunächst hoffte Nele noch, sich verhört zu haben. Aber als der Schaffner, der mit diesen Worten im knallvollen ICE Hamburg-Berlin gerade einen jungen Polohemdträger von seinem Sitzplatz verscheucht hatte, auffordernd in ihre Richtung nickte, wurde ihr klar, dass sie gemeint war. Sie, Nele Rickmers, 52 Jahre alt – und eindeutig NICHT schwanger!

Sie war vor Entsetzen wie gelähmt. So weit war es nun also schon: Wegen ihres Bauchumfangs wurde sie für schwanger gehalten! Am liebsten wäre sie vor Scham im Boden versunken. Selten hatte sie sich in ihrem Leben gedemütigter gefühlt.

Wenn es irgendein Alarmsignal gab, auf das sie gewartet hatte, damit sie endlich ihr Leben änderte, dann war es jetzt ertönt: laut, rot und schrill!

Nele war immer schon zu dick. Nicht wirklich – aber gefühlt. Wenn sie Fotos von früher herauskramte, kam ihr ihr »Zu dick«-Gefühl lächerlich vor, denn auf den Bildern sah sie vollkommen normal aus. Gut proportioniert zwar, aber durchaus noch schlank.

Heute war ihr »Zu dick«-Gefühl jedoch ganz real: Sie wog 101,6 Kilo bei 176 cm Körpergröße. Das ergab einen BMI von 32,6 – und damit war sie eindeutig übergewichtig. »Fettleibig. Adipositas Grad I«, befand der gnadenlose Online-BMI-Rechner. So sah es aus.

Mit jedem Lebensjahr waren ein paar Pfunde dazugekommen – wie Jahresringe eines Baumes – und hatten ihren Umfang vergrößert. Und nun, mit 52 Jahren, hatte der Stamm, also ihr Körper, einen stattlichen Durchmesser erreicht.

Ihr Bauchumfang konnte durchaus mit den Bierwampen von Fernfahrern oder frustrierten Familienvätern mithalten – oder mit dem von schwangeren Frauen im siebten Monat ...

Resigniert ließ Nele sich auf den frei gewordenen Platz plumpsen. Die alte Dame neben ihr lächelte ihr verständnisvoll zu. »Wann ist es denn so weit?« Nele hätte am liebsten laut aufgeheult.

Der Tag hatte schon vormittags albtraumartig begonnen, als ihr Chef, Alexander von Reutlingen, ein stets braun gebrannter, spindeldürrer Alster-Segler, der einer alteingesessenen Hamburger Kaufmannsfamilie entstammte, sie gebeten hatte, den Ausflug der beiden Schulpraktikantinnen in der Berliner Niederlassung der Immobilienfirma zu begleiten, in der sie seit über acht Jahren als Grafikerin arbeitete. Die Kollegin, deren Aufgabe dies eigentlich war, hatte sich krankgemeldet, und Herr von Reutlingen konnte niemand anderen entbehren. Na prima! Es war Juni, es war heiß – und Nele hasste Bahnfahren. Und Berlin.

Yasemin und Larissa, die beiden 16-jährigen Praktikantinnen mit Migrationsvordergrund, tänzelten in ihren gürtelbreiten Miniröcken schon aufgeregt im Flur herum, als Nele nach ihrem Blazer und ihrer Tasche griff, um mit den beiden zum Taxi zu eilen.

Auf der Hinfahrt hatte sie im ICE zum Glück ihre Ruhe, weil die beiden tief dekolletierten Grazien in der Sitzreihe vor ihr Platz genommen hatten und sich kichernd mit ihren iPhones beschäftigten. Nele verzehrte derweil genüsslich zwei knusprig mit Käse überbackene Croissants, die sie sich schnell bei Le Crobag geholt hatte, schlürfte einen Cappuccino und freute sich über die unerwartete, angenehm klimatisierte Pause.

Die Freude währte nicht lange: In der Berliner Schwesternfiliale angekommen, die sich auf hippe, innovative und klimaneutrale Objekte spezialisiert hatte und deshalb viele prominente Sänger und Schauspieler zu ihren Kunden zählte, schien Nele in einem Hungercamp gelandet zu sein: Eine Mitarbeiterin war jünger und schlanker als die andere. Sie sahen so ausgezehrt und verhungert aus, dass sogar die beiden dürren Teeniegirls plötzlich zu viel auf den Rippen zu haben schienen.

Nele kam sich in dieser Umgebung vor wie ein Walross unter Flamingos. Wie Reiner Calmund unter Balletttänzern. Wie ein Bernhardiner unter Chihuahuas – und dazu noch uralt. Ein Auslaufmodell, für das es keine Nachfrage mehr gab. Wenn die Berliner Kolleginnen sparsame, hochmoderne E-Autos waren, dann war sie eine amerikanische Cadillac-Super-Plus-Benzinschleuder mit viel zu hohem Verbrauch. Vermutlich war ihr CO_2-Ausstoß tatsächlich höher als der dieser Skelette, überlegte sie beschämt.

Der Berliner Magertrupp hatte nicht das geringste Interesse an den beiden Praktikantinnen und zog die Führung deshalb widerwillig im Eiltempo durch. So hatten sie vor der Rückfahrt noch zwei Stunden Zeit, und Nele schlenderte mit den Teeniegrazien noch ein bisschen über den Ku'damm, wo sie die Schaufenster der Luxusboutiquen bestaunten.

Gucci, Prada, Chanel, Dolce & Gabbana – noch nie hatte Nele in einem dieser Gazellenshops eingekauft, in denen ausschließlich Klamotten in Embryogrößen zu hängen schienen. Auch die offiziellen Damenjeansgrößen der Markenhersteller (G-Star, Levis, Lee etc.) gingen nur bis 31. Ein Witz. Die hatten ihr schon mit 30 nicht gepasst. Sie würde nie eine Gazelle sein, auch wenn sie 20 Kilo abnahm. Dazu war ihr Körperbau einfach zu kräftig.

Ihren Körperumfang kaschierte Nele bevorzugt mit weiten, übergroßen schwarzen Blazern (Schwarz machte schließlich schlank) aus der Herrenabteilung – und selbst dort brauchte sie bereits Konfektionsgröße 52. Hemden, Kleider, weite T-Shirts, Elastik-Jeans und Westen komplettierten ihr Outfit. Sportliche Daunenwesten waren ihr neuester Kaschiertrick, denn die verhüllten zuverlässig ihren Bauch.

Was ihr Äußeres betraf, so mochte Nele es gerne unkompliziert: Als Make-up benutzte sie lediglich Wimperntusche und Kajal, und ihre halblangen braunen, immerhin noch gänzlich ungefärbten Haare trug sie meist zum Pferdeschwanz gebunden, weil das morgens am schnellsten ging.

Dankbar war sie auch für den aktuellen Stan-Smith-Sneakers- und Birkenstocksandalen-Trend, der ihr erlaubte, ihr Gewicht wahlweise in bequemen weißen Turnschuhen oder Gesundheitslatschen durch die Gegend zu tragen.

Als Yasemin und Larissa einen H & M-Store entdeckten, stürmten sie hinein, ohne sich nach Nele umzugucken. Sie hatte Mühe, den beiden zu folgen, die in Windeseile diverse Kleider von den Ständern rissen und damit zur Umkleidekabine hasteten. Während die beiden kreischend und kichernd Trägerkleidchen probierten, betrachtete Nele sich im Spiegel – was ein schwerer Fehler war: Von oben, also vom Blickwinkel ihres Kopfes aus, sah sie deutlich schlanker aus als der Moppel, der ihr nun aus dem Spiegel entgegenblickte. Als sie sich von der Seite ansah, wurde ihr übel. Sie sah aus, als hätte sie einen Gymnastikball verschluckt.

Eine Zeile aus dem Song »Dicke« von Marius Müller-Westernhagen fiel ihr ein:

Für Dicke gibt's nichts anzuziehen
Dicke sind zu dick zum Fliehen

Sie hatten auf der Rückfahrt gerade den Bahnhof Potsdam passiert, als der freundlich gemeinte »Schwangeren«-Support des Schaffners ertönte, woraufhin Yasemin und Larissa in einen nicht enden wollenden Prustanfall ausbrachen. Das

Erlebnis gab Nele endgültig den Rest. Es musste etwas geschehen – und zwar pronto.

Als sie gegen 19 Uhr wieder in ihrer kleinen Wohnung ankam, zog sie sich aus und stellte sich für eine gnadenlose Bestandsaufnahme vor den Spiegel: Sie hatte grüne Augen, einen sinnlichen Mund, eine kleine Nase und alles in allem eigentlich ein sehr hübsches Gesicht – aber dann: Ein bisschen tiefer nahm das Drama schon seinen Lauf in Gestalt eines Doppelkinns, das manchmal auch dreifach wurde, wenn sie unvorteilhaft lachte. Ihre Brüste waren zwar klein und noch relativ fest, doch darunter lauerten zwei Hüftringe am Bauch, ein ausufernder Kardashian-Hintern und dellige, wabbelige Oberschenkel, die aussahen, als wären sie lieblos und nicht besonders fest mit Schaumstoffflocken gefüllt worden. Beim Laufen scheuerten sie zudem neuerdings unangenehm aneinander.

Wegen der Hüftringe konnte sie bei der Intimrasur ihre Schamhaare nicht mehr sehen. Sie musste sich blind rasieren bzw. mit der einen Hand ihre Hüftringe anheben und mit der anderen versuchen, den Rasierer halbwegs sinnvoll einzusetzen. Es war schrecklich demütigend. Wann hatte wohl Reiner Calmund zum letzten Mal seinen Schniedel von oben gesehen?, fragte sie sich.

Bodyshaming war zwar verpönt, aber Body Positivity – also schmeichelnde Komplimente an sich selbst – machte auch keinen Sinn. »Ich finde euch wunderschön, liebe Stampfbeine!« – Wer sollte das denn glauben? Resigniert schlüpfte Nele wieder in Jogginghose und T-Shirt. Ihre Figur war ihr vollkommen entglitten. Sie sah aus wie ein Exponat von Niki de Saint Phalle, wie das Michelin-Männchen – oder Barbapapa. Sie hatte jegliche Kontur verloren. Um wieder in Form zu kommen, müsste sie zehn Kilo abnehmen, besser 20.

Nele beschloss, ihr Leben wieder in die Hand zu nehmen und ihren Körper endlich aus der Fettfalle zu befreien. Es nützte nichts: Sie musste den Stier bei den Hörnern packen, wenn sie nicht irgendwann mit 180 Kilo bei »The Biggest Loser« landen wollte.

- 2 -

Die Pfunde navigierten Neles Leben – ein außergewöhnlich monotones, *»... und täglich grüßt das Murmeltier«*-artiges Leben:

Seit über 20 Jahren lebte sie in einer Zweizimmerwohnung in der Hamburger Mansteinstraße, einer wunderschönen Wohnstraße mit vielen stuckverzierten, weiß getünchten Altbauten und hohen Kastanienbäumen. Ihre Wohnung lag im fünften Stock und hatte einen kleinen Balkon zum Hinterhof.

Jeden Morgen stand sie um sieben Uhr auf, duschte, frühstückte und fuhr mit der U-Bahn zur Arbeit in das schicke Immobilienbüro in der Innenstadt.

Mittags drückte sie sich meistens vor dem Kantinenessen mit den überwiegend schlanken Kolleginnen. Normales Gesprächsgeplänkel fiel ihr schwer. Sie wollte sowieso nichts über sich erzählen (was auch?) und auch nichts über das ach so tolle und aufregende Leben der anderen erfahren.

Stattdessen schlenderte sie durch die glanzvollen Shoppingmalls der Innenstadt und schaute sich Kleider an, die sie sich nicht leisten konnte – die ihr aber tröstlicherweise auch niemals passen würden. Die kleinen Spaziergänge endeten regelmäßig in irgendwelchen Coffeeshops oder Imbissen, wo sie einen viel zu fetten und kohlenhydratreichen Lunch zu sich nahm.

Gegen 17 Uhr fuhr sie nach Hause, ging einkaufen, kochte oder nahm sich aus einem Restaurant etwas mit und aß in der Küche oder auf dem Balkon zu Abend. Ab und an traf sie sich auch mit einer Freundin, aber diese Dates waren seltener geworden – weil das Fernsehprogramm immer wichtiger geworden war.

Die TV-Zeitung bestimmte ihre Abende: Jeden zweiten Donnerstag, wenn eine neue Ausgabe von TV14 erschien, ging sie beim Abendessen Seite für Seite akribisch durch und kreuzte die Sendungen an, die sie sehen wollte. Meist waren es drei oder vier Kreuze pro Abend.

Da sie das Onlinedating schnell wieder aufgegeben hatte, weil sogar ihre dünneren und jüngeren Freundinnen dabei nur Freaks trafen, fläzte sie sich nach dem Essen vor ihren großen Flachbildfernseher auf ihre »Versuchung« (ihre verlockend gemütliche IKEA-Lounge-Landschaft) und ließ das Programm auf sich niederflimmern, während ihre Katze Mausi-Maus auf ihrem Bauch schnurrte.

Ihr Leben fand nur noch virtuell statt – und nicht mehr analog. Ihre Freunde und Bekannten waren Serienstars und Kochshowmoderatoren – ihre Katze Mausi-Maus und ihre Basilikumpflanze Helga, die erstaunlicherweise schon sieben Wochen an ihrem Küchenfenster überlebt hatte, obwohl Supermarkt-Basilikumtöpfe doch meist schon nach ein paar Tagen eingingen.

Gegen Mitternacht, wenn ihre Augen vom Netflix-Amazon-Prime- oder Mediatheken-Dauergestreame langsam quadratisch wurden, ging sie zu Bett und schlief einsam und gelangweilt ein. Es war nicht zu leugnen: Sie führte das Leben einer Rentnerin – und das mit Anfang 50!

Die Liebe prallte an Nele ab wie ein Flummi an einer Betonwand. Immer wieder, immer weiter, immer deutlicher.

Sie war einsam. Verdammt einsam sogar. Aber das würde sie niemals zugeben. Nicht vor ihren Freunden – und erst recht nicht vor ihren Eltern oder Geschwistern. Stattdessen behauptete sie stets, unglaublich gern allein, also ein Single aus Überzeugung zu sein. Eine infame Lüge. Nichts war weniger wahr.

Die Liebe wollte partout nicht zünden, der Funke nicht überspringen. Und Nele hatte die Ursache dafür ausgemacht: Es war ihr Gewicht! Ihr Körperumfang war schuld daran, dass die Liebe vor ihr zurückschnellte wie ein Crashtest-Dummy. Seit die Zahl auf der Waage dreistellig geworden war, glaubte sie nicht mehr, dass irgendjemand sie liebenswert, erotisch oder sexy finden könnte.

- 3 -

»Fasten ist der beste natürliche Resetknopf, den man drücken kann!«

Dieser verheißungsvolle Slogan sprang Nele von der Website des Hotels »Seemöwe« entgegen, das in Hörnum auf Sylt Fastenwandern nach Buchinger anbot. Durch die Kombination von täglichen vierstündigen Spaziergängen und einer einzig aus Gemüsesäften bestehenden Ernährung versprach das optimistisch strahlende Ernährungsteam des Hotels den »Aufbruch in ein neues Lebensgefühl!«.

»Hier können Sie sich neu erfinden und Ihren Körper auf Werkseinstellung zurücksetzen«, waren sich die Seemöwler sicher und präsentierten zum Beweis Fotos von lauter dünnen Menschen mit glücklichen Gesichtern, die braun gebrannt, gut gelaunt und entspannt am Strand entlangmarschierten. Nur die öde Funktionskleidung, die alle trugen, störte das Bild.

Fasten war der aktuelle »heiße Scheiß« und plötzlich genauso angesagt wie Carsharing, Clean Cuisine, CO_2-Reduktion, Crowdfarming, Flugscham, Fair Trade, Die Grünen,

Mikroplastikverbote, Trump-Bashing und biologische oder vegane Ernährung. Die ganze Welt kasteite und reduzierte sich, verzichtete und hielt Maß, so schien es. Und fastete dazu noch wahlweise in Intervallen wie Eckart von Hirschhausen – oder radikal mit diversen anderen Programmen. Das Internet quoll über von Angeboten, Websites und Erfahrungsberichten. Erstaunlich viele Menschen fasteten regelmäßig, es gab eine richtige Fastencommunity, entdeckte Nele verblüfft. Viele hatten eigene Methoden entwickelt, wie zum Beispiel nicht auf Kaffee zu verzichten, dafür aber auf Glaubersalz und die Einläufe.

Der »Ernährungskompass« von Bas Kast führte seit Monaten die Bestsellerliste an, denn: Heute aß man nicht mehr, man »ernährte« sich – und das möglichst bewusst! Als Nele Kind war, sollte sie noch den Teller leer essen. Es gab Leber und Nierchen, und kein Mensch achtete auf Kalorien, Schwermetalle oder Antibiotika.

Laktoseintoleranz, Glutenunverträglichkeit – Essen war zum kulinarischen Minenfeld geworden: Zucker, Weizen, rotes Fleisch, industriell verarbeitete Lebensmittel, Salz – alle möglichen Nahrungsmittel waren plötzlich gefährlich und damit hochexplosiv.

Es gab kaum noch etwas, das man unbeschwert zu sich nehmen konnte, es sei denn, es war vegan, regional, saisonal, klimaneutral– und natürlich streng biologisch. Bei dieser Art von Ernährung wurde man automatisch dünn, und das war auch Absicht, denn dünn sein war die neue Rolex. Das aktuelle Statussymbol der Reichen, Erfolgreichen und Schönen. War man dünn, so bewies man dadurch, dass man sein Leben im Griff hatte. Seinen Gelüsten nicht nachgab, den Schweinehund bezwungen hatte. Kurz: Stark war! Psychisch und physisch.

Wer es von sich aus nicht schaffte oder Opfer von McDonald's, Cola und Industriefood geworden war, meldete sich bei Kalorien-Kill-Shows wie »Rosins Fettkampf – lecker schlank mit Frank«, »Extrem schwer – mein Weg in ein neues Leben« oder »The Biggest Loser« an. Im Fernsehen bekam ständig irgendwo jemand »sein Fett weg«.

Fasten war hip – seit einer Stunde googelte Nele sich bereits durch das unendliche Angebot der zahlreichen Ratgeber-Websites. Innere Reinigung war offenbar ein menschliches Urbedürfnis. In allen Religionen, ob Buddhismus, Islam, Juden- oder Christentum, wurde seit Jahrtausenden gefastet. Und überall wurde vom »Fastenhoch« geschwärmt, einem geradezu orgiastischen Hochgefühl und glücksrauschartigen Zustand, der sich angeblich nach drei bis vier Hungertagen einstellte. »Der wahre Kern kommt heraus. Der innere Ruhepunkt wird entdeckt, eben die innere Heimat«, wurde Heilfastenprofi Otto Buchinger zitiert.

Verschiedene wissenschaftliche Untersuchungen hatten ergeben, dass sich während einer Fastenperiode rund fünf Prozent geschädigte Körperzellen abbauten und dadurch Platz für neues Zellmaterial schufen. Das Hautbild, speziell Cellulite, wurde durch die Entwässerung des Bindegewebes angeblich deutlich verbessert. »Fasten ist der Königsweg der Tiefenreinigung", behauptete Detox-Expertin Margot Hellmiß.

Drei bis sechs Kilo pro Woche nahm man außerdem

angeblich bei dieser Art der Askese-Ekstase ab, aber schon beim Studieren der diversen Erfahrungsberichte wurde Nele hungrig. Einschränkungen und Verbote hatten bei ihr bislang stets zur Folge gehabt, genau DAS gerade (!) zu machen, was untersagt war. In diesem Fall also essen.

Um ihrer Motivation, die gerade merklich bröckelte, einen ultimativen Tritt in den Arsch zu geben, startete sie einen telefonischen Rundruf unter ihren Schwestern: »Sag mal bitte ganz ehrlich jetzt: Findest du mich zu dick?«, fragte sie ihre drei Jahre jüngere Schwester Merle, die aussah wie ein Model und seit 14 Jahren glücklich verheiratet war.

»Hm«, druckste die herum. »Der Magertrend ist natürlich Quatsch, aber ein bisschen abnehmen könntest du schon.«

Nele schluckte, was Merle natürlich genau registrierte.

»Ich glaube einfach, mit ein paar Kilos weniger sähest du viel besser aus, Süße«, beschwichtigte sie.

Ihre fünf Jahre jüngere Schwester Rike sagte dasselbe, und sogar ihr Chef, Alexander von Reutlingen, war erstaunlicherweise sofort bereit gewesen, ihr Urlaub zu geben, als Nele ihm am nächsten Morgen ihr Vorhaben gestand.

»Das finde ich wirklich toll, Frau Rickmers«, lobte er begeistert. »Sie werden sehen, es lohnt sich!« Aufmunternd klopfte er mit seiner sehnigen Hand auf ihre Schulter, wodurch sein Ehering schmerzhaft an ihr Schlüsselbein schlug. »Sie werden danach ein vollkommen neues Körpergefühl haben! Ich faste auch einmal im Jahr.«

Er strahlte sie solidarisch an.

»Ich hätte da auch einen Supertipp für Sie«, strahlte er.

»Ich habe vor zwei Jahren die Berliner Brüder Jessen beraten, die einen Familienbetrieb in Hörnum auf Sylt geerbt haben und ein paar Erbstreitigkeiten mit der restlichen Verwandtschaft bewältigen mussten. Die Jungs haben das Hotel in ein wirklich großartiges, sehr innovatives Wellnesszentrum umgewandelt – alles vorbildlich nachhaltig und ökologisch. Ich war letztes Jahr selbst mal da, wirklich zwei sehr ambitionierte Kerle …«, schwelgte er. »›Seemöwe‹ heißt das Start-up – googeln Sie einfach mal!«

Er zwinkerte ihr zu, worüber Nele etwas erschrak, denn das hatte er bislang noch nie gemacht.

»Und viel Erfolg!« Über die Schulter den Daumen hochstreckend, verließ er den Raum.

Nun denn, dann gab es jetzt ja wohl kein Zurück mehr. Nele war durch Herrn von Reutlingens Ritterschlag offenbar unwiderruflich ein Teil der Körperbewusstseins-Community geworden, des fitten Teils der Bevölkerung.

Widerwillig meldete sie sich abends im Hotel »Seemöwe« an, dem viel gelobten Fasten-Bootcamp in idyllischer Lage am Rande der Hörnumer Düne, denn eigentlich fand sie es total pervers, viel Geld dafür zu bezahlen, zwei Wochen lang nichts zu essen zu bekommen.

Die »Seemöwe« war ein weißes dreistöckiges Gebäude, das in dritter Generation von zwei Berliner Zwillingsbrüdern übernommen worden war. Mit ihren langen Bärten und Hipster-Dutts sahen sie aus wie Tom und Bill Kaulitz. (Wegen ihrer Jedi-Ritter-Behaarung allerdings gerade eher wie Tom.)

Sie warben damit, ihr Gemüse auf gepachteten Ackerflächen bei Berlin, Morsum und im Hotelgarten selbst anzubauen. Vor zwei Jahren hatten sie das ehrwürdige, aber sehr heruntergekommene Hotel übernommen und aufwendig saniert, wie eine Vorher/Nachher-Bildstrecke eindrucksvoll bewies. Nun dominierten schadstofffreie und regenwaldschonende Hölzer und Baustoffe sowie eine minimalistische Möblierung das Interieur. Yoga-, Fasten- und Achtsamkeitsseminare bildeten das Wellnessangebot.

Die Bewertungen auf Trivago, Google und booking.com waren durchweg hervorragend, deshalb füllte Nele hoffnungsvoll das Anmeldeformular für die 14-tägige Fastenkur aus, die in drei Wochen beginnen sollte und für die es dank einer Absage noch genau einen Platz gab. Schicksal oder Pech? Nele wertete es als Vorsehung und klickte auf »senden«.

- 4 -

Das grün schimmernde Meer, das Nele schon als Kind so geliebt hatte, leckte am Rumpf der Syltfähre, mit der Nele drei Wochen später auf die Insel reiste. Es war ein schöner klarer Sommertag Anfang Juli. Der Himmel hatte sich das knallblaueste Knallblau aus der RAL-Skala angezogen, vor dem die weißen Möwen, die kreischend die Fähre umkreisten, scharf kontrastierten.

Mit ihrem Vater war sie früher oft auf der Ostsee gesegelt. Das klare Wasser, das Gefühl von totaler Freiheit und die sich entfernenden oder näher kommenden Küstenstriche – all das hatte sich Nele tief eingeprägt. Sie liebte es, per Schiff zu reisen und sich an der Unendlichkeit des Horizonts zu begeistern.

Der Hafen von Havneby auf der dänischen Insel Rømø wurde immer kleiner, während das Schiff mit rauchenden Schornsteinen auf die offene Nordsee tuckerte. Schaute man vom obersten Deck nach rechts, erkannte man bereits die Umrisse von Sylt. Genussvoll biss Nele in das Matjesbrötchen, das sie sich gerade am Bordkiosk geholt hatte, um sich noch etwas kalorische Rücklage anzufressen, bevor die Hungerphase begann.

Frühmorgens hatte sie Hilde und Mausi-Maus schweren Herzens bei Merle vorbeigebracht, in der Hoffnung, deren verzogene Kinder würden die Katze nicht allzu sehr quälen. Merle versprach, Hilde weiterhin mit Wasser auf der Untertasse (bloß nicht von oben auf die Erde ihres Töpfchens) zu versorgen und ihr ein halbschattiges Plätzchen auf der Fensterbank freizuräumen. Liebevoll streichelte Nele zum Abschied eines ihrer grünen, köstlich duftenden Blätter und zwang Merle, ihr zu versprechen, keines davon abzurupfen.

Um neun Uhr war sie anschließend mit der Bahn von Hamburg ins dänische Skærbæk gereist und hatte von dort den Bus zum Hafen der Insel Rømø genommen, von dem die Syltfähre ablegte. Nur etwas mehr als drei Stunden hatte die Fahrt gedauert, und Nele stellte auf dem letzten Fahrtabschnitt erstaunt fest, wie sehr Nationalitäten die Optik eines Landstriches beeinflussten. Ab der dänischen Grenze war die Landschaft zwar immer noch die gleiche – aber plötzlich sah alles anders aus: Statt der typischen norddeutschen Rotklinkerhäuser prägten hier Holzhütten das architektonische Bild, die Verkehrsführung war fremd, die Straßen- und Ortsschilder mit einer ganz anderen Gestaltung erschienen genauso ungewohnt wie die dänischen Schriftzeichen auf den Restaurant- und Ladenschildern. Und alles wirkte irgendwie lässiger und lockerer als in Deutschland. Weniger verkrampft, beamtet und überkorrekt. Der sprichwörtliche dänische Freigeist – er sprang Nele sogar durchs Zugfenster an.

Als sie mit dem Bus auf dem Rømø-Damm fuhr, einer perfekt ausgebauten Bundesstraße, fragte sie sich einmal mehr, warum man den Hindenburgdamm nicht auch einfach zur Straße umbaute und damit dem elenden Auto-Verlade-Shuttle-Gehussel ein Ende machte. Wie oft hatte sie in der Vergangenheit schon endlose Stunden mit stetig sinkender Laune in der Warteschlange verbracht, weil mal wieder eine Lok einen Maschinenschaden hatte, der Wind zu stark oder eine Weiche kaputt war. Neuerdings konnte man den doppelstöckigen Shuttle nur noch in der unteren Etage befahren, da die obere baufällig war – und das genau vor dem Start der Sommerferien. Es war nicht zu fassen!

Egal, sie war ja nicht der Verkehrsminister. Nele konzentrierte sich wieder auf den sensationellen Ausblick auf das Wattenmeer, der sich ihr von der Fähre aus bot. Als die Umrisse von Sylt, der von ihr so geliebten 99 Quadratkilometer großen Sandbank, näher kamen, ging ihr das Herz auf.

Als Kind war sie oft mit ihren Eltern hier gewesen – in einem Wohnwagen auf dem Kampener Campingplatz, der direkt an den Dünen der Westküste lag. Sie erinnerte sich noch gut an den süßen Duft der rosafarbigen Heckenrosen, gemischt mit dem des wilden Strandflieders und dem würzigen Odeur der Krähenbeeren im Heidekraut. Und an das Gekreische der Möwen, das Rauschen der Brandung, den Geruch von Salz und Gischt, der sie rund um die Uhr umgeben hatte. Mehr Natur ging nicht. Nele hatte es absolut herrlich gefunden, morgens nackt durch die Dünen zu rennen und in die grüne Brandung zu springen. Wie ein Whirlpool hatte sich die schäumende Gischt auf ihrer Kinderhaut angefühlt.

Auch mit Ben, ihrer letzten Beziehung, die bereits fünf Jahre zurücklag, war sie noch oft auf »der Insel«, wie man Sylt in Hamburg nannte, gewesen, denn südeuropäische Reiseziele wie zum Beispiel Mallorca oder Ibiza kamen für sie nicht infrage, da sie Hitze nicht gut abkonnte.

Seit sie Single war, hatte Nele ihre Urlaube meistens zu Hause verbracht, weil sie keine Lust hatte, alleine zu verreisen. Fast alle ihre Freundinnen und Familienangehörigen waren in Beziehungen und/oder hatten Kinder – also keine Zeit für Ferien mit Nele.

Während der insgesamt sechs Urlaubswochen, die ihr pro Jahr zustanden, unterschieden sich Neles Tagesabläufe also nur dadurch von ihrem Arbeitsalltag, dass sie dann noch mehr fernsah, aß und – großes Event – ab und an ins Kino ging.

Verträumt stand sie an der Reling, ließ sich vom Fahrtwind die Haare zerzausen und genoss den Geschmack des knackigen Brötchens, der sich aufs Leckerste mit dem der rohen Zwiebeln und des salzigen Fisches vermischte.

- 5 -

Wie war das eigentlich passiert? Wodurch war sie so dick und träge geworden? Lag es am Alter, an den nahenden Wechseljahren? An ihrer bedenklichen Untervögelung? Während ihrer langen, einsamen Abende hatte sie schon oft versucht, die Gründe für ihre Gewichtsexplosion zu finden.

Als Hauptursache hatte sie die Großfamiliensituation ausgemacht, in der sie aufgewachsen war. Mit zwei Cousins und einer Cousine und zwei jüngeren Schwestern hatte sie in einem Doppelhaus in einem Dorf bei Hamburg gewohnt. Plus Tante, Onkel und Mutter saßen sie meist zu neunt am Tisch. Wenn die Kinderhorde nach sechs bis sieben Stunden Unterricht und 45 Minuten Busfahrt ausgehungert aus der Schule kam, biss der Hunger derart in ihren Mägen, dass jeder Einzelne von ihnen für Essen gemordet hätte. Nie wieder war Nele so hungrig gewesen wie zu dieser Zeit, als Teenager im Wachstum. Ihr Pausenbrot war quasi verglüht, schon in der ersten Pause aufgegessen und stets nur ein Tropfen auf dem heißen Stein gewesen.

Neun ausgehungerte Personen am Esstisch, die ungeduldig mit den Füßen scharrten und die Löffel schwenkten –

da war Futterneid vorprogrammiert. Die neidischen, gierigen Blicke auf die Teller der anderen hatten sich Nele tief eingebrannt: Hatte ihre Schwester Merle ein größeres Stück Fleisch? Cousine Anke mehr Nudeln und Cousin Olaf mehr Soße? Die Familienmitglieder schauten futterneidisch von links nach rechts – und vor allem auf und in die Töpfe und Servierschüsseln, in denen das Essen so rasant schwand, als hätte man eine Sperrwerkschleuse geöffnet.

Schon früh hatte Nele deshalb verinnerlicht, ihre Portion möglichst schnell herunterzuschlingen, damit sie noch eine zweite oder sogar dritte bekam.

Die Angst, sie könnte beim Essen zu kurz kommen, war bis heute geblieben. In Hotels oder auf Familienfesten befiel sie regelmäßig eine regelrechte Panik: Vollkommen gehetzt und schweißüberströmt tigerte sie dann vor dem Buffet von links nach rechts und wusste nicht, was sie sich zuerst nehmen sollte, bevor es vielleicht »aus« wäre. Geübt scannte sie die Servierplatten nach teuren Zutaten ab und nahm sich – ganz Profi – zuerst Scampi, Lachs, Krabben und Rinderfilet, denn das war immer am schnellsten weg. Ob sie darauf Appetit hatte, war nebensächlich, Hauptsache, die Beute war gesichert!

Nahrung am Buffet zu bunkern war harte Arbeit. In Windeseile schaufelte sie einen Riesenteller voll und füllte dabei Vorspeisen und Hauptgerichte durcheinander. Manchmal nahm sie auch gleich noch den Nachtisch mit. Bevor er weg war – man wusste ja nie …

Wieder am Tisch, aß sie ihre Beute in Rekordgeschwindigkeit auf, um schnell wieder am Buffet sein und nachladen zu können. Mit Genuss hatte das nicht viel zu tun. Oft schmeckte sie gar nicht, was sie da im Eiltempo hinunterschlang. Am Ende fühlte sie sich regelmäßig so vollgestopft, dickbäuchig und unbeweglich wie ein Käfer, der auf dem Rücken lag.

Auch sonst, im Restaurant und sogar, wenn sie für sich allein etwas kochte, aß sie extrem schnell. Ihr unbewusster innerer Befehl lautete immer noch, die Nahrung rasant im Magen zu sichern, damit sie ihr keiner mehr wegnehmen konnte.

Es machte sie schier wahnsinnig, wenn sie mit ihrer Langsam-Esser-Freundin Maren im Restaurant saß, die endlos redete und dabei ihre gefüllte Gabel immer wieder zum Mund führte, dann doch nicht aß, sondern die Gabel wieder ablegte und weiterquasselte. Essen in Extrem-Zeitlupe. Aber die war ja auch Einzelkind und hatte nie Angst gehabt, nicht genug zu bekommen.

Und noch eine zweite Ursache hatte Nele für ihre Gewichtszunahme ausgemacht: Sie war als Kind immer sehr gerne bei ihrer Oma gewesen, und die wiederum liebte es, ihre kleine Enkelin kulinarisch zu verwöhnen. Toast mit Scheiblettenkäse zum Frühstück, Tri Top Schwarze Johannisbeere zum Mittagessen, Mon Chéri zum Kaffee und Funny Chipsfrisch abends vor dem Fernseher. Mittags kochte die Oma ihr regelmäßig ihr Lieblingsessen, Rinderhackfrikadellen mit Schnittbohnen und gebratenen Champignons, und war stolz, wenn die kleine Nele drei Teller verputzte und danach aussah wie ein Kugelfisch. Schon als Kind galt sie als »gute Esserin«, was eine Auszeichnung war und fast so toll wie eine Urkunde bei den Bundesjugendspielen. Aber »gute Esser« waren aus der Mode geraten, komplett im Wert gefallen, wie eine Immobilie, in deren Nähe plötzlich Umweltschäden entdeckt worden waren oder eine Autobahn gebaut wurde. In ihrem Erwachsenenleben hatte noch nie jemand begeistert ausgerufen: »Boah! Kannst du viel essen! Wie toll!«, oder: »Du bist aber richtig schön dick geworden! Beneidenswert! Wie machst du das bloß, dass du so viel zunimmst? Du siehst echt super prall und rund aus – das würde ich auch gerne mal schaffen!«

Sich mindestens einmal nachzunehmen hatte Nele aber trotzdem beibehalten.

Die dritte Ursache war: Nele aß und trank einfach außerordentlich gerne, sie war ein sogenannter »Genussmensch« durch und durch. Sie konnte sich zum Beispiel noch genau an den Geschmack bestimmter Speisen erinnern, die sie vor Jahren bcsonders lecker gefunden hatte. Und an das herrliche Tuborg-Bier, das sie mit 18 getrunken hatte. Da hatte sie den ganzen Tag nichts gegessen, und ihr Geld (zwei Mark achtzig) reichte im Restaurant nur noch für ein »kleines Blondes«. Ausgehungert schlürfte sie das Getränk, als wäre es eine nahrhafte Suppe. Das würzige Hopfenaroma, das leicht bittere Prickeln, die goldgelbe Farbe – selten hatte sie etwas Köstlicheres getrunken, nie war ihr ein Getränk leckerer vorgekommen. Es war wirklich wie flüssiges Brot, so wie es die Sängerin Sade, die sich angeblich vorwiegend von Guinness ernährte, in einem Interview behauptet hatte.

Auch »Chicken Tikka«, ihr erstes indisches Gericht, als sie gerade aus ihrem Dorf nach Hamburg gezogen war, lag ihr geschmacklich immer noch auf der Zunge, denn es war eine Offenbarung gewesen: diese unfassbar zarten, rot marinierten Tandoori-Hühnerbruststücke, die köstlich-süßliche Kokosnuss-Joghurtsoße oder der pikante Tomaten-Fenchel-Dip dazu. Und dann noch die knusprigen Papadams und der herrlich aromatische gelbe Safran-Basmatireis.

Der indische Imbiss, in dem Nele das Gericht eines Abends eher aus Verzweiflung bestellt hatte, weil sie sehr hungrig und in Eile war, wurde ihre Initialzündung in Sachen Aromenvielfalt exotischer Gerichte: Chicken Jalfrezi mit frischem Gemüse in roter Currysoße oder scharfes Lammcurry – fast jeden Tag aß sie ab sofort dort. Und als sie die Karte einmal komplett durchprobiert hatte, wechselte sie zum Thai-Imbiss um die Ecke.

Wenn Gerichte wie Schweinerippchen mit Erbsen und Möhren, Königsberger Klopse, Sauerkraut mit Kassler oder Grünkohl mit Kochwurst ein musikalisches Solo waren, dann war die kulinarische Vielfalt der Großstadt nun für sie wie ein ganzes Orchester, denn bis dahin hatte sie nur deutsche Hausmannskost gekannt, plus vereinzelte Ausflüge zum Griechen, Italiener oder Chinesen.

Kreationen wie »Tempura von der Black Tiger Garnele in Erdnussbutter-Sesam-Grapefruit-Jus« oder die »New Surf & Turf-Sushirolle mit Gurke, Avocado, gegrillter Gamba, Beef, Habanero-Dip und Trüffel Ponzu« brannten sich für immer in Neles kulinarisches Gedächtnis ein, denn die Komposition fand sie ähnlich perfekt wie ein Musikstück, ein berührender Text oder ein perfekt getanztes Ballettstück.

Tagliatelle mit weißer Trüffel, Gnocchi in Gorgonzolasoße, Oktopussalat mit Olivenöl und Zitrone oder mit Artischockenböden gefüllte Ravioli in Salbeibutter – das waren beim Italiener ihre Favoriten.

Im Wok geschwenktes Rindfleisch mit roten Zwiebeln, Porree, Sellerie und buntem Pfeffer oder gegrilltes Entenbrustfilet mit Thai-Basilikum, Knoblauch, Chili und frischem Gemüse auf sautiertem Pak Choi – das liebte sie beim Vietnamesen. Natürlich mit jeder Menge Koriander, denn sie mochte Koriander sehr gerne – auch wenn viele fanden, dass er wie Seife schmeckt, und es auf Facebook sogar eine Gruppe eingeschworener Koriander-Hasser gab, die sich das mit einem Balken durchgestrichene Kraut auf die Wade hatten tätowieren lassen.

Nele liebte Essen – und Essen war allgegenwärtig: Allein auf dem Weg von der Arbeit nach Hause lockten zahlreiche Coffeeshops mit leckersten Ciabattas oder Panini, aus türkischen Imbissen duftete Dönerfleisch, und Burgerbuden offerierten neue Kreationen. Überall lauerten kulinarische Versuchungen und Verlockungen – wie Zuhälter, die Kunden für ihre Mädchen einfingen.

In einer Großstadt wie Hamburg wurde ständig überall Essen angeboten – aber warum waren dann trotzdem alle schlank?, fragte sich Nele. Wer aß das ganze Zeug und sicherte den Tausenden Imbissen, Restaurants und Coffeeshops ihre Existenz? Horden von Dicken, die unbemerkt einfielen und sich dann wieder in ihre Wohnungen verkrochen?

Nele fiel es jedenfalls sehr schwer, all den täglichen Verführungen zu widerstehen.

Sie konnte einfach schlecht maßhalten. Das galt beim

Essen – und auch beim Wein. Nur ein Glas – das war nicht ihr Ding. Wenn sie erst mal einen leichten Glimmer hatte, war ihr alles egal, und sie schenkte sich ein zweites, manchmal sogar noch ein drittes Glas nach.

An den Genen oder ihrer Sozialisation konnte es nicht liegen, denn ihre Schwestern waren dünn und schön. Einzig ihr Vater war dick. »Du kommst eben nach Papa«, hatten die Schwestern sie mehrfach getröstet. Doch das war knallhart gelogen. Ihre Schwestern waren einfach disziplinierter als sie. Und sie aßen nicht so gerne.

Am schlimmsten war das Klassentreffen, an dem sie vor einem Monat teilgenommen hatte. Alle, wirklich alle ihrer ehemaligen Mitschüler waren schlank – nur sie nicht! Ihr Ex-Freund sah mit grauen Schläfen sogar besser aus als mit 18. Wie machten die das nur? Warum waren offenbar alle imstande, den kulinarischen Verlockungen des Alltags zu widerstehen – nur sie nicht?

Während ihrer letzten Beziehung hatte sie sage und schreibe acht Kilo zugenommen. Wie das genau passiert war, wusste sie auch nicht. Sie waren viel und gerne essen gegangen, hatten oft zusammen gekocht. Vielleicht hatte Nele sich aber auch einfach eine Speckschutzschicht angefuttert, weil sie Angst vor Nähe hatte. Was auch immer der Grund war: Die Beziehung war gescheitert – die Kilos waren geblieben.

- 6 -

Der eigentliche, der wirklich wahre Grund für Neles Gewichtszunahme jedoch war: Sie kaute einfach gerne! Sie liebte es, den Mund voller Essen zu haben, und fand das Gefühl extrem befriedigend. Besonders vor dem Fernseher musste sie quasi ständig etwas kauen. Zwar nicht den Klassiker Schokolade oder Gummibärchen, denn Süßigkeiten mochte sie nicht – dafür aber tütenweise Chips, Salzstangen, Pistazien oder Erdnüsse. Kalorienbomben, die ihre Fettzellen zuverlässig mit Nachschub versorgten.

Vom Wein, den sie dazu trank, bekam sie Hunger – und verlor gleichzeitig jegliche Hemmung. Eine fatale Kombination.

»Du darfst!« Lange Zeit hatte Nele ihre schleichende Gewichtszunahme einfach so hingenommen und den Diät-Slogan »Du darfst!« absichtlich als Aufforderung fehlinterpretiert. Sie hoffte, die überflüssigen Kilos würden einfach auf demselben Weg wieder verschwinden, auf dem sie gekommen waren.

Während sie auf dieses Wunder wartete, kaufte sie ihre Kleidung einfach immer größer und freute sich, dass

Schuhe, Taschen und Tücher gewichtsunabhängig passten. Kalorien kamen ihr vor wie bösartige kleine Tierchen, die im Kleiderschrank lebten und nachts ihre Klamotten enger nähten.

Doch seit die Zahl auf der Waage dreistellig geworden war, sie bei H&M nur noch in die letztmögliche Jeansgröße (46) passte (und das auch nur, weil die einen extrem hohen Elastikanteil hatte und quasi wie eine Leggings saß), wurde ihr klar, dass sie nicht einfach die Augen vor dem Fetttsunami verschließen konnte, der ihren Körper langsam, aber stetig flutete. Weil es unleugbar so aussah, als würde ihr Körperumfang eher noch weiter expandieren, statt sich wieder zu reduzieren, hatte sie alle möglichen Diäten probiert – jedoch keine einzige durchgehalten. Egal, ob sie Almased trank, mit Low Carb Kohlenhydrate verbannte oder FdH probierte – sie war einfach nicht fähig, sich lange zu kasteien. Zu verzichten war ihr genauso unmöglich, wie sich etwas zu versagen. Nach spätestens zwei Wochen war jeder ihrer Versuche gescheitert.

Zuletzt hatte sie Weight-Watchers-Punkte gezählt und dabei feststellen müssen, dass sie eine Meisterin des Selbstbetrugs war: Den Umstand auf ihre mangelhaften Mathekenntnisse schiebend, hatte sie sich dauernd zu ihren Gunsten verrechnet, falsch gezählt und »vollkommen versehentlich« Punkte vergessen. Das dauernde Punkteaddieren und der drohende Mangel hatten lediglich dazu geführt, dass sie noch mehr an Essen dachte als sowieso schon. Nach einem Monat hatte sie ihre Online-Mitgliedschaft wieder beendet, die App jedoch leuchtete ihr noch immer auf dem Startdisplay ihres iPhones mahnend entgegen.

Irgendwann hatte sie sich einfach damit abgefunden, dick zu sein. Nicht richtig, richtig, richtig dick – aber irgendwo zwischen übergewichtig und adipös. Dick genug jedenfalls, um die Liebe abzuhalten. Und das tat weh. So weh, dass Nele immer eigenbrötlerischer wurde.

Sie ging achtsam, ja fast zärtlich mit ihrem Besitz um und erfreute sich an ihm. Sachen konnten sie wenigstens nicht verlassen. Ihre Besitztümer, ihre Klamotten, Schuhe und Bücher, konnten sie nicht enttäuschen, nicht betrügen oder belügen. Die waren immer da. Und es war ihnen egal, wie sie aussah. Oder wie viel sie wog.

Oft nahm sie ein Buch heraus, strich über das Cover und erinnerte sich lächelnd an den Inhalt, bewunderte, wie viel Mühe sich der Autor mit dem Schreiben gegeben hatte, wie viele Tage und Nächte er für das Werk gebraucht haben musste. Oder sie bestaunte stolz eines der 47 Schuhpaare, die in ihrem Regal standen. Nahm Kleidungsstücke vom Bügel, die sie tragen würde, wenn sie wieder dünner wäre, und hängte sich eine ihrer edlen Handtaschen über die Schulter.

Die Ordnung und Ästhetik ihrer Wohnung beruhigten sie und gaben ihr Geborgenheit. Alles hatte seinen festen Platz: Die Dose mit dem Kaffeepulver stand exakt zehn Zentimeter neben der Kaffeemaschine, ausgerichtet im 90-Grad-Winkel zur Spritzschutzwand. Das Bücherregal war streng alphabetisch geordnet. Die Bücher, die sie noch nicht gelesen hatte, befanden sich noch in ihrer Verkaufs-Plastikfolie. Und die, die sie gelesen hatte, hatte sie dabei so vorsichtig behandelt, dass sie hinterher immer noch aussahen wie neu.

Achtsam und vorsichtig – so ging sie mit allem um, was sie besaß. Und auch mit allem, was sie nicht besaß. Sie konnte nicht anders. Sie hatte tiefen Respekt vor allem, was mit Mühe und Aufwand geschaffen worden war – und das war fast alles.

Ihre Wohnung war ihre Schutzzone, ihre heile Welt, ihr ganz privates Bullerbü, das sie immer ungerner verließ. Hier schlüpfte sie nach der Arbeit in ihre bequemen Jogginghosen, streichelte ihre Katze und fühlte sich geborgen.

Litt sie vielleicht unter diesem neuen japanischen Phänomen, das Hikikomori genannt wurde? Ins Deutsche übersetzt bedeutete der Begriff so viel wie »sich wegschließen«. In Japan neigten immer mehr Menschen zum Cocooning, zur Einigelung und sozialen Abkapselung. »Die Zahl hat über Jahre zugenommen, heute wird vermutet, dass zwischen einigen Hunderttausend und einer Million junge Erwachsene davon betroffen sind«, hieß es in dem Zeitungsartikel, den Nele kürzlich darüber gelesen hatte.

Hikikomori versteckten sich in ihren Wohnungen vor der Welt und zeigten deutlich soziophobes Verhalten, indem sie zwischenmenschliche Kontakte mieden und monatelang ihr Haus nicht mehr verließen.

Ganz so schlimm war es mit ihr noch nicht, tröstete sich Nele, denn sie hatte den Kontakt zur Außenwelt ja noch nicht komplett abgebrochen. Neugierig beschäftigte sie sich auf Facebook mit dem Leben der anderen und kam sich dabei manchmal wie eine Stalkerin vor, wenn sie neidisch Videos von deren Hochzeiten, Partys oder Urlauben anschaute. Das Einzige, was sie selbst regelmäßig postete, waren Fotos von den Gerichten, die sie gekocht oder bestellt hatte und für die sie im Laufe der Zeit immer weniger Likes bekam.

Und sie ging schließlich jeden Tag zur Arbeit, verließ also durchaus täglich das Haus. Jedoch hatte sie beruflich nicht den geringsten Ehrgeiz. Sie arbeitete nicht besonders rasant, telefonierte viel privat mit ihren Schwestern oder surfte durch die diversen Shopping-Websites.

Oft verlor sie sich auch in Tagträumen – zum Beispiel in dem, wie es wohl wäre, die Frau ihres Chefs Alexander von Reutlingen zu sein und eine Handvoll entzückender Kinder in Ralph-Lauren-Polohemden und mit Seitenscheiteln zu haben, die durch die Ferienhäuser auf Sylt oder Mallorca tobten. Wie Herr von Reutlingen wohl im Bett war? Und wie es sich wohl anhörte, wenn er zu ihr »Schatz, ich liebe dich!« sagte?

Nach der Arbeit ging sie gerne einkaufen, obwohl sie sich meist nur noch am Wochenende selbst etwas kochte.

Früher, als sie noch mit Ben zusammen war, hatte sich das gemeinsame Einkaufen und Kochen zu einer Art Ritual entwickelt. Sie hatten Musik angestellt, Kerzen angezündet, zusammen geschnibbelt und gebruzzelt und sich dazu mit leckerem Wein einen angesäuselt. Manchmal hatten sie dabei auch spontan getanzt. Den Spruch »Die Küche ist zum Tanzen da« hatte ihr Ben irgendwann auf einer Fußmatte gedruckt geschenkt. Es waren herrliche, genussvolle Zeiten – bis Ben sich in eine 15 Jahre jüngere Frau verliebt hatte.

Heute war Nele meist viel zu erschöpft von der Arbeit, um noch zu kochen. Außerdem verpasste sie dann ihr Fernsehprogramm. Und ein aufwendig gezaubertes Menü alleine zu essen war irgendwie auch trist. Und Mausi-Maus konnte zudem nicht besonders gut tanzen.

Gebannt hing Nele aber weiterhin vor Kochsendungen wie »Grill den Henssler«, »Kitchen Impossible«, »Küchenschlacht«, »The Taste«, »Lafer!Lichter!Lecker!« oder »Die Kochprofis«, die sie früher gemeinsam mit Ben gesehen hatte, und fieberte mit, wenn die Köche aus vorgeschriebenen Zutaten komplizierte Gerichte zaubern mussten. Manchmal rief sie ihnen laut Gewürze oder Zutaten zu, die ihrer Meinung nach fehlten, und musste dann über sich selbst lachen, denn es war seltsam, die eigene Stimme schreien zu hören, während Mausi-Maus erschrocken unters Sofa sauste.

Sie war unsterblich verliebt in Björn Freitag, der noch dicker war als sie – aber leider glücklich verheiratet mit einem dünnen bildschönen Model. »Einfach und köstlich« hieß seine Sendung, bei der Nele wie hypnotisiert an seinen Lippen hing. Leider nur virtuell.

Ihre Lieblingssendung jedoch war »Das perfekte Dinner«, denn sie träumte davon, auch mal eine Runde fröhlicher Gäste zu bekochen. Eine Vorstellung, die leider ein Traum blieb, denn fast alle ihre Freunde und Verwandten befanden sich in (mehr oder weniger) glücklichen Beziehungen und hatten zum Teil auch Kinder.

Da Nele unter der Woche selten selbst kochte, studierte sie regelmäßig online die täglich wechselnden Speisekarten ihrer Lieblingsrestaurants oder ihr noch unbekannter Neueröffnungen und bestellte zum Mitnehmen, was sie noch nicht kannte und was ihr interessant erschien.

Seit sie Single war, hatte sie begonnen, ihre einsamen Wochenenden damit zu füllen, den Vorgang des Kochens wie eine sinnliche Meditation zu zelebrieren. Leidenschaftlich gerne wälzte sie dafür Kochbücher und Rezeptzeitschriften. Tim Mälzer, Jamie Oliver, Cornelia Poletto und Sarah Wiener hatte sie bereits genauso durchgekocht wie die farbenfrohen Rezeptsammlungen der indischen, thailändischen und israelischen Küche, deshalb stöberte sie inzwischen auch online nach neuen Rezepten.

Supermärkte, Bioläden, Asia-Shops und Wochenmärkte waren ihre ganz private Droge. Samstags geriet sie regelmäßig in einen heftigen Shoppingrausch, wenn sie in einem ihrer Lieblingsläden neue Gewürze oder Lebensmittel entdeckte. Stundenlang konnte sie sich dort aufhalten und in den Regalen stöbern. Ras El-Hanout, Garam Masala, Kefta, Baharat – faszinierende orientalische Gewürzmischungen, die ihr unbekannte Geschmacksfelder eröffneten. Eine exotische Frucht? Ein unbekanntes Gemüse? Edamamebohnen? Lila Blumenkohl? Sie freute sich immer wie ein Kind, wenn sie etwas Neues entdeckte, und beeilte sich, es in ihren Einkaufswagen zu legen, um zu Hause zu googeln, was man daraus zaubern könnte.

Mausi-Maus bekam dann natürlich auch stets ein leckeres Katzenmenü aus Fisch, Fleisch und Gemüse.

Genauso exquisit wie die Gerichte, die sie sich am Wochenende kochte oder werktags bestellte, war die Weinbegleitung. Durch die Feinschmeckerjournale, die sie regelmäßig inhalierte, hatte sie sich ein umfangreiches Weinwissen angeeignet und liebte es auch hier, ständig Neues auszuprobieren. Davon abgesehen fand sie es herrlich, sich vor dem Fernseher einen leichten Glimmer anzutrinken.

Keine Frage: Wenn Essen der Sex des Alters war, dann hatte sie im Grunde ein durchaus beneidenswertes Sexualleben.

Nur leider ein sehr einsames ...

- 7 -

Der Ellenbogen, die äußerste Nordspitze Sylts, ein Strandabschnitt, der zugleich auch der nördlichste Teil Deutschlands ist, zog so dicht vorbei, dass Nele den Menschen, die dort standen und winkten, problemlos etwas hätte zurufen können. Aber was hätte sie rufen sollen? »Schau'n Sie mal – in zwei Wochen, wenn ich zurückfahre, wird die Fähre deutlich weniger tief im Wasser liegen, weil ich dann nämlich etliche Kilos abgenommen habe«? Nele musste grinsen und schob dem Matjesbrötchen schnell noch ein Eis hinterher, bevor sie nun wochenlang darben würde.

Elegant zirkelte sich die »MS Sylt Express« kurze Zeit später in die Anlegestelle am Lister Hafen, und Nele staunte, wie routiniert und präzise sich der riesige Stahlkoloss, der 80 Autos im Bauch hatte, zwischen den dicken Holzpfählen hindurchschob, die die Einfahrt markierten. Links und rechts der Bordwand waren höchstens noch zehn Zentimeter Platz, schätzte Nele. Der Kapitän musste ein beneidenswertes Augenmaß haben und ein echter Profi sein.

Am Kai warteten bereits die nächsten Autos auf ihre Verladung, und ihre Besitzer taten Nele ein bisschen leid, weil sie die Insel wieder verlassen mussten – aus welchem Grund auch immer.

Euphorisch, endlich wieder hier zu sein und ihren Aufenthalt im Gegensatz zu den Abreisenden gerade erst zu beginnen, schritt sie die Gangway hinab und schob ihren Rollkoffer über Mole und Hafenpromenade zum Parkplatz beim Erlebniszentrum Naturgewalten. Hier sollte sie von einem Shuttle des Hotels abgeholt werden.

Schon von Weitem entdeckte sie einen schlaksigen, an beiden Armen voll tätowierten Kerl mit Ziegenbart und Dutt, der ein Pappschild mit ihrem Vornamen hochhielt. Er stand vor einem 60er-Jahre-Bulli, der sogar noch eine geteilte Frontscheibe hatte. Der Oldtimer war offensichtlich liebevoll restauriert worden: Ganz in Weiß strahlte er nun wie neu. An den Seiten prangte das hellblaue Seemöwenlogo.

»Nele?« Als Nele und ihr Rollkoffer auf den Duttträger zuschepperten, reichte der ihr die Hand. »Hi, ich bin Ole!« Er war höchstens 25, duzte sie ganz selbstverständlich, öffnete die Seitentür und hievte Neles Koffer in den Innenraum. »Boah, ganz schön schwer«, ächzte er und schloss die Tür.

»Magst du einsteigen?« Er öffnete die Beifahrertür und wies Nele mit übertrieben galanter Geste an einzusteigen. Nele kletterte in den Fahrerraum und nahm auf dem beigen Kunstledersitz Platz. Ole hievte sich auf den Fahrersitz, schaute durch die Frontscheibe – und erstarrte plötzlich.

»Schau mal, den ganzen schwarzen Kohlenstaubqualm, den die Fähre aus den Schornsteinen pustet«, rief er entsetzt und deutete Richtung Fähranleger. »Findest du das eigentlich gut?« Aufgebracht blitzte er sie an.

»Äh ...«, machte Nele, die von dem Vorwurf vollkommen überrumpelt war.

»Ist dir klar, dass ein einziger Ozeanriese auf einer Kreuzfahrt so viele Schadstoffe ausstößt wie fünf Millionen Pkw auf gleicher Strecke?"

»Nein«, gab Nele erschrocken zu.

»Der Naturschutzbund Deutschland hat herausgefunden, dass die 15 größten Seeschiffe der Welt jährlich mehr schädliche Schwefeloxide ausstoßen als alle 760 Millionen Autos weltweit zusammen«, schnaubte Ole und schaute vorwurfsvoll zu Nele herüber.

»Echt?« Nele fühlte sich schuldig, obwohl sie überhaupt nichts dafür konnte. Sie hatte bislang kein einziges Kreuzfahrtschiff gebaut.

»Sowohl an Bord als auch in den Häfen erzeugen sie gesundheitsschädliche Feinstaub- und Stickoxidemissionen, die weit über den Grenzwerten liegen, die im Straßenverkehr gelten«, dozierte Robin Wood weiter. »Und du unterstützt das auch noch!« Seine grünen Augen funkelten zornig.

Nele fühlte dieses typische Ziehen in den Wangen, das einen Weinkrampf ankündigte. Das passierte ihr immer, wenn sie jemand anschrie. Oder ungerecht beschuldigte – so wie jetzt. Doch statt zu heulen, wurde sie auf einmal wütend.

»Und wie hätte ich deiner Meinung nach auf die Insel

kommen sollen? Schwimmend?«, fuhr sie ihn aufgebracht an.

Ole lachte plötzlich los. »Gute Idee! Warum nicht? Für den Körper wäre das jedenfalls gesünder.«

Nele hätte ihm am liebsten eine geknallt. Zum Glück hatte er »den« Körper gesagt und nicht »deinen« Körper. Wenn dieser magersüchtige Ökoheini jetzt auch nur noch die winzigste Bemerkung über ihre Figur machte, würde ihr endgültig der Kragen platzen. Sie schaute aus dem Seitenfenster und wunderte sich etwas über ihre neue Neigung zu cholerischen Ausbrüchen.

»Die Bahn ist jedenfalls auch keine Alternative«, erklärte Ole. »Die Loks sind unglaubliche Diesel-Dreckschleudern, die Millionen von Litern allein auf der Autozugstrecke pro Jahr verbrauchen und einen Teil zwischen Morsum und Westerland abgasen.«

»Aha«, machte Nele, die von dem Thema die Nase gestrichen voll hatte und sich fragte, wann der Idiot wohl endlich mal den Motor startete. Wie lange würde sie sich diesen unerwünschten Umweltvortrag noch anhören müssen?

»... und Fliegen geht natürlich auch gar nicht«, beschloss Ole.

»Und wie soll es dann gehen? Mit einem Schlauchboot von Hörnum aus aufs Festland rudern – oder wie macht ihr das so, wenn ihr die Insel mal verlassen müsst?«, fragte Nele gezielt provokativ.

»Schlauchboote sind aus Plastik«, gab Ole zu bedenken.

»Dann eben ein selbst gebautes Floß mit Holz aus nachhaltigem Anbau!« Nele verdrehte die Augen und griff nach der Türklinke. Wenn er jetzt nicht sofort mit diesem Scheiß aufhörte, würde sie zu Fuß gehen. Oder ein Taxi möglichst ohne Katalysator bestellen.

»Wir gründen gerade eine Initiative für einen ausschließlich von E-Bussen, E-Rollern und Fahrrädern befahrbaren Damm. Nice wären natürlich auch E-Züge ... Wir fänden es sowieso nice, wenn die Insel bis auf E-Fahrzeuge autofrei werden würde«, erklärte Ole.

»Du kannst ja nichts dafür, dass es noch keine ›saubere‹ Anreisemöglichkeit gibt«, beschwichtigte er jovial, als er Neles genervten Gesichtsausdruck registrierte. »Ich rege einfach gerne dazu an, mal über den eigenen ökologischen Fußabdruck nachzudenken. Und eine persönliche Umweltbilanz zu ziehen ...«

»Und wie sieht es mit deinem Fußabdruck so aus?«, empörte sich Nele. »Dieses Museumsstück hier hat doch bestimmt weder Kat noch sonst was!«

»Da irrst du dich gewaltig!« Ole grinste stolz. »Eigentlich wollten wir für das Hotel den ID. Buzz kaufen, aber da VW den erst 2022 auf den Markt bringen wird ...«

»Den was?«, unterbrach Nele, die nur Bahnhof verstand.

»Den ID. Buzz! Einen autonomen Elektro-Bulli mit Schnellladefunktion!«

»Aha«, sagte Nele, die nach dieser Erklärung auch nicht viel schlauer war.

»... und weil es den aber noch nicht gibt«, fuhr Ole fort, »hat Marcel, unser Tüftler, den alten T 1-Benzinmotor gegen einen Elektroantrieb getauscht! Jetzt hat dieser Bulli 60 PS und ist sauber wie die Lunge eines Neugeborenen! Nice, oder?«

Triumphierend schaute er sie an.

»Ja, wirklich nice«, murmelte Nele erschöpft und kam sich plötzlich sehr alt vor. Zu ihrer Zeit waren Sachen wahlweise cool, super oder geil. Aber »nice«?

Endlich startete ihr »Bekehrer« den E-Motor und fuhr los. Fast lautlos surrte sie das Elektrogefährt durch List, und Nele staunte, wie sehr sich der Ort verändert hatte. Überall Neubauten und edle Reetdachpaläste. Alles sah plötzlich reich und schick aus, dabei war List doch so lange »jungfräulich« geblieben, war auf wundersame Weise von der Schickeriaflutwelle, die die Insel seit den 90ern überrollt hatte, verschont geblieben. Und nun hatten die Bonzen also auch List genommen. Nele fühlte sich, als wäre ihr Heimatland von einer feindlichen Kriegsnation besetzt worden.

Die gigantische Baustelle des Lanserhofs zog vorbei, und Ole verzog angewidert das Gesicht. »Da lassen sich die reichen Fettsäcke wieder flottmachen, wenn sie sich genug mit Champagner und Gänsestopfleber vergiftet haben«, schimpfte er. »Der Bau kostet unfassbare 100 Millionen Euro!«

»Echt?« Erstaunt riss Nele die Augen auf. Dann war eine Übernachtung sicher nicht unter 1.000 Euro zu haben. Kleingeld für die deutsche Milliardärselite.

Weiter ging es durch die wunderschöne Lister Dünenlandschaft Richtung Kampen. Nele kam es so vor, als sei die riesige weiße Wanderdüne, die einen stets kurz glauben ließ, man sei in der Sahara gelandet, noch näher an die

Straße herangerückt. Zu ihrer Rechten erstreckten sich endlose heidekrautbewachsene, lila blühende Dünen und zu ihrer Linken das Wattenmeer – ergriffen bewunderte Nele die Schönheit, die sich ihr auf dem Weg nach Süden durch die Autofenster darbot.

Sie durchquerten Kampen, und Öko-Ole schnaubte verächtlich angesichts der Porsche- und Jaguarinvasion, die das Straßenbild prägte. Klischee voll erfüllt.

Westerland war hässlich wie immer, und Nele war froh, als sie die »Hauptstadt« hinter sich gelassen hatten und wieder durch die Dünen Richtung Rantum und schließlich Hörnum fuhren, vorbei am »Samoa Seepferdchen« und der von Nele so geliebten »Sansibar«.

In Hörnum bog Ole in die Straße »An der Düne« ein und lenkte den Newtimer-Bulli auf einen Parkplatz vor einem großen, weiß getünchten Haus. »Voilà: Da sind wir!«

»Nice«, entfuhr es Nele, und sie zwinkerte ihrem Hipster-Chauffeur zu, der gut ihr Sohn hätte sein können. Der blickte sie etwas erstaunt an, grinste dann aber verstehend und wuchtete Neles Koffer aus dem Bus.

»Geh einfach rein, ich muss gleich wieder los, den nächsten Gast abholen!«, rief Ole ihr zu, während er wieder auf den Fahrersitz sprang, den Motor anließ und abdüste.

Etwas verloren stand Nele vor dem Haus und bugsierte ihren Rollkoffer die Treppe hinauf. Die Tür des Eingangsportals stand offen, und Nele trat in die lichtdurchflutete Lobby, einen kleinen Raum, dessen hintere Seite durch eine bodentiefe Glasfront einen wunderschönen Blick auf die Dünenlandschaft bot. An einem Tresen stand ein fast komplett in Weiß gekleideter, barfüßiger Mann mit dunklen Locken und Glutaugen. Er sah aus wie der junge Costa Cordalis – einfach umwerfend gut.

»Hallo, Nele!« Er kam auf sie zu und reichte ihr die Hand. »Schön, dass du da bist. Hattest du eine gute Anreise?«

»Na ja«, wollte Nele gerade loslegen, als er »Nice!« rief, zurück zum Tresen schwebte und auf einen großen weißen Mac-Bildschirm schaute.

Nele und ihr Rollkoffer schlurften ihm etwas irritiert hinterher.

»Du hast das 14-tägige Seminar gebucht. Sehr nice!« Er strahlte sie an. »Find ich total schön, dass du etwas für dich tun willst! Ich bin der Yannick, ich leite das Seminar!«

»Toll«, krächzte Nele.

»Wir haben dich in Zimmer 303 untergebracht. Hier sind deine Schlüssel.«

Er überreichte ihr eine hellblaue Holzmöwe, an der zwei Schlüssel hingen.

»Der größere ist für die Haustür!« Milde lächelte er sie an.

»Ich hatte ein Einzelzimmer mit Blick auf Leuchtturm und Dünen gebucht, hat das geklappt?«, erkundigte sich Nele, die schon oft die Erfahrung gemacht hatte, dass Hotels versuchten, neuen Gästen erst mal die schlechtesten Zimmer anzudrehen, in der Hoffnung, sie würden sich nicht wehren.

»Du bist in unserem Dreierzimmer untergebracht«, gab Yannick nach einem kurzen Blick auf den Monitor bekannt.

Nele glaubte, sich verhört zu haben.

»Und ja: Ihr habt dort einen echt nicen Blick auf den Leuchtturm und die Landschaft!« Er strahlte sie so euphorisch an, als hätte er soeben einen Lottogewinn verkündet.

»Moment mal!« Nele konnte immer noch nicht glauben, was sie da gerade gehört hatte. »Ich habe explizit ein Einzelzimmer gebucht und dies auch von euch bestätigt bekommen!«

Vor Aufregung zitternd, kramte sie den Buchungsbeleg aus ihrer Handtasche und schob ihn über den Tresen.

»Mag ja sein«,, lächelte Yannick unbeirrt und schob das Papier wieder zurück, ohne es angeschaut zu haben, »aber Chris und Ole haben letzte Woche beschlossen, keine Grenzen mehr zu ziehen und dem allgemein grassierenden gesellschaftlichen Egoismus und der Vereinzelung entgegenzuwirken.«

Fassungslos starrte Nele ihn an.

»Wie bitte?«, kreischte sie.

»Sie bieten künftig nur noch Drei- oder Vierbettzimmer an. Das Schreiben dazu sollte eigentlich letzte Woche an dich rausgegangen sein. Hast du es nicht bekommen?«

Konzentriert klickte Yannick sich durch den Bildschirm.

Nele spürte, wie ihr Puls zu rasen begann und sich ihr Magen verkrampfte. Jetzt bloß keinen Panikanfall, beruhigte sie sich. Ganz ruhig atmen, es wird sich alles klären.

»Ah ja, hier ist es!«, rief Yannick. »Ich drucke es dir gleich noch mal aus.« Er tippte auf eine Taste, drehte sich um und nahm ein Blatt Papier aus dem Drucker, das er der immer noch sprachlosen Nele über den Tresen reichte.

»Da steht drin, dass du 48 Stunden Zeit hast, deine Buchung zu widerrufen. Ansonsten gilt die Änderung als akzeptiert und die Buchung als fix.«

»Seid ihr noch ganz dicht?«, entfuhr es Nele. »Das könnt ihr doch nicht machen! Ich habe dieses Schreiben nie bekommen!«

Yannick lächelte sie an und bedachte sie mit einem mitleidigen Blick. »Tut mir leid!« Er zuckte entschuldigend die Schultern. »Politik des Hauses. Ich kann nichts dafür.«

Na prima, dachte Nele.

»Spür doch einfach in Ruhe in dich hinein, wie es sich für dich anfühlt«, schlug Yannick vor. »Mich musst du jetzt aber bitte entschuldigen, ich muss den 16-Uhr-Yogakurs vorbereiten.«

Sagte es und verschwand durch eine Tür hinter dem Tresen.

Wie versteinert stand Nele in der Lobby. Und schaute auf die Holzmöwe in ihrer Hand. Das lief ja wirklich alles optimal hier! Und was sollte sie jetzt machen? Zurückfahren und drei Wochen lang alleine in ihrer Hamburger Wohnung sitzen? Eine andere Unterkunft buchen? Es war Hauptsaison und die Insel so gut wie ausgebucht – und vollkommen überteuert. Den Urlaub streichen und stattdessen wieder arbeiten? Aber was würde dann Herr von Reutlingen, der doch gerade so stolz auf sie war, von ihr denken?

Bleiben oder abreisen? Flüchten oder standhalten?

Nele hielt stand. Alleine war sie zu Hause mehr als oft genug – und abreisen könnte sie schließlich immer noch.

- 8 -

Zimmer 303 bot tatsächlich eine phänomenale Aussicht. Weichspül-Yannick hatte nicht zu viel versprochen. Das war aber auch schon alles, was an dem Raum positiv war: Das weiß getünchte Zimmer war winzig und extrem karg eingerichtet: An jeder Wand stand ein schmales Bett, ein Schrank mit Schiebetüren war neben der Tür eingelassen, und ein Tisch mit drei Stühlen komplettierte die Einrichtung. Kein Fernseher, kein WLAN, kein iPad, kein Laptop – totales Digital Detox! Offenbar wollten die Askeseprofis ihre Gäste auch virtuell entgiften, indem sie keine elektronischen Ablenkungsmöglichkeiten anboten und so die tägliche Infoflut zum Versiegen brachten.

Nele atmete tief durch, öffnete das Panoramafenster und rollte ihren Koffer Richtung Schrank. Die drei Betten waren frisch bezogen und unbenutzt. Offenbar waren ihre beiden künftigen Mitbewohnerinnen noch nicht da. Sehr gut, dann konnte sie sich wenigstens das beste Bett aussuchen. Sie entschied sich für den Schlafplatz an der rechten Wand, von dem aus man Sicht aus dem Fenster hatte, und wuchtete, um ihr neues Revier zu markieren, ihren Koffer auf die Bettdecke. Am besten räumte sie auch gleich ihre Sachen in den Schrank, entschied sie, bevor alle Fächer besetzt waren.

Nele sortierte ihre Klamotten in die Fächer ganz rechts und beanspruchte vier der insgesamt zehn Kleiderbügel. Den Koffer ließ sie sicherheitshalber erst mal auf dem Bett liegen und zerwühlte zusätzlich noch Kissen und Decke, damit es für ihre neuen Zimmergenossinnen möglichst benutzt und damit reizlos aussah. Einmal Großfamilienkind, immer Großfamilienkind. Ihre Schäflein schnellstmöglich ins Trockene zu bringen hatte sie wirklich perfekt gelernt.

Schon seit Tagen herrschten auf Sylt Temperaturen um 25 Grad, und im Dachgeschoss war es dementsprechend warm. Nele bemerkte, dass ihr der Schweiß von der Stirn tropfte, und sie beschloss, noch mal rauszugehen und die Gegend zu erkunden. Sie schaute auf ihre Uhr: Um 18 Uhr sollte die offizielle Begrüßung aller Seminarteilnehmer im Speisesaal stattfinden, also hatte sie noch gut eine Stunde Zeit.

Sie schnappte sich ihre Handtasche, schlüpfte in ihre Birkenstock-Zehenstegsandalen, die aussahen wie lederne Flipflops, und machte sich auf den Weg ins Treppenhaus.

Als sie sich der Lobby näherte, hörte sie laute Stimmen und Geschrei. Irgendein Tumult war im Gange. Nele öffnete die Tür, die das Treppenhaus von den Erdgeschossräumen trennte, und erblickte das Desaster: Vor dem Tresen echauffierten sich drei Frauen und zwei Männer lautstark über die Zimmerverteilung. Zwei der Frauen regten sich fürchterlich auf: »Unverschämtheit!«, »Fall für meinen Anwalt!«, »Witzbolde!«, flog es ihr um die Ohren, und das junge Mädchen hinter dem Tresen wirkte davon interessanterweise sehr viel mehr eingeschüchtert als Eso-Yannick bei ihr vorhin.

Sie hätte gerne mitverfolgt, wie das Beschwerdebombardement ausgehen würde, und überlegte kurz, sich anzuschließen. Aber da sie nicht wusste, was dabei herauskam, und sie heute auf keinen Fall wieder abreisen wollte, beschloss sie, nicht indiskret zu sein, und durchquerte schnell den Raum.

Vielleicht hätte sie Zimmer 303 am Ende ja doch für sich alleine, schmunzelte sie. Und falls nicht: Welche der Damen würde sie wohl nachher als Mitbewohnerin vorfinden? Oder kamen dafür etwa auch die Männer infrage? Auch die Geschlechtergrenzen zu durchbrechen würde sie den Berliner Revolutionären durchaus zutrauen.

Vor dem Eingangsportal sog Nele tief die herrliche Luft ein – und sah sich um: Links lagen der Hafen und der Oststrand, rechts die Dünenlandschaft des Weststrandes. In der Ferne sah sie die grüne Brandung der Westküste schäumen, und ihr Herz machte einen Freudensprung. Endlich war sie wieder hier – auf ihrer Lieblingsinsel! Wie hatte sie es nur so lange auf dem Festland ausgehalten?

Neugierig umrundete sie das Anwesen. Hinter dem Haus müsste eigentlich die berühmte Hörnum-Odde zu sehen sein, vermutete sie, die südlichste Spitze Sylts, wo das Meerwasser der Ost- und der Westseite ineinanderklatschte und dadurch eindrucksvoll wilde Brandungswellen gebar.

Leider waren diese Wellen sehr hungrig und fraßen immer größere Teile der Odde, deshalb wurde der Strand schon seit vielen Jahren durch einen Tetrapodengürtel geschützt. Tetrapoden waren riesige vierfüßige Betonblocksteine, die die Brandung brachen und ihr so ihre Wucht nahmen. In vielen Shops der Insel wurden Miniaturausgaben in Gold oder Silber als Kettenanhänger verkauft – in »echt« wogen sie sechs Tonnen.

Hinter dem Haus entdeckte Nele zwar nicht den erwarteten Blick auf die Odde, aber stattdessen einen entzückend angelegten Gemüsegarten: Akkurat waren Kohlrabi-, Mohrrüben- und Salatreihen angelegt und liebevoll mit Pappschildchen versehen worden. Hochbeete mit Kräutern und Gewächshäuser mit Tomaten, Auberginen und Zucchini ergänzten das idyllische Bild. Zwei Katzen rekelten sich auf einer Steinterrasse in der Sonne, die von üppigen lilafarbenen Blumenstauden umrankt war. Die Odde war nicht zu sehen, da eine große, an das Grundstücksende grenzende Düne die Sicht versperrte.

Hängematten und Chill-out-Zonen, Lounges und Sitzsäcke komplettierten das idyllische Bild. Überall waren kleine Rückzugsnischen und Plätze angelegt – toll, befand Nele.

Sie kraulte den beiden Katzen die Köpfe, die dadurch so laut wie Rasenmäher zu schnurren begannen, schlenderte zurück und spazierte die Straße »An der Düne« hinunter Richtung Hafenpromenade und Oststrand. Das Meer bzw. der Badestrand waren ja tatsächlich nur einen Sprung entfernt, freute sie sich und beschloss, gleich morgen früh schwimmen zu gehen.

Auf dem Deich lief sie Richtung Odde und entschied sich spontan, im Restaurant »Südkap«, dem südlichsten Bistro Sylts, das direkt auf dem Schutzdeich lag und einen eindrucksvollen Meerblick bot, Currywurst mit Pommes und Mayo zu essen. Dazu bestellte sie sich ein herrlich kühles Flens aus der Flasche, denn es war sicherlich klug, leicht beschwipst zu sein, wenn sie sich auf der Begrüßungsveranstaltung gleich anhören musste, wie entbehrungsreich die nächsten zwei Wochen werden würden.

Die Odde würde sie dann eben morgen oder übermorgen umrunden und dabei wie immer die Küsten von Amrum und Föhr bestaunen, die man von dort am Horizont erkennen konnte. Heute reichte dazu die Zeit nicht mehr, bewies ein Blick auf ihre Uhr. Es war 17:45 Uhr – höchste Zeit also zurückzugehen.

Nele marschierte im Eiltempo durch ein Waldstück, das erstaunlich dicht, sumpfig, vermoost, urwaldartig und damit unheimlich war, und lief in einem Bogen um die Düne zurück zum Hotel.

Es war eine Minute vor sechs, als sie schweißüberströmt wieder in der »Seemöwe« ankam. Die Seminarteilnehmer versammelten sich gerade im Speisesaal, einem loftartigen, lichtdurchfluteten Raum mit gigantischer Fensterfront Richtung Garten, Terrasse, Düne und Heidelandschaft. Jack Johnson klang aus den Lautsprechern und sorgte für entspannte Stimmung.

Die Einrichtung des zentralen Raumes war erwartungsgemäß unorthodox: Alte Chesterfieldsofas waren lässig verteilt, kleine Loungesitzecken luden zum Fläzen ein, ein paar hölzerne Stehtische mit Barhockern und ein gigantisch großer Holztisch, an den mindestens 30 Personen zu passen schienen, komplettierten das Bild. Aktuell war er an die

Wand geschoben, man sollte offenbar extrem locker irgendwo chillen, statt wie bei einem Vortrag in Reih und Glied nebeneinanderzusitzen. Nele fand das angenehm undogmatisch.

Sie setzte sich auf einen der Loungesessel und schaute sich verstohlen um: Auf den ersten Blick schien das Publikum quer durch alle sozialen Schichten und Altersklassen gemischt. Jung und Alt, Polohemdträger und Ökotanten, Männer und Frauen, Pärchen und Singles. Ein gut gemixter Bevölkerungsschnitt.

Nele zählte 27 Teilnehmer – sich selbst mit eingerechnet. Damit war das Hotel vermutlich tatsächlich ausgebucht, denn wie sie aus der Website erfahren hatte, gab es nur zehn Zimmer, die sich auf drei Etagen verteilten. Wer wohl mit ihr das Zimmer teilte? Hoffentlich nicht die hysterisch aussehende Frau mit hennarot gefärbter Löwenmähne und Walla-Walla-Kleid, die so penetrant nach Patschuli duftete, dass es bis zu ihr herüberzog, flehte Nele. Und bitte auch nicht der ganz in Grau gekleidete ältere Herr mit schütterem Haarkranz, der aussah wie ihr Mathelehrer.

Die Musik ging aus, Yannick erschien – diesmal in weißem T-Shirt und Jeans – und baute sich in der Mitte des Raumes auf. Natürlich barfuß.

»Herzlich willkommen, ihr Lieben!«, rief er euphorisch. »Ich freue mich total, dass ihr hier seid und etwas für euren Körper – und damit auch die Umwelt – tun wollt. Finde ich supernice!«

Er verbeugte sich, und einige klatschten.

»Mein Name ist Yannick, ich bin ausgebildeter Heilpraktiker, Masseur und Yogalehrer und werde euch in den kommenden 14 Tage beim Fasten begleiten.«

Er machte eine Pause und lächelte den Teilnehmern aufmunternd zu. Nele konnte in einigen Frauengesichtern lesen, wie aufregend sie die Vorstellung fanden, demnächst von dem Costa-Cordalis-Double durchgeknetet zu werden.

»Wir bieten Fasten nach Buchinger, das heißt, zu ›essen‹«, er malte grinsend zwei Anführungszeichen in die Luft, »wird es in den nächsten Tagen nur Gemüsesäfte und Suppen geben.«

Einige Teilnehmer nickten zustimmend.

»Dazu kommen ein Fitness- und Wellnessprogramm und ein großes Angebot an Anwendungen. Es gibt Yogakurse, Gymnastik und tiefenentspannende Meditationen, die von mir und meinen Kollegen angeboten werden. Das Hotel hat drei verschiedene Saunen – und wir werden täglich etwa vier Stunden wandern. Begleitend werden Leberwickel angeboten und regelmäßige Darmspülungen, also Einläufe, empfohlen.«

Wieder nickten einige auskennerisch. Streber!

»ABER!« Wie um ein haptisches Ausrufezeichen zu setzen, hob Yannick kurz Hand und Stimme. »Fasten ist für uns viel mehr, als nur den Körper zu entgiften.«

Er machte eine theatralische Pause und schaute sich im Raum um.

»Uns geht es vielmehr darum, euch zu helfen, eine bewusstere und nachhaltigere Lebenseinstellung zu finden – politisch und global. Denn nur so haben wir eine Chance, den Klimakollaps noch abzuwenden.«

Verhaltenes Klatschen im Raum.

»Der Abstand vom sozialen Umfeld bewirkt bei vielen Seminarteilnehmern eine innere Umkehr, nach der sie Dinge anders sehen, anders bewerten – und anders handeln.«

Stumme Zustimmung.

»Wir haben absichtlich keine Waagen im Haus, weil es bei uns eben nicht ums Abnehmen geht, sondern um ein gesünderes, ganzheitliches Körpergefühl.«

Zustimmendes Gemurmel, einige hielten den Daumen hoch.

Nele wünschte sich noch ein Bier.

»Und nun zu den Spielregeln!« Yannick, der Nele mittlerweile wie ein Sektenguru vorkam, grinste.

»In den Gemeinsachftsräumen, im Garten und auf der Terrasse sind keine Handytelefonate gestattet!«

Gemurmel.

»Aber wenn ihr eure Smartphones auf lautlos stellt, könnt ihr natürlich Nachrichten und Messages empfangen.«

»Wenn ihr denn ein Netz findet«, schob er nach und grinste dabei leicht diabolisch. »Wir bieten nämlich absichtlich kein WLAN an.«

»Warum nicht?«, fragte eine empört aussehende, etwa 25-jährige junge Frau, die aussah wie die Schweizer Komikerin Hazel Brugger. Sie trug ein T-Shirt, das eine Karikatur von Donald Trump zeigte – nackt und mit winzigem Schniedel. »Great again?«, stand in großen Lettern als Frage darunter. Nele musste grinsen.

»Weil wir möchten, dass ihr auch digital entgiftet«, sagte

Yannick. »Es geht darum, eure Systeme einmal komplett runterzufahren und zu resetten, damit ihr euch nach dem Neustart«, schon wieder malte er Anführungszeichen in die Luft, »neu programmieren könnt.«

Einige lachten.

»War das technisch genug?«, fragte Yannick, dem seine Klubanimateurrolle offenbar großen Spaß machte, die Fragestellerin.

»Ja«, maulte die kleinlaut.

»Nice«, sagte Yannick. »Nächster Punkt: Eure Trinkwasserversorgung! Wie ihr vielleicht wisst, solltet ihr beim Fasten täglich mindestens drei Liter Flüssigkeit zu euch nehmen – egal, ob als Tee oder Wasser.«

Der Mathelehrer, der schräg vor Nele saß und auf dessen schütteren Hinterkopf sie deshalb blickte, notierte sich die Zahl auf einen Block. Meine Güte, wie penibel. Nele verdrehte im Geiste die Augen.

»Das Leitungswasser, das auf Sylt aus dem Hahn kommt, ist von allererster Qualität«, fuhr Yannick fort. »Als reines Inselprodukt wird es aus dem durch Regen gespeisten Grundwasservorkommen im Inselkern gewonnen. Es kommt absolut keimfrei aus der Tiefe und ist mit keinerlei Schadstoffen belastet. Die Erdschichten geben ihm Spuren von Mineralien wie Kalzium, Magnesium und Natrium mit auf den Weg, und es ist völlig frei von künstlichen Stoffen oder Chemikalien.«

Klatschen im Raum. Superlative wie »toll«, »wunderbar« und »genial« flogen durch die Luft.

»Da wir Plastik- und sonstige Einwegtrinkgefäße boykottieren, bekommt jeder von euch einen Olivenholzbecher, in den er sich jederzeit Wasser oder Tee abfüllen kann.«

Ein junges Mädchen ging mit einem Tablett voller Holzbecher mit eingebranntem Seemöwenemblem herum und verteilte sie. Neles Becher hatte eine wunderschöne Maserung, roch rauchig nach Oliven und fühlte sich angenehm glatt poliert und samtig an.

»Überall im Hotel sind Zapfanlagen und Samoware aufgestellt. Wir halten auch immer Kannen mit frischem Minz-, Zitronen- oder Ingwerwasser bereit.«

»Und dafür killt ihr dann die Olivenbäume?«, empörte sich ein Polohemdträger lautstark und hielt wie zum Protest seinen Becher hoch. »Worin liegt da der ökologische Sinn?«

»Unsere Becher werden aus dem Holz von bis zu 1.000 Jahre alten Olivenbäumen hergestellt, die keine Früchte mehr tragen und deshalb für die Olivengewinnung nicht mehr benötigt werden«, beschwichtigte Yannick. »Sie werden regelmäßig gerodet und natürlich auch wieder aufgeforstet.«

Der Polohemdträger setzte sich wieder.

»Olivenholz ist etwa 60 Prozent härter als Eichenholz und deshalb bestens als Geschirr geeignet.«

Etwas skeptisch drehte Nele den Becher in ihrer Hand. Wie viele Gäste wohl vorher schon aus dem Gefäß getrunken hatten? In die Geschirrspülmaschine konnte man den sicherlich nicht stellen. Aber wie reinigte man ihn dann?

»Und wie reinigt man den Becher?« Die Frage war Nele einfach so rausgerutscht. Eigentlich hatte sie nur laut gedacht.

»Gute Frage«, lobte Yannick. »Sein natürlicher Ölgehalt schützt das Holz vor Austrocknung und Bakterienbefall. Ihr braucht den Becher nur regelmäßig mit warmem Wasser auszuspülen und ihn ab und an einzuölen. Das erneuert den Schutz und hebt den honigfarbenen Glanz und die wunderschöne Maserung wieder hervor.«

Verliebt streichelte Yannick einen Becher, und nicht wenige Frauen im Saal – und vermutlich auch Männer – wünschten sich bestimmt gerade, sein Olivenholzgefäß zu sein. Nele dagegen war skeptisch, ob eine Reinigung mit warmem Wasser wirklich ausreichte, wenn die Becher im Laufe ihres Lebens von Hunderten von Gästen benutzt wurden.

»Den Becher könnt ihr am Ende eures Aufenthaltes übrigens mit nach Hause nehmen«, sagte Yannick, als ob er Neles Gedanken gelesen hätte. »Geschenk des Hauses!«

Begeistertes Gemurmel.

»Es wäre schön, wenn ihr ihn auch in eurem Alltag weiter benutzen und dadurch den Verbrauch von Coffee-to-go-Cups reduzieren würdet. Die sind nämlich mittlerweile zu einem heftigen Umweltproblem geworden.«

»Ist Plastik ja sowieso«, empörte sich die Henna-Frau zustimmend.

War das hier ein Umerziehungscamp? Von dem dogmatischen Vortrag bekam Nele allmählich schlechte Laune, obwohl die Seemöwler inhaltlich vollkommen recht hatten. Sie wurde nur nicht so gerne oberlehrerhaft erzogen, wenn sie dafür auch noch rund 2.000 Euro berappen musste.

»Um größtmögliche Nachhaltigkeit zu erreichen«, setzte

Yannick seinen Vortrag fort, »lassen wir alle Flüssigkeiten, die wir zu eurer Versorgung brauchen, wie Öl, Essig, Sojamilch usw., in wiederverwendbaren Großbehältern liefern.«

Leiser Beifall. Hochgestreckte Daumen.

»Unsere Möbel sind aus veganem Leder, Bettwäsche und Handtücher aus Fair-Trade-Baumwolle, Strom beziehen wir aus den Solarzellen auf dem Dach.«

Wieder Beifall und Daumen.

»Wie einige von euch vielleicht schon gesehen haben, ziehen wir hinter dem Haus Gemüse und Kräuter. Dazu haben wir noch Ackerflächen bei Berlin und in Morsum gepachtet, auf denen wir in großem Stil selbst anbauen. Unser Ziel ist es, irgendwann autark zu sein und uns komplett selbst versorgen zu können.«

Erneut schossen Daumen in die Höhe.

»Noch sind wir leider nicht ganz so weit, deshalb kaufen wir regionale, saisonale Produkte dazu, am liebsten von der Insel selbst, um möglichst kurze Transportwege zu haben.«

Allgemeines Abnicken.

»Wir importieren Fair-Trade-Kaffee, und für Bananen, Obst und Olivenöl betreiben wir Crowdfarming auf den Kanaren und in Griechenland und unterstützen damit die dortigen Landwirte. Wir haben etliche Orangen-, Zitronen- und Olivenbäume adoptiert. Die heißen jetzt alle Chris, Ole oder Seemöwe«, lachte er.

»Unsere Küche ist streng vegan, das heißt, wir verarbeiten kein Fleisch, keinen Fisch und keine tierischen Produkte wie Milch, Honig, Eier oder Käse.«

»Sehr gut«, lobte die Henna-Frau.

»Um uns auch sozial korrekt aufzustellen, beschäftigen wir zudem stets drei bis vier Asylbewerber in Küche und Hauswirtschaft.«

Lautstarker Beifall.

»Die wenigsten wissen, dass Sylt regelmäßig Flüchtlinge aufnimmt. Aktuell sind rund 135 Migranten auf der Insel untergebracht.«

Gemurmel. Einige Frauen nahmen ihre Tasche vom Boden und umklammerten sie auf ihrem Schoß.

»Ach ja, ein Punkt noch«, schloss Yannick. »Um dem Konsumüberfluss aktiv etwas entgegenzusetzen, haben wir eine Kooperation mit einigen Inselsupermärkten geschlossen, bei denen wir uns die abgelaufenen Nahrungsmittel abholen können.«

Was für ein geniales Geschäftskonzept, überlegte Nele. Im Grunde boten sie ihren Gästen fast gar nichts, hielten die Kosten total gering – und sahnten dabei kräftig ab.

Als hätte er wieder einmal ihre Gedanken gelesen, sagte Yannick: »Einen Großteil unseres Jahresgewinns spenden wir an Umweltorganisationen, ökologische Start-ups und Klimaschutzinitiativen.«

Lauter Beifall.

Puh, das war reichlich viel Input und Anspruch, fand Nele. Sie spürte eine Hitzeattacke in sich aufsteigen und befand sich dadurch selbst am Rande eines Klimakollapses. Sie musste schmunzeln: Was im Kleinen galt, galt offenbar auch im Großen. Nun gut, dann rettete sie mit ihrer Hungerkur eben nicht nur sich, sondern gleich die ganze Welt.

Umso besser. Das war jedenfalls eindeutig ein Motivationspusher.

»Zum konkreten Ablauf eures Fastenseminars«, fuhr Yannick fort. »Heute und morgen sind sogenannte Entlastungstage angesetzt, an denen ihr sehr wenig und sehr leichte Kost zu essen bekommt, um den Stoffwechsel sanft runterzufahren und auf das Fasten vorzubereiten. Die Reduktionskost, die wir euch dazu kredenzen, besteht aus Speisen, die leicht verdaulich und ballaststoffreich sind und euch dadurch beim Entgiften helfen.«

Akzeptierendes Abnicken.

»Danach folgen zehn Fastentage – und abschließend zwei Aufbautage, an denen eure Körper wieder sanft an Nahrung gewöhnt werden.«

Auch das wurde allgemein benickt.

»Und wie gesagt, für alle Fastenphasen gilt: Trinken, trinken, trinken! Wasser, Kräutertees, stark verdünnte Obst- und Gemüsesäfte, aber keine gezuckerten Limonaden oder Alkohol! Wenn ihr auf Kaffee nicht verzichten wollt, müsst ihr ihn ohne Mandel-, Hafer- oder Sojamilch trinken. Schwarzer Tee ist auch okay.«

Das erleichterte Nele. Sie trank zum Glück kaum Kaffee, aber morgens stattdessen stets fast eine ganze Kanne Darjeeling-Tee.

»Der morgige Tag ist angesetzt zum Runterfahren und Zur-Ruhe-Kommen. Wir werden noch nicht wandern, sondern nur Gymnastik oder Yoga machen und meditieren. Wer möchte, kann auch in die Sauna gehen, um seine Gifte auszuschwitzen.«

Es entstand plötzlich Unruhe, weil zwei schwarzhaarige junge Männer in den Raum kamen und sich anschickten, den Holztisch in die Mitte des Raumes zu schieben.

»Oh, offenbar ist euer Abendessen fertig«, lachte Yannick. »Okay! Dann nur noch als Letztes: Wer mag, kann heute am Abendyoga teilnehmen. Frühaufsteher genießen morgen früh um fünf Uhr die Sonnenaufgangsmeditation. Und um 7:30 Uhr starten wir alle mit Strand-Qigong in den Tag!«, rief er in die aufkommende Unruhe. »Und nun: Guten Appetit!«

Unter lautem Beifall verließ er den Raum.

- 9 -

Nele konnte das Gefühl nicht abschütteln, statt in einer Wellnessoase in einem besonders strengen Internat, einer irren Sekte oder gar in einem Knast gelandet zu sein. Nur dass die »Wärter« hier ein mildes Lächeln auf den Lippen trugen und barfüßig waren ...

Beklommen machte sie sich auf den Weg in ihr Zimmer. Da der Saal erst wieder hergerichtet werden musste, hatte sie bis zum Essen noch eine Viertelstunde Zeit. Nele war gespannt, mit welchen der Teilnehmer sie wohl das Zimmer teilen würde. Inzwischen müssten ihre »Kolleginnen« ja wohl eingecheckt haben. Wer würde da oben wohl auf sie warten?

»Hallo, ich bin Nele«, sagte sie, als sie die Zimmertür öffnete und zwei Frauen erblickte, die auf den verbliebenen Betten saßen und relativ verzweifelt aussahen.

»Ah, du bist also die Dritte!« Die Frau, die sich für das Bett unter dem Fenster entschieden hatte, stand auf und musterte sie. Sie war Mitte 30, hatte lange blonde Haare, war beneidenswert schlank, sehr groß und top gestylt. Sie sah so perfekt aus wie Judith Rakers, die Tagesschau-Moderatorin. »Ich bin Ariane, freut mich.« Sie reichte ihr die Hand.

»Und ich bin die Sabine«, sagte die andere Frau, stand ächzend auf und schüttelte ebenfalls Neles Hand. Sie war ziemlich dick, etwa 60, trug teure schwarze Schlabberklamotten und edle Gucci-Loafer. Sie hatte die Figur von Marianne Sägebrecht, scheinbar ein Faible für klobige Ketten à la Theresa May und eine platinblonde Bobfrisur, die durch Tonnen von Haarspray so betoniert wirkte, als würde sie damit locker jeden Motorradunfall überstehen. Ihre Stimme war erstaunlich tief und heiser, und sie sah ziemlich verlebt aus.

»Wurden die Betten so zugeteilt?«, fragte Ariane und schaute Nele prüfend an.

»Nein«, antwortete sie irritiert. »Warum?«

»Na, weil dein Bett schon besetzt war, als wir hier reinkamen!«

Sie guckte Nele direkt in die verschreckten Augen. Ihre eigenen waren hart, hellblau und sehr klar.

»Ich hätte es eigentlich besser gefunden, wenn wir das erst mal besprochen und fair aufgeteilt hätten!«

Hui, das ging ja gut los, dachte Nele und setzte sich auf ihr Bett.

»Jetzt lass doch«, beschwichtigte Sabine.

»Ich musste mich doch für irgendein Bett entscheiden«, rechtfertigte sich Nele lahm. »Aber wir können auch gerne noch alles tauschen.«

»Nein, schon gut«, sagte Ariane großzügig. »Da es dir ja

offenbar so wichtig ist, lassen wir es jetzt einfach so, wie es ist. Aber ich wollte es wenigstens mal ansprechen.«

Zack, das saß. Wollte die hier gleich einen Machtkampf ausfechten? Nicht mit mir, dachte Nele.

»Mir ist es egal, aber DIR scheint es ja wichtig zu sein«, konterte sie deshalb. »Hättest du lieber mein Bett? Kannst es gerne haben. Bitte sehr!« Mit absichtlich übertriebener Geste bot sie ihre Schlafstatt feil.

»Nein, alles gut«, sagte Ariane, wuchtete ihren Rimowa-Koffer aufs Bett und ließ ihn mit gekonnten Bewegungen aufschnappen.

»Oh, auch schon belegt«, bemerkte sie spitz, als sie im Schrank die von Nele bereits befüllten Fächer und behängten Bügel entdeckte. Sie zog die Augenbrauen hoch.

»Auch die Seite kannst du gerne haben«, ärgerte sich Nele. »Ich war einfach nur schon um 16 Uhr hier und komme gerne schnell richtig an. Und dafür musste ich meinen Koffer auspacken.«

»Jetzt beruhigt euch, Mädels«, sagte Sabine, die Nele im Kontrast zu der angespannten Ariane sekündlich sympathischer wurde. »Kein Grund, in einen Zickenkrieg auszubrechen! Will eine von euch vielleicht einen kleinen Schluck Schnaps?«

Sie wühlte einen silbernen Flachmann aus ihrer Vuitton-Handtasche, schraubte ihn auf und nahm einen Schluck.

»Nein!«, rief Ariane und schüttelte entsetzt den Kopf.

»Na prima! Eine raffgierige Pedantin und eine abgehalfterte Alkoholikerin«, murmelte sie gut hörbar in den Schrank. »Das fängt ja super an!«!«

»Gerne«, sagte Nele, allein schon, um Ariane zu ärgern, nahm den Flachmann entgegen, den Sabine ihr mit einem Augenzwinkern hinhielt, und ließ sich einen tiefen Schluck in den Mund plätschern. Es war Whisky. Sehr guter Whisky!

»Wow!«, entfuhr es ihr, als der Gerstenbrand feurig ihren Hals hinunterbrannte und sie sich fast verschluckte, denn Hochprozentiges trank sie nur selten.

»Der kann aber was!«, hustete sie beeindruckt und reichte Sabine den Flachmann zurück, die Neles Kompliment mit einem weiteren Augenzwinkern quittierte. Kennerinnen unter sich.

»Wir müssen runter«, entfuhr es Nele, als ihr Blick dabei auf ihre Uhr fiel.

»Na, dann mal los!«, rief Sabine, nahm noch einen tiefen Schluck aus dem Flachmann und erhob sich. »Auf in den Hungersaal!« Nele musste lachen.

Ariane schnappte sich einen Fleece-Hoodie und verdrehte die Augen. »Das geht ja gut los!« Zischend marschierte sie im Stechschritt an den beiden vorbei.

Sich blitzschnell verbrüdern – auch das konnte Nele gut. Auch diese Gabe war ein Großfamilienerbe. Gelernt war gelernt. Aber in diesem Fall nicht geplant. Sie mochte Sabine wirklich – warum auch immer, denn eigentlich war sie mit den Schnöselklamotten, der Betonfrisur und dem atemberaubenden Parfum überhaupt nicht ihr Fall.

Im »Hungersaal« war der riesige Holztisch gedeckt – und schon fast vollkommen besetzt. Ariane platzierte sich am äußersten Ende neben zwei ausgemergelt aussehenden

Männern, Sabine und Nele ließen sich auf den letzten freien Stühlen der vorderen Seite nieder.

Das »Entlastungs«-Abendessen hatte seinen Namen nicht verdient: Jeder Teilnehmer bekam einen Teller mit je einer gedämpften Scheibe Zucchini, Kohlrabi und Fenchel. Dazu gab es einen Klecks Naturreis und eine homöopathische Dosis Olivenöl. Alles vollkommen ungewürzt und salzfrei. Kein Bier, kein Wein, kein Cappuccino – und vor allem: kein Nachschlag! Nele fühlte sich schon beim Anblick der kümmerlichen Mahlzeit verhungert und war froh über die Currywurst mit Pommes, die ihren Magen noch angenehm füllte.

Yannick erschien und baute sich am Tischende auf. »Bitte seid achtsam gegenüber der Nahrung, die ihr gerade aufnehmt. Ich empfehle euch, möglichst langsam zu kauen, damit ihr die einzelnen Nährstoffe genügend einspeichelt. Dadurch sind sie für euren Körper nämlich wesentlich besser zu verstoffwechseln. Ich zähle immer bis 32 – nur als Tipp!«

Er lachte gekünstelt, die Teilnehmer schauten ihn ernst an und lachten nicht.

»So, und nun wünsche ich euch einen guten Appetit!« Yannick legte seine Hände aneinander, sagte »Namaste!« und schwebte davon.

»Und wie viel davon ist nun schon vergammelt?«, fragte Nele flüsternd in Richtung Sabine.

Die prustete lachend los und hatte sichtlich Mühe, ihren Reis dabei im Mund zu behalten.

»Hör auf!«, japste sie, als sie runtergeschluckt hatte.

»Die werden die abgelaufenen Lebensmittel ja wohl hoffentlich von den verschimmelten unterscheiden!«

»Hoffentlich!«, murmelte Nele.

27, 28 – die vollkommen geschmacksneutrale Reis-Fenchel-Pampe in Neles Mund fühlte sich mit jedem Kauvorgang wässriger an. Schon bei Kauakt 14 konnte sie nicht verhindern, Teile des Breis runterzuschlucken. Essen derart lange im Mund zu behalten war für sie, die sonst meist ohne richtig zu kauen nur schlang, extrem ungewohnt. Sie musste allerdings zugeben, dass man auf diese Weise eindeutig langsamer aß – und insgesamt vielleicht auch weniger? Das würde sie hier nicht feststellen können, denn morgen würde es sowieso nur winzige Portionen geben – und ab übermorgen gar nichts mehr.

Während sie die kümmerliche Mahlzeit im Zeitlupentempo zu sich nahmen, erfuhr Nele, dass Sabine geschieden war, zwei erwachsene Kinder hatte und als Pressesprecherin eines kleinen Theaters in Köln arbeitete.

»Und Ariane?«, erkundigte sich Nele.

»Die ist Finanzberaterin in München – und macht zusätzlich noch irgendwas mit Coaching«, wusste Sabine.

»Kennt ihr euch?«

»Nee, gar nicht!«

»Sie kommt mir etwas untervögelt vor«, schob Sabine nach – und Nele verschluckte sich vor Lachen an ihrem Wasser.

»Etwas??«, stellte sie als Frage in den Raum, nachdem sie runtergeschluckt hatte.

Sabine zwinkerte ihr kauend zu. Sie schien ein echtes

Schlachtschiff zu sein, das schon alles gesehen hatte und mit allen Wassern gewaschen war. Eine Kölner Frohnatur, wie sie im Buche stand. Die kölschen Grundprinzipien »Et kütt, wie et kütt«, »Et hätt noch immer jot jejange« und »Drink doch ene met« schienen tatsächlich ihre Lebensmottos zu sein.

Was Nele beruflich machte oder warum sie hier war, schien sie allerdings nicht besonders zu interessieren. Sie fragte nicht, kaute stattdessen konzentriert vor sich hin. War sie, Nele, denn wirklich so gähnend uninteressant? Hatte sie so eine öde Ausstrahlung, dass niemand hinter ihre Fassade schauen wollte?

»Warum bist du hier?«, fragte Nele, fest entschlossen, die Unterhaltung in Gang zu halten, durch die meditativ kauende Gesprächspause. »Warum fastest du?«

»Ich kriege mich einfach nicht diszipliniert«, sagte Sabine. »Ich esse und trinke einfach zu gerne – schon mein Leben lang.«

»Welcome to the club!«, lachte Nele.

»Du auch?«, fragte Sabine.

»Ja, bei mir ist es genau dasselbe«, gab Nele zu. »Ich habe schon tausend Diäten probiert, nichts hat funktioniert. Ich hoffe, hier endlich mal eine wirkungsvolle Systemkorrektur zu erfahren.«

»Na dann, viel Glück!«, sagte Sabine sarkastisch und schob sich das letzte Stückchen Zucchini in den Mund.

»Was soll das heißen?«, erkundigte sich Nele alarmiert.

»Um dünn zu werden, muss man einfach weniger essen und sich mehr bewegen, Mädchen! Das ist das ganze Geheimnis! Und das ist für Menschen wie mich einfach nicht zu schaffen. Aber vielleicht hast du ja mehr Erfolg und bist ein bisschen disziplinierter.«

Das bezweifelte Nele.

»Disziplinierter zu sein als ich ist jedenfalls nicht schwer«, lachte Sabine mit ihrer heiseren und tiefen Stimme, die Amanda Lear zur Ehre gereicht hätte.

Ein junges Mädchen ging herum und reichte den Teilnehmern aus einem großen Weidenkorb einen Apfel als »Dessert«.

»Bist du zum ersten Mal hier?«, fragte Nele interessiert.

»Hier ja, aber Fasten tue ich schon seit fünf Jahren einmal im Jahr.«

»Und bringt es was?«

»Hauptsächlich für mein Gewissen«, sagte Sabine. »Das meinte ich ja eben mit ›viel Glück‹!«

Das klang nicht sehr motivierend, fand Nele. Besonders nicht jetzt, wo sie gerade hart mit ihrem inneren Schweinehund zu kämpfen hatte, der sie schon seit einer halben Stunde fragte, ob diese Mahlzeit ein Witz sein sollte und wann es endlich etwas Richtiges zu essen gäbe.

»Und wie findest du das mit den Mehrbettzimmern?«, erkundigte sich Nele, um sich von der Irritation ihres Suchtzentrums abzulenken.

»Ganz okay, ich bin eh nicht gerne alleine. Ich bin ein totaler Menschenfreund.«

Nele nickte.

»... aber Ariane hat sich fürchterlich aufgeregt und gedroht, das Hotel zu verklagen.«

Synchron schauten sie beide zu ihrer Zimmergenossin, die gerade in ein Gespräch mit einem ihrer klapprigen Sitznachbarn vertieft war.

»Aber abreisen wollte sie auch nicht«, fuhr Sabine fort. »Das ist so eine, die auf Biegen und Brechen durchzieht, was sie sich vorgenommen hat.«

»Die Disziplin in Person«, ergänzte Nele. Sabine nickte und sah Ariane dabei ein bisschen neidisch an.

»So dünn war ich nie«, seufzte sie.

»Wie kamst du denn auf die ›Seemöwe‹?«, fragte Nele, um das Thema zu wechseln.

»Die kursiert in Berlin, wo mein Sohn lebt, gerade als Geheimtipp. Finn, mein Sohn, war vor zwei Monaten hier und war total begeistert. Da wollte ich das auch mal ausprobieren.«

Sie machte eine Pause und dachte offenbar an ihren Sohn, denn ihr Blick wurde auf einmal sehr weich und verlor sich in den Tiefen des Raumes.

»Ehrlich gesagt hat er mir den Aufenthalt geschenkt, weil er meint, dass es mir guttäte, mal wieder zu entgiften. Irgendwie komisch, diese neue Generation«, lachte sie. »Wir wollten Sex and Drugs and Rock 'n' Roll, und die wollen vegane Ernährung, Work-Life-Balance und Fastenkuren! Die sind so verdammt vernünftig!«

Ratlos schüttelte sie den Kopf.

Nele, die eindeutig die Vorlieben von Sabines Generation teilte, erkundigte sich nach seinem Alter.

»Finn ist 28.«

»Und was macht er?«

»Er ist Anwalt.«

Nele stellte sich einen gegelten Yuppie-Anzugträger mit nur zehn Prozent Körperfett vor.

»Für Foodwatch«, ergänzte Sabine.

Jetzt nicht mehr.

Stühlerücken, Gemurmel, Aufbruch. Das Essen war beendet, und die Teilnehmer machten sich auf den Weg nach draußen, in ihre Zimmer oder in Anwendungen und Kurse.

»Ich vertrete mir noch mal ein bisschen die Füße«, sagte Sabine, während sie sich ächzend erhob und ihren Stuhl an den Tisch schob. »Tschüssi, bis später!« Sie winkte Nele im Weggehen lässig über die Schulter zu und watschelte Richtung Lobby. Das war deutlich: Offenbar wollte sie keine Gesellschaft. Was sie wohl vorhatte? Zog sie sich jetzt heimlich irgendwo ein Vier-Gänge-Menü rein – mit reichlich Alkohol?

Und sie selbst? Was nun? Auch heimlich irgendwo essen gehen – oder zumindest noch ein Bier trinken? Nein! Streng schlug Nele sich geistig auf die Finger. Sie war fest entschlossen, diesmal durchzuhalten und nicht wie Sabine zu enden, die sich irgendwie aufgegeben zu haben schien. Sie würde jetzt am abendlichen Yogakurs in den Dünen teilnehmen und ihr Leben ändern!

Stolz auf ihre Willensstärke und Entschlossenheit, stapfte Nele die Treppe zur dritten Etage hinauf und kam atemlos oben an. Ariane hatte sich bereits umgezogen und nickte ihr nur kurz zu, bevor sie – beneidenswerte Dynamik ausstrahlend – das Zimmer verließ.

Was zog man denn zum Yoga an? Nele nahm ihre Jogginghose und ein 3XL-T-Shirt aus dem Schrank, zog sich um, schlüpfte in ihre Birkenstocklatschen und schnappte sich ein großes Handtuch. Yoga machte man doch barfuß, oder? Nele konnte sich nicht mehr genau erinnern.

Um 19:30 Uhr wollte sich die Yogagruppe auf einer Wiese an der Düne versammeln. Nachdem sie auf der Terrasse in Ruhe noch zwei Becher Pfefferminztee getrunken hatte (»Trinken, trinken!«, hatte Yannick schließlich befohlen – und es half gegen den aufkommenden Hunger), schlenderte Nele den Odde Wai hinunter und stieß als eine der Letzten zur Gruppe.

Sie griff sich eine der Yogamatten, die aufgerollt bereitstanden, und suchte sich einen Platz. Erstaunlicherweise waren auch etliche Männer unter den Teilnehmern. Nele hatte immer gedacht, Yoga wäre eher ein Frauending.

Bekleidet mit hautengen Leggings und einem labberigen gelben Tanktop, das großzügige Einblicke auf seine beeindruckende, gänzlich enthaarte Brustmuskulatur bot, begann Yannick den Kurs.

Nele machte ambitioniert mit, stellte aber wieder einmal fest, dass Yoga ihr nicht lag. Dieses achtsame »In-sich-hinein-Gespüre« und ölige »Alles-fließen-Lassen« zerrte an ihren Nerven wie ein zu lauter Rasenmäher zur Mittagsstunde. Und ihre Kondition reichte für die Übungen einfach nicht aus – genauso wenig wie ihre Gelenkigkeit. Egal, ob Hund, Baum, Kobra, Sonnengruß oder Schulterbrücke – schon nach ein paar Sekunden musste sie die jeweilige Position abbrechen und lag japsend auf ihrer Matte wie ein gestrandeter Wal.

Aber man sollte ja auch zur Ruhe kommen und sich

schonen, hatte der Fastenprofi gesagt, beruhigte sie sich. Mit dieser Absolution blieb sie die meiste Zeit einfach liegen und ließ die anderen machen. Ariane beherrschte natürlich alle Übungen vorbildlich – sogar den Kopfstand. Wie konnte man nur so durchtrainiert und gelenkig sein? Während sich Ariane elastisch wie eine russische Turnerin verbog, lag Nele so platt auf ihrer Matte wie eine angespülte Riesenqualle.

Zimmer 303 war leer, als sie vom Yogakurs zurückkam. Ariane lief bestimmt eben schnell noch mal 30 Kilometer am Strand, mutmaßte Nele. Oder vögelte mit Yannick in den Dünen – sofern der nicht schwul war.

Nele überlegte kurz, auch noch mal rauszugehen und irgendwo ein Beruhigungsbier zu trinken, entschied dann aber, es ernsthaft anzugehen und lieber morgen früh aufzustehen, um die Morgengymnastik mitzumachen.

Sie nutzte die Gelegenheit, unbeobachtet eine heiße Dusche zu nehmen, und legte sich anschließend in ihr Bett, um sich über ihr iPhone das neue »Herzkraftwerk«-Album von Sarah Connor anzuhören. Auch so eine Superfrau: Vier Kinder, dazu diese begnadete Stimme und ein superschlanker Körper. Nena, Heidi Klum, Ursula von der Leyen – wie schafften diese Powermütter das nur? Sie selbst hatte noch nicht mal Kinder und war trotzdem dick. Vom beruflichen Erfolg oder irgendeiner künstlerischen Begabung ganz zu schweigen ...

Die Tür ging auf, und Ariane kam herein. »Oh, hallo! Du schläfst schon?«, begrüßte sie Nele. Es klang irgendwie verächtlich.

»Nein, nein!«, sagte Nele deshalb eilig. »Ich höre noch Musik.«

»Ach so«, sagte Ariane, schnappte sich ein Handtuch und ihren Kosmetikbeutel und verschwand im Bad.

Fünf Minuten später kam sie zurück, setzte sich eine Schlafmaske auf, drehte sich Ohropax in die Ohren, wünschte Nele »Gute Nacht!« und legte sich unter ihrer Decke auf die Seite, mit dem Gesicht zur Wand.

Nele löschte das Licht. Es war sehr ungewohnt, mit einer vollkommen fremden Person, die sie ganz offensichtlich nicht mochte, in einem Zimmer zu schlafen. Wobei von Schlafen genau deswegen keine Rede sein konnte. Unruhig wälzte Nele sich hin und her und horchte auf die Geräusche des Hauses. Zum Glück war Ariane einverstanden gewesen, das Fenster in der Kippstellung zu belassen, sodass eine kühle Brise ins Zimmer wehte und sie dem Rauschen des Meeres lauschen konnte. Wo blieb eigentlich Sabine?

Mit dieser Frage im Kopf schlief sie endlich ein. Mitten in der Nacht polterte Sabine ins Zimmer und weckte sie wieder auf. Sie war zwar so rücksichtsvoll gewesen, kein Licht zu machen, aber offenbar so stark angetrunken, dass sie im Dunkeln überall gegenstieß. Wie ein gefällter Baum ließ sie sich angezogen auf ihr Bett plumpsen und schnarchte kurz darauf wie ein Sägewerk. Na, die würde von Ariane morgen sicher eine heftige Standpauke kassieren.

Um wieder einschlafen zu können, steckte auch Nele sich Ohropax in die Ohren.

- 10 -

Der iPhone-Wecker kannte keine Gnade und riss Nele um sieben Uhr aus einem wunderschönen Traum, in dem sie gerade einen perfekt zubereiteten Hammelpilaw aß – mit scharfem Tomaten-Mandeln-Rosinen-Reis, gebratenen Auberginen und Knoblauchquark. Benommen schaute sie sich um. Wo bin ich und, wenn ja, wie viele? Sie wusste zunächst gar nicht, wo sie war. Ach ja, sie machte ja gerade diese bekloppte Fastenkur, erinnerte sie sich und schälte sich aus ihrer Decke. Arianes Bett war leer und akkurat gemacht, Sabine schnarchte mit offenem Mund vor sich hin. Ein Speichelrinnsal lief dabei auf ihr Kissen.

Müde schlurfte Nele ins Bad, putzte sich die Zähne, machte sich frisch, schlüpfte in ihr Sport-Outfit und eilte zum Qigong. Schon bei dem Gedanken an Sport brach Nele der Schweiß aus. Sie war unbeweglich geworden – in jeder Hinsicht.

In der Lobby hatten sich bereits etliche Leidensgenossen eingefunden – müde, verquollen und mit Augenringen. Einige allerdings auch beneidenswert frisch und dynamisch – wie zum Beispiel Ariane.

Mit schnellem Schritt marschierte die Gruppe Richtung Strand – Feldwebel Yannick vorneweg. Eine dünne, kurzhaarige Frau in rot-grünem Jack-Wolfskin-Funktionsanorak fragte Nele nach einem Taschentuch. Nele, die immer und überall Tempos dabeihatte, kramte eines aus der Tasche ihres Hoodies und reichte es ihr. Sie kamen ins Gespräch, und auch Marlenes »Partner« (was für ein schreckliches Wort) Bernd, der neben ihr lief, schaltete sich ein. Die beiden kamen aus Berlin und waren schon zum zweiten Mal hier. Sie waren politisch extrem korrekte Lehrer, die bestimmt Carsharing betrieben oder mit Fahrradhelmen zur Arbeit radelten.

»Der Yannick is unheimlich jut«, war Marlene überzeugt. »Der hat es richtig drauf!« Was genau er Marlenes Meinung nach draufhatte, verriet sie leider nicht.

Bernd wollte gerade seinen Senf dazugeben, als sich der Mathelehrer vor ihnen wütend umdrehte und sie anzischte, gefälligst leiser zu sein. Der Weg zum Strand gehöre schließlich schon zur Meditation.

Marlene zuckte die Schultern und legte bedeutungsvoll den Zeigefinger auf ihren Mund. Stumm liefen sie nebeneinander her.

Die Henna-Frau, die zwei Meter vor ihnen trabte, trug wieder mal eine unerträgliche Patschuliwolke vor und hinter sich her, von der Nele übel wurde. Zum Glück lag sie nicht mit der in einem Zimmer. Das wäre olfaktorische Folter gewesen.

»Qigong ist eine Kombination aus Atem-, Bewegungs- und Meditationsübungen in langsamen, fließenden Körperbewegungen – fast wie in Zeitlupe«, dozierte Yannick, nachdem sie sich am Strand im Kreis aufgestellt hatten.

»In der traditionellen chinesischen Kultur spielt die Lebensenergie ›Qi‹ – auch ›Chi‹ genannt – eine sehr wichtige Rolle, denn sie fließt durch die Energiebahnen und Meridiane eures Körpers und versorgt die verschiedenen Organsysteme. Wenn euer Qi harmonisch im Fluss ist, seid ihr körperlich und seelisch im Gleichgewicht. Aber wenn es durch Stress, negative Erlebnisse oder andere Irritationen gestört oder unterbrochen ist, fühlt ihr euch schlapp, ausgepowert und müde.«

Prüfend schaute Yannick in die Runde.

»Mit den Übungen, die wir gleich praktizieren, bringen wir euer Qi wieder zum Fließen«, fuhr er fort. »Die Übungen orientieren sich stark an der Natur. Ihr nehmt die Rolle eines Tieres oder einer Pflanze ein und stellt euch zum Beispiel vor, wie ein Kranich zu fliegen oder wie eine Kiefer verwurzelt zu sein.«

Das mit der Kiefer war einfach, fand Nele. Dafür brauchte sie sich einfach nur breitbeinig hinzustellen und die Arme auszubreiten. Und der Kranich würde ganz gut zum Mathelehrer passen …

»Wir beginnen mit dem ›Spiel der fünf Tiere‹, die entsprechend ihren Eigenschaften den fünf Elementen zugeordnet werden: Der behäbige Bär steht für die Erde, der anmutige Kranich für Metall, der geschmeidige Affe für das Wasser, der kraftvolle Tiger für Holz und der dynamische Hirsch für Feuer. Ihr sollt die Bewegungen dieser Tiere möglichst sanft und fließend nachahmen – das trainiert eure

Vorstellungs- und Ausdruckskraft, und ihr könnt auf spielerische Weise eure Emotionen ausdrücken. Das ist nice, um angestaute Aggressionen loszuwerden!«

Auch den behäbigen Bären nachzuempfinden schien Nele unproblematisch, die Mühe hatte, beim Anblick der Henna-Frau als hüpfender Hirsch nicht in einen hysterischen Lachkrampf auszubrechen. Sie, Nele Rickmers, inmitten einer Gruppe übereifriger Demnächst-nichts-mehr-Esser, die am Strand Tiere nachahmten – irgendwie war ihr Leben gerade etwas seltsam, fand sie.

»Und denkt immer dran: Wo das ›i‹ ist, ist auch das Chi!«, säuselte Yannick in sanftem Therapeutentonfall.

»Welches i?«, fragte Nele in die Gruppe der Tiger-, Kranich- und Affenimitatoren hinein. Das war ihr wieder mal einfach so rausgerutscht, weil ihre selbst gewählte Rolle als Bär sie nicht sonderlich beanspruchte.

»›i‹ ist die Abkürzung für Energie«, dozierte Yannick. »Wohin du deine Aufmerksamkeit bündelst, da geht auch das Chi, also deine Lebensenergie, hin!«

»Aha«, sagte Nele, der das »i« vor iPhone plötzlich in ganz neuem Licht erschien.

Doch sosehr sie sich auch wie ein Bär in Zeitlupe und anschließend wie ein übertrieben gemästeter Kranich bewegte – so richtig wollte ihr Chi nicht fließen. Oder sie merkte es vielleicht einfach nicht. Von der Vogelfigur, bei der sie die Arme ausbreitete und langsame Flügelbewegungen imitierte, bekam sie Schulterschmerzen und stolperte am Ende über den Rucksack des Berliner Wolfskin-Paares. Vermutlich musste sie sich mehr auf die Übungen einlassen.

Nach der tierischen Bewegungsmeditation wurde im Speisesaal das »Frühstück« serviert, das natürlich auch wieder ein Witz war: ein großer Becher Kräutertee und ein Glas Rote-Bete-Möhren-Saft! Eine halbe Stunde später sollte es für jeden drei Stücke Apfel, Orange und Wassermelone geben.

»Ich habe ein kleines Anliegen an euch.« Yannick erschien plötzlich im Raum. »Ich möchte euch bitten, euch möglichst wenig zu parfümieren!«

Gemurmel im Raum.

»Beim Fasten wird man extrem geruchsempfindlich, und es gab gestern und heute früh schon einige Beschwerden.«

Die Henna-Frau in der Patschuliwolke kratzte sich verlegen am Kopf.

»Am besten, ihr deodoriert oder parfümiert euch gar nicht«, schlug Yannick vor. »Und nun lasst es euch schmecken!«

Ein junger Ausländer erschien mit einem Tablett voller Teller und teilte die Obstrationen aus.

Man durfte seinen Teller auch mit in den Garten nehmen, was Nele sogleich tat, um dem raumfüllenden Parfum der Henna-Frau zu entfliehen. Sie setzte sich mit ihrem Teller auf der Terrasse in den Schatten und versuchte artig, jedes Apfelstück 32-mal zu kauen. Ihr Blick blieb dabei an einer zierlichen Frau mit großer Sonnenbrille hängen, die auf einem Sitzsack in der hintersten Ecke des Gartens saß. War die gestern schon da gewesen? Da war sie ihr zumindest nicht aufgefallen. War das nicht Miriam Moss, die Moderatorin von »I am the Moss!«, dieser genialen Comedy-Sendung, die wöchentlich im Ersten lief? Was machte die denn hier? Eine Undercover-Reportage? Die bekam bestimmt eine Sonderbehandlung und musste nicht in einem Mehrbettzimmer schlafen, ärgerte sich Nele. Zugleich war sie extrem gespannt, ob ihre vermeintliche Identifikation richtig war, und konnte sich kaum mehr auf ihr Essen konzentrieren. Ansprechen mochte sie sie aber auch nicht, wo sie so offensichtlich inkognito bleiben wollte.

Sabine ließ sich zum Frühstück nicht blicken. Die schlief vermutlich ihren Rausch aus und bestellte sich nachher irgendwo Rühreier mit Speck, mutmaßte Nele. Bei dem Gedanken daran lief ihr das Wasser im Mund zusammen.

Um sich von dem immer kneifenderen Hungergefühl abzulenken, studierte sie das umfangreiche Anwendungsangebot, das am Tresen aushing:

- Entschlackende Fußbäder mit Salzen und Strom
- Lymphdrainage
- Ernährungsberatung bei Vegan-Koch Günther Mälzer
- Physiotherapie
- Hydrotherapie
- Infusionen mit Mineralien und Vitaminen
- Bauch-, Rücken-, Reflexzonen- oder Ganzkörpermassagen in verschiedenen Variationen wie ayurvedisch, Hot Stone, Aroma oder mit Seidenhandschuh
- Heilschlammpackungen aus einer Schlammpackung aus Heilkreide, Naturschlick und Salz
- Meersalzpeeling

Da das Wetter viel zu schön war, um in einem überheizten Raum rumzuliegen und sich durchkneten zu lassen, beschloss sie, sich einen der beiden E-Smarts zu schnappen, die das Hotel seinen Gästen im Zuge einer Mercedes-Promotion-Aktion gratis bot, und ein bisschen über die Insel zu kurven. Wer weiß, ob sie in den nächsten Tagen, wenn das Fasten erst so richtig begonnen hatte, noch die Energie dazu haben würde. Sie machte sich auf den Weg zum Empfangstresen und hoffte, dass die Autos nicht schon Wochen im Voraus reserviert waren.

Nele hatte Glück: Ein Gast hatte seine Reservierung erst vor zehn Minuten storniert, und Nele konnte, nachdem sie sich schnell umgezogen und ein paar Sachen zusammengesucht hatte, das Elektrogefährt von seiner Schnellladestation koppeln und losdüsen.

Es war ein strahlender Sommertag, Nele schob das Verdeck auf und brauste zu den Klängen von Anna Loos' »Werkzeugkasten« durch die Dünenlandschaft von Hörnum Richtung Westerland. »Hier will ich bleiben, hier kann ich sein, sein, wer ich bin. Hier will ich sein, hier komm ich heim«, tönte es aus den Lautsprechern, und Nele empfand plötzlich ein Gefühl totaler Freiheit. So, als würde sie schweren Ballast abwerfen – und damit waren nicht nur ihre überflüssigen Kilos gemeint. Vielleicht würde das hier ja wirklich ein Neustart werden ...

Spontan entschied sie, in Wenningstedt zu halten und von der großartigen Promenadenbrücke aufs tosende Meer zu blicken. Sie parkte den Smart auf einem der 30-Minuten-Parkplätze direkt vor dem Kursaal und ärgerte sich dabei über ein penetrantes Exemplar der überall vorkommenden Anstarr-Opis, die Parkplätze bewachten, einen beim Einparken beobachteten oder ungefragt den Verkehr regelten. Nele hasste die Gesten, mit denen sie einen unaufgefordert einwinkten, in der Annahme, Frauen könnten nicht ohne Hilfe einparken. Noch schlimmer war allerdings die »Gefälligst langsamer fahren«-Geste, mit der sie das Tempolimit in 30er-Zonen überwachten. Diese Spezies verkörperte ein vollkommen überholtes Männerbild und war in Neles Augen wirklich absolut überflüssig.

Den Befürchtungen des Opis zum Trotz schaffte Nele es erstaunlicherweise, den winzigen Smart in die riesige Parklücke zu bugsieren, und machte sich auf den Weg zur Promenade. An der Bäckerei vorbeizugehen, die im Kursaalgebäude untergebracht war und aus der köstlicher Kaffee- und Brötchenduft strömte, war eine extrem schwierige Übung. Zu gerne hätte sie sich draußen an einen der Tische gesetzt, einen herrlichen Becher Filterkaffee mit Sahne getrunken und ein oder zwei belegte Laugenbrötchen gegessen. Doch sie riss sich eisern zusammen und marschierte zügigen Schrittes zur Promenade. Die frische Nordseebrise, die ihr dabei durch die Haare wehte und die sie gierig einsog, lenkte ihre Gedanken wieder in andere Bahnen.

Und da war sie: die grüne Nordsee! Wilde Brandung mit weißen Kronen, schäumende Gischt, das steile Kliff und davor der endlose Strand, der sich links und rechts bis zum Horizont erstreckte. Alles im Weichzeichnerlicht der sich in der Luft brechenden Salzwassertropfen. Wie Nele dieses

Panorama doch liebte – und die Champagnerluft, die nach Salz und Meer roch.

Auf der Wiese vor dem Kursaalgebäude lief eine Menschengruppe eine Polonaise – einfach so, ohne Musik, mitten am Tag. Erst auf den zweiten Blick merkte Nele, dass die Polonaiseteilnehmer lebensgroße Kunstfiguren waren, die zu ihrer Überraschung alle genauso dick waren wie sie. Hätte sie sich dort eingereiht, wäre das vermutlich niemandem aufgefallen. Amüsiert ging sie zu den Exponaten: Die Installation trug den Titel »Alltagsmenschen«, geschaffen von der Bildhauerin Christel Lechner. Schnell hatte Nele in ihrem iPhone gegoogelt, dass ihre Figuren mit voller Absicht nicht gängigen Modetrends oder Schönheitsidealen entsprachen, da »echte« Alltagsmenschen eben eher keine Modelmaße und faltenfreie Gesichter hätten.

Die 71-jährige Künstlerin wolle ganz bewusst dem Schönheitswahn entgegenwirken, erfuhr Nele: »Gesichter, die eine Geschichte zu erzählen haben«, wurde sie auf der Website der Tourismuszentrale Wenningstedt zitiert, »sind viel spannender als ein perfekter Teint und eine makellose Haut.« Den ganzen Sommer über würden die täuschend echten Figuren überall in Wenningstedt verteilt sein. Nele war begeistert und machte etliche Fotos.

Vor Gosch entdeckte sie eine weitere Figurengruppe: drei voluminöse ältere Frauen im Badeanzug, die mit Surfbrettern unter dem Arm offenbar gerade schwimmen gehen wollten. Auch sie waren auffallend prall und sahen sehr gut gelaunt aus. War das ein Zeichen? Wollte ihr eine höhere Instanz damit sagen, dass sie einfach so bleiben sollte, wie sie war? Dass sie auf dem schnellsten Wege in die Bäckerei rennen und ein anständiges Frühstück zu sich nehmen sollte? Und danach noch mehrere Kugeln Iismeer-Bio-Eis? War dick sein doch normal?

Nein, sie würde hart bleiben! Wenigstens diesmal wollte sie durchhalten. Sie konnte doch nicht jede Diät schon nach zwei Tagen abbrechen! Entschlossen stapfte Nele zurück zu ihrem Smart, trank eine weitere Wasserflasche leer, in der Hoffnung, die Flüssigkeit würde das Loch in ihrem Magen füllen, und startete durch Richtung Kampen. Sie hatte gute Gründe gehabt, sich zur Fastenkur anzumelden, und würde ihren Entschluss nicht bei der erstbesten Gelegenheit über Bord werfen. Dicke Menschen – ob in echt oder aus Beton – gab es schließlich überall, und sie konnte wohl kaum jeden Einzelnen als Diät-Crash-Absolution nutzen.

Stolz auf ihre ungeheure Vernunft, bog sie in die Kurhausstraße ein und genoss fasziniert den grandiosen Blick auf die schmalste Stelle Sylts, bei der man auf beide Küsten gleichzeitig schauen konnte: die Dünenlandschaft in der Mitte – und links und rechts das Meer. Was für eine kleine empfindliche Sandbank die Insel eigentlich doch nur war, staunte Nele.

Die Uhr auf dem Armaturenbrett zeigte halb zwölf – höchste Zeit, zurück in die »Seemöwe« zum Mittagessen zu fahren. Gut so, denn das Hungergefühl in ihrem Bauch wurde allmählich beißend.

- 11 -

Sabine hatte tiefere Augenringe als Derrick und wollte nicht angesprochen werden, als Nele sich am Tisch neben sie setzte. Mit schmerzverzerrtem Gesicht winkte sie ab, als Nele sie lachend mit »Na, gestern ein bisschen zu tief in den Kräutertee geschaut?« begrüßte.

Schweigend nahmen sie das karge Mittagessen ein, das aus einer winzigen Portion Naturreis mit ein bisschen gedünstetem Zucchino, Fenchel und Lauch bestand – ungesalzen, versteht sich. Zum »Würzen« standen heute aber kleine Schüsselchen mit gehackten Kräutern bereit, die Nele neugierig allesamt probierte.

Dazu gab es Blattsalat mit Gurke, Kohlrabi und Tomaten, angemacht mit Zitronensaft und einer Messerspitze Olivenöl.

Nele kaute jeden Bissen artig 32-mal, weil sie alles richtig machen wollte und zudem die Hoffnung hatte, auf diese Weise wenigstens ein bisschen satt zu werden. Aber auch, weil Sabine so hartnäckig wie missgelaunt schwieg.

»Fastest du zum ersten Mal?«, sprach sie plötzlich die Frau an, die neben ihr saß und aussah wie eine Zwillingsschwester von Annegret Kramp-Karrenbauer. Warum fragte die das? Sah man ihr das so genau an? »Ja, wieso?«, antwortete Nele.

»Ich auch«, sagte die Frau sichtbar erleichtert. »Ich dachte schon, das wären alles nur Profis hier.« Mit erstaunlich gelben Zähnen strahlte sie Nele solidarisch an. »Ich bin die Beate!«

»Nele!«

Kauend nickten sie sich zu, und Nele erfuhr, dass Beate aus Hamburg kam, dort einen Bioladen betrieb, schon immer mal unter Anleitung fasten wollte, aber wegen ihrer drei Kinder bislang nicht dazu gekommen war. Nun machten die Kinder mit ihrer Lebensgefährtin Sommerferien in Frankreich – und Beate konnte endlich ungestört hungern.

Sie trug Trekkingsandalen, kurze Jeans, volle Wadenbehaarung und ein weinrotes, komplett unmodisches T-Shirt. Ihre grau durchsträhnte Kurzhaarfrisur schien genauso wahllos wie ihre Brille. Beneidenswert, dass es manchen Menschen offenbar ganz egal war, wie sie aussahen, fand Nele. Und noch erstaunlicher, dass sie offenbar trotzdem ihre Liebe gefunden hatte. Für Nele glich Beates Sex-Appeal eher dem eines abgestandenen Glases Badewasser.

Um ihre Hungergefühle zu vergessen, entschied sie nach dem Essen, einen Mittagsschlaf zu machen. Man sollte sich ja schonen und runterkommen.

Nele liebte Mittagsschläfchen und konnte sie quasi überall machen. »Mittagsschlaf ist die Orgie des kleinen Mannes«, hatte der unerhört erotische Schauspieler und bekennende Mittagsschlafoholic Henning Baum mal in einem Interview gesagt. Das konnte Nele nur unterschreiben. Auch sie empfand die Schlummereinheiten, die sich immer ein bisschen anfühlten wie heimlich vom Tag gestohlen, als unglaublichen Genuss. Und Henning Baum würde sie übrigens sofort heiraten.

Zum Glück waren weder Sabine noch Ariane auf dem Zimmer, sodass Nele sich die Ohropax in die Ohren drehen konnte und sofort in einen tiefen Schlaf fiel.

Es war schon halb drei, als sie herrlich erfrischt wieder aufwachte, auf der Terrasse einen Becher Tee trank und beschloss, ein bisschen spazieren zu gehen. Sie wollte durch die Dünen zum Weststrand laufen. Laut Google sollte es einen kleinen Pfad vom Greth-Skrabbel-Wai Richtung Strandsauna geben.

Der Holzstegpfad war wunderschön, führte einmal quer durch die Dünen und bot einen fantastischen Blick auf die Odde und den Weststrand. Nele war entzückt von den kleinen Hobbit-Reetdachhäuschen, die auf den Hügeln standen. Wie traumhaft musste es sein, in so einem Häuschen zu wohnen und schon morgens beim ersten Kaffee auf der Terrasse den grandiosen Blick auf die Dünenhügel und das Meer zu genießen? Tja, mit Geld war das Leben eindeutig schöner …

Rechts und links des Weges waren immer wieder kleine Bänke zum Verweilen aufgestellt worden, von denen Nele einige zum Innehalten und Fotografieren nutzte.

Neugierig stand sie schließlich vor der Strandsauna, und als sie dem Informationsblatt am Eingang entnahm, dass man sich auch Handtücher und Bademäntel leihen konnte, geriet sie in Versuchung. Sollte sie einfach spontan reingehen? Aber dann müsste sie sich ja nackt zeigen? War sie dafür nicht viel zu dick? Konnte sie den anderen Gästen den Anblick ihres unbekleideten Riesenkörpers überhaupt zumuten? Würden die Saunagänger sie entsetzt anstarren?

So ein Quatsch!, beschloss sie. Sie hatte noch nie ein Problem mit Nacktheit gehabt – und würde jetzt auch nicht damit anfangen. Falls der Anblick ihrer unbekleideten Fülle irgendeinem Gast unangenehm war, dann wäre das sein Problem – nicht ihres. Sie konnte sich schließlich nicht den Rest ihres Lebens verstecken oder verhüllen, nur weil sie ein paar Kilos zu viel auf den Hüften hatte.

Außerdem war das Saunieren fastenmäßig bestimmt total sinnvoll, denn es würde entgiften und von den Hungergefühlen ablenken.

Die altmodische Saunaanlage erweckte den Eindruck, in den Siebzigerjahren stehen geblieben zu sein. Sie bestand aus mehreren Holzhütten, die in die Dünen gesetzt worden waren und einen Innenhof bildeten, in dem mehrere Liegen, eine Loungegarnitur und zwei Strandkörbe zum Ausruhen und Relaxen einluden. Über einen Holzsteg konnte man durch die Dünen direkt ins Meer laufen – nackt!

In der kleinen Bistrohütte lieh Nele sich zwei flauschige, große blaue Handtücher und zog sich im Umkleideraum aus. Schließfächer gab es nicht, nur Holzbänke und ein Ablagebord für Brillen.

Es gab eine Bio- und eine finnische Sauna. Nele entschied sich für die klassische 90-Grad-Version, wickelte sich in eines der Handtücher und öffnete die Saunatür. Vier nackte Männer lagen oder saßen auf den oberen Holzbänken. Die mittlere Bank war noch frei, auf der Nele schnell ihr Handtuch ausbreitete und sich rücklings darauf ausstreckte, denn im Liegen war ihr Bauch nicht so deutlich zu sehen. Sie schloss die Augen und konzentrierte sich auf die herrliche Wärme, die ihren Körper umhüllte und dadurch augenblicklich entspannte. Ab und an kontrollierte sie mit einem schnellen Blinzeln, was die anderen Nackten so machten, und betete, dass keiner von ihnen zu einer Sauna-Schrubbelbürste greifen und seinen Schweiß damit so weiträumig versprühen würde wie ein Hund, der sein regennasses Fell schüttelte. Das war Nele nämlich einmal in der Sauna des Kellinghusenbades passiert und hatte sie schwer traumatisiert.

Doch die Gäste der Hörnumer Strandsauna verhielten sich zum Glück vorbildlich. Still, stumm und nur aufs eigene Handtuch tropfend, schwitzte jeder artig vor sich hin.

Nele konnte nie lange in der Hitze bleiben. Als sie es nach zehn Minuten nicht mehr aushielt, schnappte sie sich ihr Handtuch und lief nackt durch die Dünen zum Meer. Sich zu verhüllen wäre viel zu heiß gewesen. Was für ein ungeheuer freies Gefühl, hier einfach so unbekleidet durch die Gegend zu rennen, dachte sie, bevor sie sich in die schäumenden Wellen warf.

Die Abkühlung in der brodelnden Brandung war ein Hochgenuss! Nele genoss die herrlich prickelnde Gischt auf ihrer Haut und ließ sich immer wieder von den Wellen ans Ufer tragen – Body-surfing nannte man das. Das herrlich klare grüne Wasser – sie hätte noch Stunden darin bleiben können.

Jetzt, wo sie walfischartige Ausmaße angenommen hatte, war Wasser anscheinend ihr Element – das war ja auch nur logisch, dachte sie schmunzelnd.

Am Strand war niemand zu sehen, deshalb ging sie, nachdem sie den Wellen wieder entstiegen war, ein paar Meter ohne Handtuch am Strand spazieren und ließ ihren Körper mit ausgebreiteten Armen vom Wind trocknen. Den Sand unter den Füßen zu spüren, die Haut von der Luft streicheln zu lassen, die Brandung rauschen zu hören, die Champagnerluft einzusaugen – das war ein so umwerfend schönes, naturverbundenes Gefühl, dass Nele ergriffen die Augen schloss und kurz innehielt.

Nach ein paar Minuten schnappte sie sich ihr Handtuch und schlenderte zurück zur Sauna. Wann hatte sie sich eigentlich zuletzt so vitalisiert gefühlt? So lebendig und total im Hier und Jetzt, so absolut im Moment? Als Kind vermutlich, überlegte sie.

Als sie ungewohnt erfrischt, belebt und gut gelaunt zurück in den Innenhof kam, traute sie ihren Augen kaum: War das nicht Sabine da hinten auf der Liege in der Ecke? Ja, ganz eindeutig! Offenbar tiefenentspannt, chillte ihre Zimmernachbarin unter einem grünen Sonnenschirm – und trank Bier! Na, die hatte ja Nerven. Oder ein erhebliches Alkoholproblem.

»Hallo, Sabine.« Nele schlenderte auf sie zu und trocknete sich dabei die Haare ab. »Ist aber ein bisschen kontraproduktiv, oder?«, frozzelte sie und deutete auf das Bier.

Erstaunt blickte Sabine sie an. »Oh, du bist auch hier?« Sie setzte sich auf und stellte ihre Flens-Flasche auf den Boden.

»Lass mich mal. Jeder muss auf seine Weise beginnen – und ich komme eben so am besten runter. Ab morgen bin ich alkoholfrei und vernünftig. Keine Sorge.«

»Ich mach mir keine Sorgen«, entgegnete Nele und setzte sich ungefragt auf die freie Liege neben Sabine. »Du bist ja schon erwachsen.«

Sabine nickte und nahm einen Schluck Bier.

»Ehrlich gesagt würde ich jetzt auch verdammt gerne ein Glas Wein trinken, aber …«

»Dann tu's doch!«, unterbrach Sabine sie.

»Nee, lieber nicht«, sagte Nele und schüttelte den Kopf. »Das geht nach hinten los. Ich kann einfach schlecht maßhalten und möchte mich mithilfe dieses Seminars endlich mal disziplinieren.«

»Schön«, sagte Sabine.

»Bislang klappt das auch ganz gut«, erklärte Nele, streckte sich auf der Liege aus und schaute versonnen in den Himmel. Die Brandung prickelte immer noch auf ihrer Haut – ein grandioses Gefühl.

»Was machst du denn eigentlich beruflich?«, erkundigte sich Sabine. Endlich fragte sie das mal, freute sich Nele. Dann war sie vielleicht doch nicht so langweilig, dass sich niemand für ihr Leben interessierte.

»Ich arbeite als Grafikerin in einem Immobilienbüro«, erzählte sie.

»Oh, Immobilien ... ist das nicht ziemlich langweilig?«, überlegte Sabine.

»Nö, ich bin froh, keinen stressigen Karrierejob zu haben«, antwortete Nele und war sich auf einmal gar nicht mehr so sicher, ob das wirklich stimmte. Oder auch nur ihrer Bequemlichkeit und ihrem mangelnden Drive oder Biss geschuldet war. Sie hatte einfach keinen Ehrgeiz. Höchstens den, lecker zu kochen – und guten Wein zu trinken.

»Und hast du einen Freund? Bist du in einer Beziehung?« Die zweite Frage hatte Sabine offenbar für den Fall nachgeschoben, dass Nele mit einer Frau zusammen war. Sie musste über so viel Kölner Toleranz schmunzeln.

»Nein, leider nicht.«

»Wieso leider?«

»Ich hätte sehr gerne wieder eine Beziehung – aber leider habe ich in der Hinsicht gerade kein Glück.«

»Wie lange bist du denn schon Single?«

»Fünf Jahre«, gab Nele zu.

»Hui!«, rief Sabine und schaute Nele plötzlich eindringlich an. »Kein Mensch sollte so lange Zeit ohne Körperkontakt sein!«

Na super, dachte Nele. Und was hilft mir das jetzt?

»Ich sage dir: Es ist Zeit für Sex-Appeal statt Ex-Appeal!«, mahnte Sabine weiter.

»Was ist denn Ex-Appeal?«, fragte Nele verständnislos.

»Na, Menschen, die ihrer Ex-Beziehung hinterhertrauern, weil sie es nicht ertragen können, alleine zu sein – sich aber auch nicht an etwas Neues herantrauen.«

»Aber ich möchte Ben nicht zurück!«, rutschte es Nele empört heraus.

»Wirklich nicht?« Sabine schien es nicht zu glauben.

»Und warum findest du dann niemanden? Du siehst doch ganz süß aus …« Sabine grinste sie an, griff zu ihr rüber und tätschelte ihren Bauch. »Bisschen rundlich vielleicht …«, überlegte sie laut und lachte.

War die komplett betrunken?, dachte Nele empört. Ganz süß? Rundlich? Sie hätte ihr am liebsten eine geknallt. Hatte Sabine in letzter Zeit selbst mal einen Blick in den Spiegel geworfen? Sie sah aus wie ein Walross mit gelber Perücke!

»Du musst die Leine neu auswerfen, statt dem verlorenen Fang hinterherzutrauern! Deinen Sex-Appeal wieder anschmeißen, statt in der Opferrolle zu verharren«, tönte Sabine.

»Is klar«, murmelte Nele genervt. »Und wo ist der Schalter dafür?«, fragte sie.

»In dir«, antwortete Sabine nebulös.

Nele verdrehte im Geiste die Augen. Immer diese bescheuerten Ratschläge. Wenn sie wüsste, wie sie plötzlich zu einem Feuerwerk der Erotik mutieren könnte, dem die Männerherzen wie Herbstblätter zuflogen, hätte sie es sicherlich schon längst getan.

»Warum hasst man sich eigentlich so nach gescheiterten Beziehungen?«, fragte Sabine mit belegter Stimme. Offenbar war ihre Stimmung innerhalb weniger Sekunden umgeschlagen. Traurig starrte sie ihre Bierflasche an und gab sich auch gleich die Antwort:

»Ich glaube, man hasst sich wegen des Selbstbetrugs, den man veranstaltet hat!«

»Wie?«, fragte Nele, die nicht verstand, worauf Sabine hinauswollte.

»Weil man den anderen ganz anders gesehen hat und dann erkennen muss, dass man sich etwas vorgemacht hat. Und dass die Vorstellung falsch war und sämtliche Träume, Sehnsüchte, Wünsche, die man in der Beziehung hatte, gescheitert sind.«

Nele hatte immer noch Mühe nachzuvollziehen, was Sabine damit meinte.

»Dafür hasst man dann sich selbst, und das macht aggressiv gegen den anderen.«

»Lebst du in einer Beziehung?«, fragte Nele.

»Nein, ich bin ja schon über 60 – und ich mag keine alten Männer«, sagte Sabine und schaute Nele mit glasigen Augen an. »Und in meinem Alter kommen knackige Kerle ja leider nicht mehr infrage.«

Sie leerte die Bierflasche und stellte sie auf den Boden.

»Bei älteren Männern sind die Glocken länger als das Seil – so wie bei dem da«, kicherte sie plötzlich und deutete auf einen nackten Senior, der gerade dampfend aus der Sauna kam. »Und das finde ich total unerotisch!«

Nele musste grinsen. Sabine hatte recht. Dieses anatomische Phänomen war ihr noch gar nicht aufgefallen.

Wegen ihrer nassen Haare wurde Nele langsam kalt.

»Kommst du noch mal mit rein?«, fragte sie deshalb und erhob sich von der Liege. Sie musste sich dringend wieder in der Sauna aufwärmen.

»Nee, ich bleib noch ein bisschen hier«, sagte Sabine und lehnte sich zurück. »Ich brauche noch etwas Zeit für mich.«

Das war deutlich. Und Nele gar nicht mal so unrecht. Sie probierte die Biosauna aus, sprang danach noch mal ins Meer und wusch das irritierende Gespräch ab.

Zurück in der Saunaanlage, zog sie sich schnell um und winkte Sabine zum Abschied nur kurz zu. Sie hatte genug von Sabines nebulösem Pseudocoaching und wollte sich lieber positiv auf die Kur einstellen. Morgen ging es schließlich endlich richtig los.

Es war merkwürdig, dachte sie, während sie zurück zur »Seemöwe« schlenderte. Irgendwie schien auf Sylt ihr altes Ich komplett von ihr abzufallen. In Hamburg hatte sie jahrelang alleine in ihrer Wohnung gesessen – und hier war sie den ganzen Tag unterwegs. Und unter Menschen.

In der selbstreflektiven Nachbearbcitung des Gespräches mit Sabine dachte sie an ihre deprimierenden Versuche zurück, nach der Trennung von Ben eine neue Liebe und damit Glück (oder zumindest Zufriedenheit) zu finden. Parship, Elite-Partner, Lovescout24, eDarling – sie hatte alle gängigen »Wir verlieben dich«-Portale ausprobiert. Nichts hatte geklappt. Eine Vielzahl absurder, desillusionierender Dates lag hinter ihr:

Gerd, 56, ein glatzköpfiger Architekt mit Designerbrille, fragte sie, ob sie bereit wäre, sich nicht nur im Intimbereich, sondern auch am ganzen Körper zu enthaaren – und ihre Katze am besten gleich mit.

Martin, ein 54-jähriger Chiropraktiker, erzählte ohne

Punkt und Komma von sich und seinem Liegefahrrad. Und das so langweilig und langatmig, dass Nele in eine Art Narkose mit offenen Augen fiel.

Heiko, 49, Versicherungskaufmann, gestand ihr, dass er eigentlich schwul sei, seinen Eltern zuliebe nun aber doch noch mal versuchen wolle, heterosexuell zu werden. Ob sie ihm dabei helfen würde? Seine Vorliebe für Analsex und Blowjobs wäre geblieben, zwinkerte er ihr zu. Nele wurde nicht nur wegen der Reihenfolge seiner bevorzugten Sexpraktiken übel.

Toni, 53, ein arbeitsloser Langzeit-Hartz-IV-ler, verkündete unverblümt, dass Nele ihm zu mager sei, kaum dass sie sich gesetzt hatten. Er wäre Fett-Fetischist und würde auf Frauen ab 150 Kilo stehen. Ob Nele sich vorstellen könnte, sehr viel mehr zu essen, schlug er vor und bestellte ihr ungefragt drei Stück Sahnetorte auf einmal.

Martin, 48, ein relativ attraktiver, aber vollkommen gehemmter Bibliothekar, mit dem sie eine hoffnungsvolle E-Mail-Konversation geführt hatte, wollte nur eine platonische Beziehung, die im Wesentlichen aus gegenseitig vorgetragenen Literaturrezensionen bestünde.

Die Krönung aber war Frank, ein 51-jähriger Autohausfilialleiter, der noch bei seiner Mutter wohnte und nach 30 Minuten aussichtsreich-interessanten Small Talks eine Packung Stecknadeln auf den Tisch legte. Er habe es gerne, wenn sie ihn beim Sex damit in die Haut piksen würde, ob das ein Problem für sie wäre. Nele zahlte schneller, als ein Porsche beschleunigen konnte.

Ob es an ihren Selbstzweifeln lag, die wie eine Selffulfilling Prophecy wirkten, oder ob sie einfach nur grenzenloses Pech mit ihren Dates hatte, Fakt war: Der Funken der Liebe wollte seit fünf Jahren nicht zünden! Fett war zwar entflammbar, aber offenbar nur in Dieselmotoren oder Ölheizungen – nicht in Menschenherzen. Neles Fettschicht wirkte eher wie ein emotionaler Neoprenanzug: Die Liebe hatte keine Chance durchzudringen.

Für Frauen ab 50 war es sowieso wahrscheinlicher, mitten in der Großstadt von einer Giraffe überrannt zu werden, als noch einmal einen Partner zu finden, sagte man ja. Und das galt für normale Frauen! Wie aussichtslos war es dann erst für eine dicke Frau?

Es war einfach schrecklich ungerecht, fand Nele: Männer wurden ab 40 immer attraktiver, sahen mit ihren grauen Schläfen und markanten Profilen meist besser aus als mit 20 – und hatten zudem diesen lebenserfahrenen Silberrückencharme, der versprach, dass sie beim Sex nun nicht mehr ganz so hektisch und hibbelig wären wie in jungen Jahren.

Das Unfairste aber war, dass Männer auch mit 60 oder 70 noch Kinder zeugen konnten, wogegen Frauen von der Natur ab 50 aussortiert wurden. Nicht nur, dass sie nicht mehr schwanger werden konnten – sie wurden auch noch optisch asexuell: Sie welkten und knitterten vor sich hin und wurden immer schwabbeliger und konturloser.

Und als ob das nicht schon würdelos genug wäre, bekamen sie auch noch unerotische Wechseljahresdepressionen und Hitzewallungen. Es war also praktisch unvermeidbar, dass sich die wenigen auf dem freien Markt befindlichen, reifen Singlekerle überwiegend nach jüngeren Frauen umguckten, denn nur die konnten sie noch befruchten.

Klare Verliererinnen dieses Umstands waren die Frauen ihres Alters, die dann – logischerweise – für den Rest ihres Lebens unbemannt blieben, es sei denn, sie waren Greisenfetischistinnen.

Frauen, die die »Halbes Jahrhundert«-Marke überschritten hatten, galten offenbar als unbumsbar, obwohl man doch sagte, dass man auf alten Schiffen gut Segeln lernte, auf alten Pferden gut reiten könnte und alte Besen am gründlichsten kehren würden. Auf Schwäbisch hieß es: »Alte Hühner gebet die bescht Supp!«

Doch ganz normale, humorvolle Männer wie ihr Ex Ben, die eine gleichaltrige Frau suchten, schienen so überraschend ausgestorben zu sein wie damals die Dinosaurier. Die wenigen, die sie in den Datingportalen aufstöberte, klickten sie weg oder waren ganz plötzlich vergeben, kaum dass Nele sie angeschrieben hatte. Das, was übrig blieb und zurückschrieb, hatte durchgehend schwere Mängel, wie sich bei ihren Dates gezeigt hatte.

Und Nele hatte schnell keine Lust mehr, ihre Zeit und Hoffnung mit Ladenhütern von der Resterampe zu vergeuden.

Leidtragende ihrer Resignation war ihre Figur. Es war zum Verzweifeln: Wenn sie Liebe bekäme, wäre sie weniger frustriert – und wenn sie weniger frustriert wäre, würde sie weniger essen. Wenn sie weniger essen würde, wäre sie dünner und noch weniger frustriert. Aber: Um Liebe zu bekommen, musste sie erst mal dünner werden. Das ging nicht, weil sie frustriert war. Und je frustrierter sie wurde, umso dicker wurde sie, was sie wiederum noch mehr frustrierte. Ein Teufelskreis. Eine Spirale, die immer mehr Fett auf ihren Hüften stapelte.

- 12 -

Pünktlich zum Abendessen betrat sie den Speisesaal und setzte sich an den gewohnten Platz. Ohne Absprache hatten fast alle Gäste die Plätze behalten, die sie am ersten Abend eingenommen hatten. Der Stuhl neben Nele blieb leer. Sabine schien nicht aufzutauchen. Vermutlich aß sie woanders – und ließ sich dabei volllaufen. Vorsorglich ließ Nele ihr trotzdem ihre Mahlzeit servieren.

Sie bestand aus einer Tasse pürierter, sehr wässriger Gemüsesuppe und einem Teller mit einer mittelgroßen Kartoffel, flankiert von drei Brokkoliröschen. Wieder alles so gut wie ungesalzen, dafür aber mit einem Hauch Olivenöl.

Jetzt wurde es schwierig. Nach dem Schwimmen und der Sauna war Nele ausgehungert wie ein Hai, und die karge Ration füllte gerade mal einen hohlen Zahn.

Natürlich hatte Nele Sabines Portion nicht ohne Hintergedanken abgerufen. Da sie schon ahnte, dass sie das spärliche »Abendbrot« nicht im Mindesten sättigen würde, aß sie Sabines Teller einfach mit leer – und erntete dafür den einen oder anderen vorwurfsvollen bzw. neidischen Blick ihrer Tischnachbarn.

Um sich von ihrem immer noch knurrenden Magen abzulenken, trank Nele literweise Kräutertee und machte einen Spaziergang an die Odde.

Die Abendstimmung tauchte die Dünen, den Leuchtturm und den Strand in warmes oranges Licht. Auf der Wattseite, an der Nele Richtung Odde lief, war das Meer so glatt und ruhig wie ein See und glänzte wie Quecksilber.

Als sie am Restaurant »Südkap« vorbeilief, wo die Menschen bei Wein und leckeren Gerichten draußen auf der Terrasse saßen, hielt sie absichtlich den Atem an und schaute konzentriert aufs Meer. Sie wollte nicht verleitet werden. Es war schon schwer genug, den inneren Schweinehund im Zaum zu halten. Wie gerne würde sie jetzt ein gut gekühltes Glas Sauvignon blanc trinken und Ravioli in Salbeibutter essen. Oder eine köstliche, im Ganzen gegrillte Dorade. Oder in Knoblauch gebratene Scampi, ein zartes Steak – oder einfach nur Pommes mit Mayo …

Um die Visionen aus ihrem Kopf zu verscheuchen, bei denen ihr spürbar das Wasser im Mund zusammenlief, ging sie schneller, was im Sand sehr mühsam war. Sie musste zudem sehr schräg gehen, da es zwischen der Abbruchkante der Uferdüne und dem Meer nur einen schmalen, sehr schrägen Sandstreifen gab. Sie geriet heftig ins Schwitzen und war sehr erleichtert, als der Sandstreifen nach etwa 600 Metern wieder gerader und breiter wurde.

An der Odde staunte sie, wie nah heute die Küsten von Amrum und Föhr schienen. Fast hatte sie den Eindruck, man könne mal eben rüberschwimmen, was sicherlich Quatsch war. Erstaunt war sie auch darüber, dass offenbar das halbe Seminar dieselbe Idee gehabt hatte wie sie: Das Wolfskin-Paar schlenderte Hand in Hand am Meeressaum entlang, die Henna-Frau machte Yoga Richtung Föhr, und das AKK-Double telefonierte linkisch gestikulierend, während es vor den Tetrapoden auf und ab lief. Die Hungrigen spazierten sich den Hunger ab.

Und, Moment, war das da nicht ...? Ja, es war eindeutig Ariane, die da verträumt am Ufer stand, merkte Nele entsetzt. Auf die hatte sie jetzt überhaupt keinen Bock. Die hatte ihr gerade noch gefehlt. Schnell drehte sie sich um, um eilig weiter zur Westseite zu spazieren, als sie Ariane ihren Namen rufen hörte.

»Nele? Bist du das? Warte doch mal!«

Widerwillig blieb Nele stehen und schaute sich um. Mit schnellen Schritten hastete Ariane durch den Sand auf sie zu.

»Hey«, lächelte sie, als sie bei Nele ankam.

»Hallo«, sagte Nele. Was hätte sie auch sonst sagen sollen?

»Ich wollte mich entschuldigen«, japste Ariane etwas atemlos. »Ich war die letzten Tage nicht so gut drauf.«

Huch? Was war denn mit der los? Hatte die was genommen?

»Schon gut«, murmelte Nele.

»Ich hatte ziemlichen Ärger in der Firma ...«, erklärte Ariane ungefragt weiter und strich sich eine Haarsträhne aus dem Gesicht. Sie war komplett ungeschminkt und sah etwas verheult aus, wie Nele beim genaueren Hinsehen bemerkte.

»... und auch privat«, ergänzte Ariane.

»Oh«, entfuhr es Nele, die sich etwas hilflos fühlte, weil sie nicht genau wusste, wie sie darauf reagieren sollte.

»Irgendwie habe ich gerade kein Glück mit den Männern«, sagte Ariane und wischte sich Feuchtigkeit von der Wange.

Der Satz kam Nele bekannt vor. War das hier der Klub der Verschmähten? Waren alle Frauen aus Liebeskummer hier? Aus Einsamkeit?

»Hast du was dagegen, wenn ich dich begleite?«, fragte Ariane. Ihre Mundwinkel zitterten ein bisschen. »Du willst doch bestimmt die Runde über den Weststrand zurück zur ›Seemöwe‹ gehen, oder?«

»Ja, genau. Kannst gerne mitkommen«, log Nele, die eigentlich lieber alleine gegangen wäre.

Sie machten sich auf den Weg, und zu Neles Überraschung war das Gespräch sehr nett. Nele erfuhr, dass Ariane zehn Jahre mit einem italienischen Geschäftsmann liicrt war, der ihr immer wieder versprochen hatte, sich von seiner Frau zu trennen, es aber nie getan hatte. Der Geliebtenstatus, die heimlichen Treffen und die immer und immer wieder enttäuschte Hoffnung hatten Ariane emotional vollkommen zermürbt. Nun war sie seit über acht Jahren Single und »wusste auch nicht genau«, woran das lag.

»Gar keine Idee?«, fragte Nele und kam sich wie eine drittklassige Psychotherapeutin vor.

»Nicht wirklich«, überlegte Ariane. »Ich versuche einfach immer nur, Ansprüche zu erfüllen – beruflich und auch beim Aussehen. Die Kunden in der Finanzbranche erwarten ein perfektes Auftreten, und ich bin eben sehr ehrgeizig. Ich versage mir viel für meine beruflichen Ziele und wirke dadurch vermutlich schrecklich diszipliniert und asketisch.«

»Ach«, setzte Nele an und wollte gerade lügen.

»Dabei mag ich Sex!«, rief Ariane plötzlich.

Nele stolperte vor Schreck und wäre fast lang hingeschlagen. Was war denn jetzt los?

»Ich ficke sehr gerne!«, setzte Ariane laut nach, und das klang so gewollt verwegen und pseudolocker, dass Nele fast losgelacht hätte. Litt die artige Ariane unter dem Tourette-Syndrom?

»Aha«, stotterte Nele und hatte das Gefühl, dass Ariane hart dafür trainiert hatte, das obszöne F-Wort so locker auszusprechen. Vermutlich wollte sie damit Hemmungslosigkeit und Unverklemmtheit demonstrieren.

Nele erfuhr, dass sie immer wieder Affären und One-Night-Stands in fremden Ländern und einsamen Hotelzimmern hatte – sich aber partout nichts Dauerhaftes ergab.

»Ich fliege ja permanent um die Welt, und es ist extrem schwierig, etwas Festes aufzubauen, wenn man so selten zu Hause ist«, erklärte Ariane sich den Umstand selbst.

»Du bist wahrscheinlich einfach zu perfekt für die Männer«, sagte Nele, weil sie nett sein wollte.

»Genau!« Ariane lachte. »Wahrscheinlich schreckt das die Kerle ab.«

»Ja, die haben Angst, dich gleich wieder an den Nächsten zu verlieren, deshalb hauen sie lieber vorher selber ab«, überlegte Nele laut. »Ansonsten kapiere ich überhaupt nicht, warum du nicht zehn an jedem Finger hast. Du bist doch die Bilderbuchfrau schlechthin! Ein echtes Topgeschoss!«

Der Hunger hatte seltsame Auswirkungen auf ihr Gehirn, bemerkte Nele. Seit wann verteilte sie denn derart freigiebig so nette Komplimente?

Ariane lächelte sie dankbar beseelt an und drehte an einer Haarsträhne. »Findest du echt?«

»Ja. Aber wenn du so zielorientiert und durchstrukturiert bist, wie du sagst, nervt dich denn dann Sabines Verhalten nicht total? Die macht ja gerade das genaue Gegenteil ...«

»Ach, das ist mir egal. Jeder kann ja mit seinem Leben machen, was er will. Ich würde auch gerne mal fünfe gerade sein lassen. Aber ich kann es einfach nicht.«

»Trinkst du denn gar keinen Alkohol?«, wollte Nele wissen.

»Nein, nie!«, antwortete Ariane resolut.

»Und warum nicht?«

»Ich mag den Kontrollverlust nicht.«

»Echt nicht? Dieses angenehme Schweben, das Leichtbeduselt-Sein – das magst du nicht?«

»Nein, das ist mir total unangenehm.«

»Hm«, machte Nele, und irgendwie tat Ariane ihr leid. Wie schade für sie, denn so ein Bierchen konnte einen schon manchmal ungeheuer entspannen und dadurch vieles relativieren ...

»Tanzt du gerne?«, fragte Nele.

»Ja! Unheimlich gerne!«, rief Ariane begeistert.

»Und wo?«

»Wo immer ich kann«, sagte Ariane. »Aber warum fragst du das alles?«

»Nur so«, sagte Nele.

»Nee, bestimmt nicht nur so.« Ariane zwinkerte ihr zu.

»Na ja, weil du vielleicht einfach mal so richtig loslassen solltest! Dich betrinken, herrlich essen, ohne auf die Kalorien zu achten – und barfuß im Sand tanzen ... Vielleicht kommst du dann auf den Geschmack!«

»Kann ich mir kaum vorstellen«, sagte Ariane. »Machst du das denn alles?«

»Die ersten beiden Sachen schon«, lachte Nele. »Und die dritte würde ich gerne. Aber in meiner Wohnung gibt es leider nicht so viel Sand.«

Ariane lachte.

»Verstehe«, sagte sie und verstand offenbar tatsächlich. »Wir haben alle unser Päckchen zu tragen, oder?«

»Scheint so«, sagte Nele.

»Warum bist du denn eigentlich hier?«, fragte sie plötzlich. »Warum fastest du? Du bist doch schon total dünn!«

»Fasten tut mir einfach gut«, sagte Ariane. »Es erdet mich irgendwie. Zieht die Watte aus dem Kopf und macht alles klarer.«

»Und warum ausgerechnet in der ›Seemöwe‹? Du spielst doch in einer ganz anderen Liga. Warum nicht in Miami oder im ›Lanserhof‹?«

»Ich mag bei so etwas lieber ganz inkognito sein«, gestand Ariane. »In den Luxusresorts kenne ich und kennen mich zu viele Kunden.«

»Hält man das Fasten denn deiner Erfahrung nach als

Anfänger ganz gut durch?«, erkundigte sich Nele leicht besorgt.

»Auf jeden Fall!«, schwärmte Ariane. »Die ersten beiden Tage sind schwer – aber dann ist es nur noch toll! Ich trinke einfach weiter Kaffee, dann kriege ich keine Kopfschmerzen – und zur Darmreinigung esse ich zwischendurch Umeboshipflaumen.«

»Omi-was?«

»Umeboshi! Das sind getrocknete und in Salz eingelegte japanische Aprikosen. Die enthalten sehr viele wertvolle Inhaltsstoffe, die unter anderem das Blut entsäuern, die Verdauung harmonisieren und den Körper entgiften. Die Umeboshipflaumen enthalten hohe Mengen an alkalisierenden Mineralien wie Eisen, Kalzium, Mangan, Kalium.«

»Gut zu wissen«, sagte Nele und machte im Geiste eine »note to self«. Wieder was gelernt.

Schweigend gingen sie eine Zeit lang nebeneinander her.

»Es war sehr schön, mit dir zu sprechen«, sagte Ariane und nahm sie in den Arm, als sie wieder bei der »Seemöwe« ankamen. »Danke!«

Nele fehlten vor Überraschung und Verlegenheit die Worte. »Sehr gerne«, stotterte sie.

Gemeinsam gingen sie aufs Zimmer, wo Sabine zu ihrer Überraschung schon im Bett lag und schlief.

Leise flüsternd und auf Zehenspitzen machten sie sich nacheinander im Bad fertig. Ariane legte sich mit einem Hörbuch und Schlafmaske ins Bett, und auch Nele sank sofort in ihre Laken, sie war von dem erlebnisreichen Tag restlos erschöpft. Doch sie konnte nicht sofort einschlafen. In ihrem Kopf rotierten all die Informationen, die sie heute aufgenommen hatte.

Wenn sogar eine so tolle schlanke, erfolgreiche und in jeder Hinsicht perfekte Frau wie Ariane allein blieb, lag ihr Singlestatus dann vielleicht doch nicht an ihrem Körperumfang?

Die Zahl der Singlehaushalte war so hoch wie nie, hatte sie kürzlich gelesen. Jeder fünfte Deutsche lebte allein, hatte eine neue Erhebung des Statistischen Bundesamtes vermeldet, in den Großstädten sogar noch mehr. In Hamburg waren 49 Prozent aller Haushalte von Singles bewohnt, in Berlin sogar 51 Prozent. Im Schnitt waren die einsamen Großstädter seit fünf bis sechs Jahren solo – und nur 19 Prozent von ihnen waren damit glücklich. Der Rest war auf der Suche nach der großen Liebe

Also war sie unter all den Einsamen wenigstens nicht allein – auch nicht in diesem Zimmer.

Ariane atmete ganz ruhig und regelmäßig, Sabine schnorchelte leise vor sich hin. Eigentlich schön, den ganzen Tag – und auch nachts – in Gesellschaft zu sein. Aus Fremden werden Freunde oder zumindest sympathische Menschen, die man nun schon ein klitzekleines bisschen kannte. So wie in Flugzeugen: Vor dem Abflug guckten sich meist alle befremdet an, mit Angstschweiß auf der Stirn, weil ihnen der Flug bevorstand. Nach drei Stunden Flug und erfolgreicher Landung war man dann plötzlich eine homogene Gruppe, die gemeinsam überlebt hatte und sich nun erleichtert anlächelte. So hatte zumindest Nele es stets empfunden.

Sie war nicht allein, nicht einsam, und das war sehr viel besser, als in ihrer Wohnung in Einzelhaft zu sitzen. Das hatte sie nicht erwartet.

- 13 -

Jetzt wurde es ernst! Heute sollte »richtig« mit dem Fasten begonnen werden.

Sabine hielt tatsächlich Wort, war mit Nele aufgestanden (Ariane, die Seminar-Streberin, war schon um 4:30 Uhr zur Sonnenaufgangsmeditation geeilt) und saß nun geduscht, frisiert und geschminkt neben ihr am Frühstückstisch. Vielleicht zog sie die Kur von nun an ja wirklich diszipliniert durch, hoffte Nele.

»Guten Morgen, ihr Lieben! Heute ist der sogenannte ›Abführtag‹«, begrüßte sie Yannick zum Frühstück, das heute nur aus Kräuter- oder Darjeeling-Tee bestand. »Um euren Verdauungsapparat auf die Fastenzeit vorzubereiten und zu säubern, werde ich euch gleich Glaubersalz reichen, von dem ihr zwei bis vier Teelöffel in einem großen Glas Wasser auflöst und heute bitte mindestens eines davon trinkt. Direkt danach bekommt ihr ein Glas Zitronen-Grapefruit-Wasser, um den bitteren Geschmack zu neutralisieren. Das regt euren Darm außerdem zusätzlich an, sich zu entleeren.« Er lachte aufmunternd.

»Sobald die Entleerung einsetzt, solltet ihr möglichst

viel trinken, da ihr durch das Abführen sehr viel Flüssigkeit ausscheidet«, ergänzte er.

»Muss das Abführen unbedingt sein?«, fragte eine etwa 70-jährige Dame mit kurzem weißem Haar, die ein bisschen an die britische Schauspielerin Judi Dench erinnerte. Sie war für die Frage extra aufgestanden, was aber nicht wirklich auffiel, weil sie sehr klein war. »Ich habe gelesen, dass Fasten in Amerika oft ohne Darmreinigung praktiziert wird.«

»Der Darm sollte auf jeden Fall gereinigt und entleert werden«, dozierte Yannick und lächelte sie dabei milde an. »Mit dem Glaubersalz geht das problemlos innerhalb von drei bis vier Stunden.«

»Kann man alternativ auch einen Einlauf machen?«, erkundigte sich die mittlerweile unparfümierte Henna-Frau, deren Eigengeruch nicht weniger penetrant war. »Ich muss mich mit dem Glaubersalz immer übergeben«, schob sie nach, was Nele eindeutig als einen Fall von »too much information« empfand.

»Nein«, enttäuschte Yannick sie. »Ein Einlauf würde nur den Dickdarm leeren, es muss aber der gesamte Darm leer sein, sonst beginnen die Überbleibsel im Dünndarm zu faulen und zu gären!«

»Ooohkaaayyy?« Die Henna-Frau bemühte sich, phonetisch zu demonstrieren, wie stark sie Yannicks Worte anzweifelte.

»Also kann man die Einläufe später weglassen?« Die immer noch stehende Judi ließ nicht locker. Offenbar bereiteten ihr die auf sie zukommenden Dauer-Durchfälle große Sorgen.

»Während des Fastens schiebt der Organismus ununterbrochen Giftstoffe und Eiweißzerfallsprodukte in den Darm ab«, erklärte Yannick geduldig. »Es ist ein ständiger Prozess des Ausscheidens. Wird der Darm nicht regelmäßig ausgespült, können diese teilweise wieder in die Blutbahn gelangen und Kopfschmerzen oder sonstige Beschwerden verursachen. Der Einlauf ist also ein unentbehrlicher Faktor zur Reinigung des Dickdarms. Das eingefüllte Wasser dehnt den Darm und setzt somit die Darmperistaltik in Gang. Der Darminhalt wird herausgelöst und auf schonende Weise abtransportiert.«

Das klang wie auswendig gelernt. Die Judi-Dench-Lookalike gab auf und setzte sich resigniert zurück auf ihren Stuhl.

»Davon abgesehen fällt das Hungergefühl schwächer aus, wenn der Verdauungstrakt leer ist«, strahlte Yannick aufmunternd.

»Aber ich werde euch natürlich zu nichts zwingen«, schob er nach.

Nele kam die Darmreinigungsarie mittlerweile vor wie ein dringend notwendiger Ölwechsel oder eine Flusensiebentleerung, die sie bislang versäumt hatte. Wer weiß, was sich da alles angesammelt hatte?

»Was mir noch wichtig ist«, sagte Yannick plötzlich mit ungewohnt ernsthaftem Gesichtsausdruck. »Beim Fasten kommt psychisch viel hoch. Deshalb stehen euch bei uns ab sofort ein Psychotherapeut und eine Heilpraktikerin zur Verfügung, falls ihr Hilfe oder mentale Unterstützung braucht.«

Für Nele klang das insgesamt alles nach Folter: Salzwasser trinken, bis einem übel wurde und der Darm rebellierte, dann in den Hungerstreik treten, dabei von inneren Dämonen heimgesucht werden und dazu noch jeden Tag vier Stunden marschieren. Na prima! Sie warf Sabine einen verzweifelten Blick zu, die ihr aber nur grinsend zuzwinkerte. Die war ja auch Profi, dachte Nele. Die wusste, was auf sie zukam.

»Du bist ja ganz blass, Süße«, lachte Sabine, als sie mit Glaubersalz bewaffnet wieder zurück in ihr Zimmer gingen. »Keine Angst, ist alles halb so schlimm.«

Widerwillig trank Nele das Glas mit dem Glaubersalzwasser in einem Zug leer und hielt dabei die Luft an. Das Gemisch schmeckte trotzdem sehr bitter und insgesamt so, als würde man beim Schwimmen jede Menge Nordseewasser schlucken. Warum nahm man eigentlich nicht gleich Meerwasser?, überlegte Nele.

Mit dem Diarrhö-Sprengsatz im Magen legte sie sich auf ihr Bett und wartete auf die Wirkung, die angeblich innerhalb einer halben Stunde bis Stunde einsetzen sollte. Die beiden anderen lasen oder hörten Musik. Nele schaute vom Bett aus zu ihnen rüber und freute sich, dass sie dieses Experiment wenigstens nicht alleine durchstehen musste. Ihre Leidensgenossinnen würden genau das Gleiche durchmachen wie sie – und das war ein ungewohnt solidarisches Gefühl.

40 Minuten später war es mit jeglichem solidarischen Gefühl vorbei: Es war definitiv nicht schön, alle zehn Minuten auf eine Toilette zu müssen, die auch noch zwei andere Personen beanspruchten. Und zwar genauso dringend!

Und es war eine olfaktorische Katastrophe: Säuerlicher Durchfallgeruch breitete sich schnell im ganzen Zimmer aus, sodass Sabine eine Megaladung ihres grauenhaften Deos versprühte, was fast noch schlimmer war.

Japsend und immer wieder von heftigen Darmkrämpfen gebeutelt, hing Nele in ihren Entleerungspausen am Fenster und versuchte, sich auf den Ausblick zu konzentrieren und frische Luft zu inhalieren. Was machte sie hier bloß? Warum genoss sie nicht ihr Leben, entspannte sich herrlich am Strand und ging danach etwas Leckeres essen? Sie musste vollkommen verrückt gewesen sein, als sie dieses Straflager gebucht hatte.

Das Seminar kam ihr plötzlich vor wie ein Masochistencamp. Dieses Fastending war ganz klar ein Fall von Selbstbestrafung. Ein vollkommen dekadentes »Erste Welt«-Phänomen. Die hungerleidenden Äthiopier würden sich entsetzt an den Kopf fassen.

Nachdem sie etwa siebenmal auf dem Klo gewesen war, schien sich das Gewitter in ihrem Darm endlich zu beruhigen.

Und der Verlust ihrer bereits anverdauten Nahrungsmittelreserven hatte deutliche Folgen: Es schien, als habe sie mit ihrem Darminhalt auch ihre Energie weggespült. Sie fühlte sich schlapp, ausgelaugt und extrem erschöpft. Müde stopfte sie sich deshalb Ohropax in die Ohren und fiel in einen komatösen Schlaf.

Von Hungergefühlen geplagt, wachte sie zwei Stunden später wieder auf. Die Leere in ihrem Magen fühlte sich so zwickend und schmerzhaft an, als würden darin kleine

Gremlins herumbeißen. Sabine schlief ebenfalls, von Ariane war nichts zu sehen.

Schlapp schälte Nele sich aus dem Bett, verließ leise das Zimmer, füllte ihren Olivenholzbecher im Speisesaal mit Pfefferminzwasser und nahm eine Kanne Kräutertee mit nach draußen auf die Terrasse. Blass und müde hingen einige Seminarteilnehmer dort auf den Loungesesseln und Sitzsäcken. Nele exte einen Tee nach dem anderen, um gegen das Hungergefühl anzugehen. Sie sollte ja extrem viel trinken, hatte Yannick gesagt.

Zum Mittagessen gab es eine dünne, durchsichtige Gemüsebrühe. Eigentlich war es nur heißes Wasser, an dem man mal kurz eine Mohrrübe und einen Shiitakepilz vorbeigetragen hatte, das aber immerhin etwas Salz enthielt, »um euren Mineralstoffhaushalt wieder aufzufüllen«, wie Yannick pries. Nele sog die warme Flüssigkeit so gierig ein wie ein Kokssüchtiger seine Lines.

Nach dem »Essen« war ein erster kleiner Spaziergang angesetzt, »zum Stoffwechselanregen«.

»Der Stoffwechsel muss sich von äußerer Nahrungszufuhr auf die Nutzung eigener Fettreserven umstellen«, dozierte Yannick, während die Teilnehmer an ihrer Suppe schlürften.

»Jede Zelle merkt, dass nicht genug Energie da ist, und sendet entsprechende Signale. Da es uns sonst so gut geht, sind wir das nicht gewohnt und fühlen uns, als hätten wir Fieber.«

Na super, dachte Nele.

»Aber keine Angst«, strahlte Yannick euphorisch. »Das dauert in der Regel nur drei Tage!«

Den zweistündigen Spaziergang, der in gemäßigtem Tempo durch die Dünenlandschaft der Wattseite führte, schaffte Nele kaum. Ihre Beine schienen wie mit Blei beschwert, und die Glieder taten ihr weh. Sie fühlte sich tatsächlich so schlapp, als hätte sie eine Grippe – oder zumindest eine schwere Erkältung.

»Das kommt von der Entgiftung«, erklärte Sabine, die japsend neben ihr lief, schweißüberströmt und bedenklich blass war. »Deine Körperzellen schwemmen jetzt alle gespeicherten Giftstoffe aus, und die Leber leistet Schwerarbeit, um sie zu verarbeiten.«

Das wird ja immer besser, dachte Nele. Jetzt wurde sie auch noch innerlich vergiftet. Sie hätte heulen können. Von einer Kreislaufanregung war jedenfalls nichts zu spüren – eher von einem drohenden Kreislaufzusammenbruch.

Wie in Trance taumelte Nele neben Sabine her und absolvierte den Marsch im Dämmerzustand, regelmäßig ermahnt vom lauten, immer wütender werdenden Knurren ihres Magens, das mittlerweile drohender klang als der Hund ihrer Hamburger Wohnungsnachbarin.

Zurück in der »Seemöwe«, legte Sabine sich im Garten auf eine Liege, um ein »bisschen zu relaxen«. Nele, die befürchtete, sich im Liegen nur noch auf ihren Hunger zu konzentrieren, hatte die Idee, runter ins Dorf zu laufen, um sich im Edeka-Laden Shampoo zu kaufen. Das hatte sie nämlich zu Hause vergessen, und sie wollte sich nicht noch mal etwas von Ariane leihen.

Das Lebensmittelangebot war in ihrem Zustand pure Folter, deshalb marschierte Nele schnellen Schrittes und ohne nach links und rechts zu gucken in die Kosmetikabteilung und griff sich eine Schauma-Flasche. Das Shampoo roch herrlich nach Aprikosen und Orangen, und Nele zog kurz ernsthaft in Erwägung, das Behältnis an Ort und Stelle auszutrinken.

Erschöpft von dem Einkauf bzw. dem Wiedererwecken ihrer Bedürfnisse, setzte sie sich in den Sommergarten des Cafés, das sie gegenüber von Edeka entdeckt hatte, und bestellte sich ein Mineralwasser. Zu ihrer Begeisterung wurde es mit einer Scheibe Zitrone serviert, die sie sofort gierig auslutschte. Eine Cola!! Wie gerne hätte sie jetzt eine Cola getrunken. Oder ein Bier. Und einen Burger gegessen, aus dem Mayo und Ketchup tropften. Und …

»Mach doch!«, feuerte ihr innerer Schweinehund sie begeistert an. »Bestell es dir! Danach geht es dir bestimmt besser!«

»Nein«, rief ihr Gewissen entsetzt. »Bloß nicht!«

»Warum nicht? Das merkt doch keiner!«, warf der Schweinehund scheinheilig ein.

Nele blieb eisern. Wenn sie jetzt schon aufgab, konnte sie sich erst recht nicht mehr im Spiegel anschauen. Dann würde auch der letzte Rest Selbstachtung verloren gehen. Sie wollte schließlich ihr Leben verändern, und das funktionierte nun mal nicht, wenn sie sofort wieder alles so machte wie früher.

Wenigstens bis zum sagenumwobenen Fastenhoch wollte sie durchhalten.

»PIEP! PIEP!« Mit unangenehm lautem Signalton, der Nele in ihrer neuen Fastengeräuschempfindlichkeit wie ein Stromschlag durch die Glieder fuhr, unterbrach eine eingehende SMS ihren inneren Kampf.

»Wie läuft's?«, fragte ihre Schwester Merle.

»Ganz gut«, log Nele zurück.

»Wie geht's MMchen?«, tippte sie als Frage hinterher und hatte plötzlich unendliches Heimweh nach ihrer Wohnung, ihrer süßen Katze und überhaupt ihrer kleinen, überschaubaren Welt.

»MM?«

»Na, Mausi-Maus!«

»Ach so! Der geht's sehr gut! Lenny nimmt sie immer mit ins Bett. Sie wird den ganzen Tag gekuschelt«, schrieb Merle und setzte ein Kuss- und ein Herz-Emoticon dahinter.

Noch nicht mal ihre Katze vermisste sie, dachte Nele, und ihr stiegen die Tränen in die Augen. Warum war sie bloß so verdammt dünnhäutig? Geräusche, Gerüche, Emotionen – gerade war alles zu viel für sie. Sie fühlte sich innerlich vollkommen wund. Ungeschützt.

Zum Abendessen gab es noch mal die wässrige Suppe, und es war auffallend still im Saal. Jeder Teilnehmer schien mit seinen Dämonen zu kämpfen. Oder seiner Verdauung.

Ariane hatte eine Massage bei Yannick gebucht und ein verräterisches Glitzern in den Augen, als sie euphorisch aus dem Speisesaal tänzelte.

Begleitet von Sabine, die sich auch ausruhen wollte, ging Nele aufs Zimmer. Ihr Magen schien vor Empörung sprachlos geworden zu sein. Das Dauerknurren war zumindest etwas abgeebbt.

Ariane hatte eine Waage mitgeschmuggelt, die auch Sabine und Nele »gerne mitbenutzen« durften. In einem Anfall von Trostsuche stellte Nele sich darauf: Sie hatte schon zwei Kilo abgenommen! Immerhin. Doch wirklich tröstlich war auch das nicht, denn im Badezimmerspiegel erinnerte ihre cellulitedellige Figur immer noch an ein schwangeres Michelin-Weibchen nach Starkhageleinschlag. Und um den Kiloverlust zu verzehnfachen, standen unmenschlich karge Zeiten bevor.

Komplett erledigt fiel sie synchron mit Sabine ins Bett und schlief sofort ein. Sie fühlte sich, als wäre sie über Nacht 100 geworden. Was für eine Tortur!

- 14 -

Um 07:30 Uhr klingelte in Zimmer 303 der Wecker und riss Nele und Sabine aus dem Tiefschlaf. Zu ihrer großen Überraschung entdeckten sie, dass Arianes Bett unbenutzt war – hatte sie die Kur abgebrochen? Woanders übernachtet? Womöglich noch weitere »Massagen« bei Yannick genossen?

Sabine und Nele hatten keine Zeit, lange darüber nachzudenken. Sie mussten sich beeilen, denn statt zum Frühstück ging es heute zum »Aufwachtraining« in den Wald.

Da sie etwas zu spät dran waren, hatte sich die Teilnehmergruppe bereits ohne sie auf den Weg gemacht. Müde, schlapp, missgelaunt und lustlos (eine fatale Kombination) schlurften Sabine und Nele ihnen auf dem Odde Wai durch die Dünen hinterher. An einer Unterhaltung hatten beide kein Interesse, deshalb taumelten sie in stillem Einverständnis schweigend durch den Wald.

Im Näherkommen schallten ihnen dumpf stampfende Rhythmen entgegen. Wie brutal! Nele hasste laute Musik am Morgen – und Sport sowieso. Erst recht, wenn sie, wie jetzt, tosende Kopfschmerzen hatte.

»Pump Up the Jam« schepperte es aus einem riesigen

Gettoblaster, als sie zur Gruppe stießen, die schon voll im Gang war. Die meisten trugen sportliche Funktionskleidung und versuchten eifrig, die Übungen nachzumachen, die ihnen die übertrieben fröhliche Trainerin vorturnte. »Hallo, ihr zwei!«, begrüßte sie Sabine und Nele enthusiastisch, während sie wie ein Duracell-Hase auf Ecstasy weiter auf der Stelle stampfte. »Ich bin die Regina! Schön, dass ihr bei unserem Work-out dabei seid! Reiht euch einfach irgendwo ein, und macht mit, gell?«

Sabine und Nele taten wie ihnen geheißen, hüpften wie die anderen in die Luft, spreizten dabei die Beine und warfen die Arme in die Höhe. Die klassische Hampelmannübung.

»Schön aufrecht bleiben, dann ist bei jedem Sprung eine Kalorie dahin!«, feuerte Regina sie an.

Schon nach fünf Sprüngen befürchtete Nele, jeden Moment in Ohnmacht zu fallen. Marlene, Bernd und der Mathelehrer sahen dagegen total frisch aus, und auch AKK hatte nervtötend gute Laune.

»Ist das nicht super?«, strahlte sie Nele hechelnd mit ihren gelben Zähnen an. »Man trinkt den ganzen Tag, und dadurch, dass der Darm leer ist, hat man überhaupt keinen Hunger.«

Nele HATTE aber Hunger! Und wie!!

Die Henna-Frau sah tröstlicherweise genauso zerstört aus, wie Nele sich fühlte. Und Sabine auch.

»Die Stoffwechselumstellung ist in den ersten drei Tagen besonders intensiv«, rief die Trainerin so freudestrahlend, als würde sie die Formel für einen 24-Stunden-Orgasmus verkünden. Was hatte die denn genommen?

»Nach den ersten 24 Stunden des Fastens sind alle Zuckerreserven aufgebraucht. Der Körper greift anschließend auf seine Fettdepots und Eiweißreserven zu. Und dann nehmt ihr ab«, rief Regina verzückt.

Im Nordic-Walking-Tempo raste die dynamische Truppe nach einer Dreiviertelstunde Frühsport zurück zum Frühstück. Die Henna-Frau, Sabine und Nele trotteten vollkommen erschöpft hinterher, um dann festzustellen, dass sie zum Frühstück lediglich Ingwerwasser und Kräutertee erwartete.

Direkt nach dem Frühstück war die erste der von nun an täglichen großen Wanderungen angesetzt. Nele hatte keine Ahnung, wie sie zehn bis zwölf Kilometer und vier Stunden Laufen bewältigen sollte. Ihre Gelenke beschwerten sich jetzt schon, und ihre Kondition reichte gerade noch aus, ihren Kräutertee-Olivenholzbecher anzuheben. Außerdem hatte sie immer noch dröhnende Kopfschmerzen. »Das liegt daran, dass der Blutdruck beim Fasten absinkt und dein Kreislauf deshalb schwächelt«, klärte Ariane, die ein seltsames Leuchten in den Augen hatte, sie auf. »Bewegung ist das Beste, was du dagegen tun kannst.«

Yannick drückte jedem Teilnehmer zwei große Wasserflaschen in die Hand und wies alle an, diese im Rucksack zu verstauen. Denn: Man sollte viel trinken – quasi unentwegt. Aber Neles Bauch gluckerte bereits beim Gehen, als wäre sie ein lebender Swimmingpool.

Mit dem E-Bulli wurden die Fastenden in drei Fuhren

nach Keitum kutschiert, um von dort durch die Braderuper Heide die Wattseite entlangzuwandern.

Die Strecke war wunderschön: Die Luft war frisch, die Sonne brannte noch nicht so stark, und der sich auflösende Seenebel tauchte die Landschaft in milchiges Licht. Die Wanderung fand zu Neles großer Erleichterung in gemäßigtem Tempo statt. Doch sie wunderte sich, dass die umweltbewussten Seemöwler ihre Gäste dafür 21 Kilometer über die Insel kutschierten. Man hätte doch genauso gut in den Rantumer Dünen herumspazieren können – und dabei jede Menge Autobatterieenergie gespart.

Im Laufe der Wanderung wurde Nele jedoch schnell klar, warum die Fastenprofis genau diese Strecke gewählt hatten: »Toilettenrallye« hieß der Parcours bei den Profis, die schon zum zweiten oder dritten Mal teilnahmen. Weil man während des Laufens sehr viel Wasser trank, orientierte sich der Streckenverlauf an den dabei zur Verfügung stehenden öffentlichen Toiletten. Auf der Strecke zwischen Keitum und List gab es so viele, dass alle halbe Stunde eingekehrt werden konnte.

Die gemäßigte Bewegung an der frischen Luft brachte Neles Kreislauf tatsächlich endlich in Gang, und sie fühlte sich ein bisschen besser. »Einige haben Hungergefühle – und einige nicht«, erklärte ihr Marlene.

Nele nickte betroffen. Sie gehörte eindeutig zur ersten Kategorie. »Die mit Hunger leiden natürlich«, lachte Marlene, die ganz klar zur zweiten Kategorie zählte.

Die Route führte vorbei an der legendären Kampener »Kupferkanne«, einem idyllisch an der Wattseite gelegenen

Café, das sensationell köstlichen Blechkuchen buk – mit Schlagsahne. Sehnsüchtig blickte Nele auf die kleinen Nischen zwischen Zypressen und Krüppelkiefern, in denen glückliche Menschen an Holztischen saßen und leckeres Backwerk verspeisten.

»Letztes Mal sind acht Teilnehmerinnen in die ›Kupferkanne‹ ausgebrochen und haben sich ein Stück Kirschkuchen mit acht Gabeln bestellt«, verriet ihr Marlene. »Mit Sahne!«

Hui! Das war ja doppelt schlimm, dachte Nele, denn das war ja nicht nur ein Fastenbrechen, sondern auch noch ein veganes Vergehen! Aber hätte ihr das jetzt jemand vorgeschlagen – sie hätte sofort mitgemacht.

Offenbar war Nele nicht die Einzige, die hungrige Blicke Richtung »Kupferkanne« schickte, denn Yannick ordnete eine Pause an und verteilte als »Verpflegung« halbierte Orangenscheiben. Gierig lutschte Nele das Fruchtfleisch aus und saugte den sauren Saft ein. Es war zwar kein Kuchen, aber immerhin Nahrung. NAHRUNG!! Alles schmeckte irgendwie intensiver, stellte Nele erstaunt fest und war überzeugt, noch nie eine köstlichere Orange gegessen zu haben. So süß und gleichzeitig säuerlich! So fruchtig und saftig! Vielleicht schärfte das Fasten ja tatsächlich die Geschmacks- und Geruchsnerven, wie alle behaupteten ...

Im Laufe der Wanderung streifte Ariane, die ganz vorne mitlief, immer wieder Yannicks Hand und strahlte ihn an.

»Wenigstens isse jetzt nich mehr untervögelt«, kicherte Sabine.

»Nee, die ist jetzt Profi in der Hundestellung«, lachte Nele.

»Du meinst Doggy Style?«, fragte Sabine.

»Nee, ich meinte die Yogaposition«, antwortete Nele lahm.

»Der macht bestimmt Tantra«, tippte Sabine, die die Ironie nicht mitbekommen hatte. »So unheimlich feinfühlig, weeßte?«

»Kannst aber auch das komplette Gegenteil haben«, überlegte Nele. »So ganz maskuliner Haurucksex ...«

»Wie auch immer«, sagte Sabine. »Ariane sieht jedenfalls endlich entspannt aus.«

Das musste auch Nele zugeben.

Zurück in der »Seemöwe«, gab es einen Bananen-Möhren-Sellerie-Smoothie – und Pfefferminztee. Für Nele schmeckte die karge Ration geradezu himmlisch.

So viel wie heute hatte sie sich in den vergangenen fünf Jahren nicht bewegt, deshalb fiel Nele nach dem Essen auf dem Zimmer erschöpft in einen komatösen Mittagsschlaf und wachte erst nach zwei Stunden wieder auf.

Es war bereits kurz vor 17 Uhr, als sie benommen auf die Terrasse taumelte, wo etliche Teilnehmer lasen oder dösten. Nele gönnte sich einen Becher Darjeeling-Tee, in der Hoffnung, dass er ihren Kreislauf wieder in Gang bringen würde, und musste über das Buch grinsen, das die Henna-Frau in den Händen hielt und konzentriert durcharbeitete: »Du musst nicht von jedem gemocht werden.«

Eine halbe Stunde später gab es das Abendessen: eine Suppe aus gekochten und pürierten Champignons, Zwiebeln, Paprika – ohne Salz. Nele hätte die Zutaten sehr viel lieber unpüriert gegessen, doch beim Fasten war es – im Kontrast zu den kau-intensiven Vorbereitungstagen – ja wichtig, nicht zu kauen, um Magensäfte und Speichelfluss nicht unnötig anzuregen. Den ganzen Tag nicht zu kauen war sehr ungewohnt, und Nele hatte ein bisschen Angst, dass ihre Kiefermuskeln dadurch verkümmern würden. Muskeln bauten sich bei Nichtbenutzung ja bekanntlich sehr schnell ab.

Sabine wollte gleich ins Bett gehen, aber da Nele fröstelte, weil ihr Kreislauf durch den Mittagsschlaf in den Keller gerauscht war und sie nach der ungewohnten Bewegung zudem einen Muskelkater hatte, beschloss sie, in die hauseigene Sauna zu gehen – und entschied sich für das Dampfbad.

Nachdem sie sich auf eine der gefliesten Bänke gesetzt hatte, erkannte sie durch den nebeligen Dampf zu ihrem Entsetzen auf der Bank gegenüber immer deutlicher die Umrisse der Henna-Frau. Zum Glück waren die ätherischen Mentholöle, die eine kleine Aromaschüssel ständig in den Raum pustete, so stark, dass Nele nicht von ihrem Schweißgeruch belästigt wurde.

»Ich bin die Rita«, sagte die Henna-Frau zu ihr, als sie draußen im Kreis liefen, um sich abzukühlen. »Furchtbare Quälerei, oder?«

Meinte sie die Sauna oder die Fastenkur?, fragte Nele sich, antwortete einfach mal mit Ja und nickte dazu. Rita sah wirklich sehr mitgenommen aus. Die roten Minipli-Locken hingen strähnig herunter wie in die Jahre gekommene

Fusilli-Nudeln – und in ihren Tränensäcken hätte man problemlos seine Wochenendeinkäufe nach Hause tragen können.

»Ich wollte es einfach mal probieren«, erklärte Rita ungefragt und klang dabei so verzweifelt, als würde sie sich für eine fatale Fehlentscheidung entschuldigen. »Eine Freundin hat mir so davon vorgeschwärmt. Aber wenn ich mich weiter so mies fühle, mache ich das nie wieder!«

»Übermorgen kommt ja das Fastenhoch«, tröstete Nele sie. Und auch sich selbst.

»Schön wär's! Schau'n mer mal«, sagte Rita deutlich pessimistisch und machte sich mit einer Ausgabe der Zeitschrift »Happinez« auf den Weg in den Ruheraum.

Die Sauna hatte Neles Hungergefühle seltsamerweise etwas verstummen lassen. Aber vielleicht lag es auch an den zwei Litern Salatgurkenwasser (aus dem in der Sauna stationierten Wasserspender, in dem drei Gurkenscheiben schwammen), die sie danach getrunken hatte.

Eigentlich fühlte sie sich nach dem ersten »richtigen« Fastentag schon so schlank, dass sie die Kur auch hätte abbrechen können. Ihr Bauch kam ihr vor wie ein einziges Vakuum. Ein Blick in den Spiegel des Umkleideraums bewies leider das ernüchternde Gegenteil: Sie sah immer noch aus wie eine zerdellte Barbamama.

Arianes Bett war erwartungsgemäß leer, als Nele zurück ins Zimmer kam. Sabine schnarchte dagegen mit Schlafmaske vor sich hin.

Erschöpft legte Nele sich auf ihr Bett und las ein paar Seiten in »Mein Jahr als Jäger und Sammler: Was es wirklich heißt, von der Natur zu leben« von John Lewis-Stempel. Der Autor hatte sich ein Jahr lang nur von dem ernährt, was auf seinem Anwesen in England wuchs, und hatte deshalb fast genauso wenig gegessen wie sie jetzt. Irgendwie war das tröstlich.

- 15 -

Auch der zweite Fastentag begann mit Morgengymnastik und einer verstörend gut gelaunten Regina. Nur dass Sabine und Nele noch unfitter und mürrischer waren als am Tag zuvor.

»Der zweite Tag ist der schwierigste«, klärte Regina sie auf. »Der gesamte Kreislauf und die Körpertemperatur fahren herunter. Das kann bis zu zwei Grad Körpertemperatur ausmachen. Aus diesem Grund neigt man dazu, während des Fastens zu frieren.«

In der Tat fühlte Nele sich extrem dünnhäutig, weinerlich und fröstelig und konnte sich absolut nicht vorstellen, wie sie die Gymnastik und danach noch eine Vier-Stunden-Wanderung schaffen sollte.

»Müdigkeit, Übellaunigkeit, Gereiztheit und Konzentrationsschwäche sind die häufigsten Begleiterscheinungen in den ersten Tagen«, erklärte Regina. »Und die Leistungsfähigkeit nimmt ab«, ergänzte sie und strich Nele verständnisvoll über den Rücken.

»Es wäre aber gut, wenn ihr trotzdem weiter mitmachen würdet«, sagte sie und schaute auffordernd zu Sabine, die sich auf eine Holzbank gerettet hatte. »Danach werdet ihr euch garantiert besser fühlen!«

Sie drehte den Gettoblaster auf und fing an zu hüpfen. Nele ließ sich neben Sabine auf die Bank fallen. Sie waren sich wortlos einig, dass sie sich momentan absolut nicht imstande fühlten, den »Hampelmann« zu machen.

Tapfer raffte sich Nele irgendwann auf, erhob sich ächzend von der Bank und nahm an der Gymnastik teil. Doch sie fühlte sich dadurch nicht besser – ganz im Gegenteil. Ihre Arme und Beine fühlten sich an wie mit Blei ausgegossen, und es kostete Nele schier übermenschliche Kraft, sie zu bewegen. Ihr war schwindelig und übel, und sie hatte immer noch tosende Kopfschmerzen.

Den Orangenschnitz, den Regina am Schluss des Workouts an alle Hampelmänner und -frauen verteilte, verschlang sie gierig, in der Hoffnung, dies würde ihren Blutzuckerspiegel und damit ihren Kreislauf etwas pushen. Und tatsächlich ging es ihr nach dem Verzehr etwas besser.

Um ihren Kreislauf weiter in Gang zu bringen, trank sie zum Frühstück, entgegen ihrer Angewohnheit, einen Becher Kaffee und bekam davon Magenschmerzen. Irgendwie war das alles nicht mehr witzig! Wie konnte man sich nur freiwillig so ruinieren? War sie eigentlich völlig bescheuert?

Wie in Trance schleppte sie sich nach dem Frühstück in die Lobby, um auf den E-Bulli-Transport zur Wanderstrecke zu warten. Während sich die Teilnehmer sammelten, starrte Nele hungrig auf das angebissene Apfelemblem auf der Rückseite des Monitors am Empfangstresen. Schade, dass er aus Aluminium war.

Auch während der Wanderung am Ellenbogen dachte Nele nur an Essen. Ihre Lieblingsgerichte kreisten in ihrem Kopf wie Fliegen um einen Kuhfladen. Bilder aus ihren Kochbüchern ploppten auf wie die WhatsApp-Sprechblasen auf ihrem Handydisplay.

Die ganze Prozedur der Nahrungsaufnahme fehlte ihr – vom Einkaufen übers Zubereiten und Kochen bis zum Aufräumen der Küche. Ihr Kopf fühlte sich an, als würde er gleich explodieren, und sie hatte einen eklig pelzigen Geschmack im Mund. Und das Kauen vermisste sie stündlich mehr! Gerne hätte sie zumindest ein zuckerfreies Kaugummi gekaut, um ihre Kiefermuskeln nicht gänzlich brachliegen zu lassen, aber das war leider auch verboten.

»Kaugummis ohne Zucker enthalten jede Menge chemische Zusatzstoffe, die den Körper belasten«, hatte Yannick sie am ersten Fastentag aufgeklärt. »Kauen übermittelt dem Magen zudem das Signal: Futter im Anmarsch – Maschinen anschmeißen! Und das wiederum ruft Hunger hervor. Und Hungergefühle wollen wir während des Fastens ja gerade vermeiden.«

Was er dabei nicht berücksichtigt hatte, war die extrem beruhigende Wirkung des Kauens. Kauen initiierte eine Urzeitkopplung, denn solange der Neandertaler etwas aß, war sein Überleben gesichert. Deshalb half Kauen auch heute noch dem Jetztzeitmenschen bei Stress und förderte die Konzentration, wie Nele gelesen hatte. Doch was nützte ihr dieses Wissen? Es gab aktuell nichts zu beißen – und sie hätte es auch sowieso nicht gedurft.

Neles Laune sank ins Bodenlose, während sie auf Autopilot hinter der Wandergruppe hertaumelte und dabei alle zehn Minuten einen Schluck aus ihrer Wasserflasche nahm.

Als Mittagessen gab es heute einen Smoothie aus Ananas, Orange und Honigmelone, und Nele kam sich mit dieser Art Flüssigfütterung allmählich vor wie im Klub der Anonymen Gebissverweigerer.

Für den Nachmittag stand erstmals ein Einlauf auf dem Programm, der »gegen Hunger und Kopfschmerzen Wunder wirken« sollte, wie Yannick stolz behauptete. »Regelmäßige Darmspülungen während des Fastens helfen zudem dabei, die Darmaktivität aufrechtzuerhalten und so Giftstoffe, Stoffwechselprodukte und Kotreste auszuscheiden.«

Bei dem Wort »Kotreste« wurde Nele übel.

Für die hochgelobte Darmspülung wurden den Teilnehmern verschiedene Varianten angeboten: »klassisch« mit lauwarmem Wasser, »medizinisch« mit Kräuterabkochungen oder Heilerde oder »hardcore« mit Öl.

»Ich mache einen Kaffee-Einlauf, das ist unfassbar toll«, schwärmte AKK, die am Tisch schon wieder neben Nele saß, ihr ungefragt ins Ohr.

»Wir wollen das Wasser so lange wie möglich drin behalten«, stimmte ihr Marlene zu, die ihr gegenübersaß. »Das erhöht den Reinigungseffekt!«

Mit »wir« meinte sie nicht ihren Darm und sich – sondern ihren »Lebensgefährten« Bernd. Der sah darüber allerdings nicht sonderlich glücklich aus, sondern hatte einen Gesichtsausdruck, als hätte man ihm soeben die Hoden abgeklemmt. Wer weiß, wie oft er für Marlene schon irgendwas »drin behalten« musste.

»Danach noch einen schönen Leberwickel und ein kleines Schläfchen, und ihr werdet euch wie neugeboren fühlen«, schwärmte Yannick und verteilte die »selbstverständlich sterilisierten und gründlichst gereinigten« Utensilien für den Einlauf.

Die sogenannten Irrigatoren setzten sich aus einem wärmflaschenartigen Behälter für die Spülflüssigkeit, einem Schlauch, einem Darmrohr und einem Ansatzstück mit Ventil zusammen. Das Darmrohr sollte man sich in den After einführen.

»Mithilfe des Irrigators könnt ihr bis zu zwei Liter Wasser in euren Darm einleiten, wodurch eine Reinigung des gesamten Dickdarms erfolgt«, erklärte Yannick. »Ich würde euch aber empfehlen, erst mal mit einem halben Liter zu beginnen und die Prozedur dann lieber noch mal zu wiederholen, wenn ihr noch nicht zufrieden seid.«

Skeptisch betrachtete Nele das Equipment. Und das sollte sie sich jetzt sprichwörtlich »in den Hintern schieben«?

»Wer sich unsicher ist, dem können meine Assistentinnen und ich auch gerne helfen«, bot Yannick an.

Nein, kreischte Nele im Geiste. Bloß nicht! Noch unangenehmer, als sich den Schlauch selbst einzuführen, wäre mit Sicherheit, ihn von jemand anderem eingeführt zu bekommen. Es war schon schlimm genug, dass sie die dubiose Unternehmung synchron mit Sabine und Ariane im selben Zimmer vornehmen musste.

Auf Zimmer 303 hängten die Bewohnerinnen ihre befüllten Behälter an die Haken, die an der Wand über ihren Betten (vermutlich genau dafür) angebracht waren. Die waren Nele vorher noch nie aufgefallen.

Ariane reichte ein kleines Schüsselchen mit Olivenöl herum, mit dem man das Darmrohr einfetten und dadurch gleitfähig machen sollte. Und dann wurde es ernst: Wie von Ariane angewiesen, platzierten Nele und Sabine ein Handtuch auf ihren Betten, legten sich seitlich darauf, deckten sich zu und versuchten, sich unter der Decke das Darmrohr in den Hintern zu schieben. Was für eine seltsame Situation! Nele kam sich vor, als würde sie mit anderen Kindern heimlich Doktorspiele machen. Intimsphärenfanatiker würden hier auf jeden Fall durchdrehen. Zum Glück war sie als Großfamilienkind relativ unverklemmt.

Sich das Rohr einzuführen war dennoch extrem unangenehm. Nele hatte noch nie auf Analsex gestanden und fand es zudem eigentlich grundverkehrt, den Ausscheidungsmechanismus umzukehren – genau wie es in ihren Augen falsch war, sich künstlich zu übergeben. Bulimie nannte man das – und wie hieß dann diese Variante? Gab es für pathologische Einlaufoholiker einen Fachbegriff?

Als sie es endlich geschafft hatte und es sich anfühlte, als hätte sie einen Hartplastiktampon oder einen dünnen Dildo im Hintern, öffnete Ariane bei Sabine und Nele das Schlauchventil und ließ so das Wasser einlaufen. Sie selbst exte vor dem Einlauf noch ihre dubiosen Umeboshipflaumen, die sie in kleine Stückchen zerhackt und mit heißem Wasser aufgegossen hatte.

Nachdem das Wasser eingelaufen war, befreite Nele ihren Allerwertesten erleichtert von dem unbequemen Gegenstand.

Nun sollte man die Flüssigkeit etwa 15 Minuten im Liegen einwirken lassen und währenddessen den Bauch sanft massieren.

Der Vorgang wirkte: Nach einer Viertelstunde stürmte Nele panisch auf die Toilette und ergoss einen eindrucksvollen Diarrhö-Wasserfall.

Kaum dass sie die Toilettentür wieder geöffnet hatte, stürmte auch schon Sabine herein und knallte hektisch die Tür zu. Die Geräusche, die Nele zwangsläufig mit anhören musste, waren nicht besonders sexy.

Sabine war noch beschäftigt, als Ariane nervös an die WC-Tür klopfte. Und auch in Neles Darm begann es erneut, kräftig zu rumoren. In höchster Not rannte sie auf den Flur und klopfte an die nächste Zimmertür. Der Mathelehrer öffnete – und schien über Neles unerwartetes Erscheinen äußerst erfreut. Ein lüsternes Glitzern flackerte hinter seinen brikettdicken Brillengläsern auf, und Nele ahnte, welcher Film gerade in seinem Kopf ablief. Darin waren sie beide nackt und ...

»Darf ich mal!« Rabiat schubste Nele den Mathelehrer zur Seite und enterte seine Toilette. Was für eine Erleichterung!

»Äh«, sagte der Mathelehrer, als Nele kurz danach sichtlich ruhiger wieder aus seinem Bad kam.

»Vielen Dank!«, rief Nele, schubste ihn erneut zur Seite und eilte aus seinem Zimmer.

»Bist du nachher auch beim Tantra-Vortrag?«, rief er ihr

auf dem Flur hinterher. Tantra-Vortrag? Davon hatte sie gar nichts mitbekommen. Aber dafür hatte sie jetzt sowieso keinen Kopf. Sie hoffte einzig und allein inständig, dass sie mit ihren Mitbewohnerinnen in den nächsten Stunden einen Rhythmus finden würde, der ihnen einen reibungslosen Wechsel der Erleichterungsstätte ermöglichen würde.

Schlapp schleppte sie sich zurück ins Bett.

»Krass«, rief Ariane begeistert, die gerade ihren Toilettengang absolviert hatte. »Die Pflaumen kommen echt genauso wieder raus!«

»Und wat soll dat dann?«, fragte Sabine müde.

»Die putzen den Darm!«, strahlte Ariane.

»Mein Darm fühlt sich auch so schon an wie frisch gekärchert«, murmelte Nele erschöpft.

Es klopfte an der Tür. Zu Arianes Begeisterung erschien Yannick und verteilte die »Leberwickel«: Dafür legte er ihnen jeweils ein erwärmtes Handtuch auf den Bauch, platzierte eine heiße Wärmflasche darauf und wickelte diese mit einem weiteren Handtuch stramm ein. »Das hilft eurer Leber beim Entgiften«, strahlte er.

Bei Ariane war der Leberwickel anscheinend besonders schwierig anzubringen, denn er kostete Yannick auffällig viel Zeit, und seine Hand rutschte dabei mehrfach in Richtung Bikinizone.

»So, und nun träumt was Schönes«, rief er, als er Arianes Behandlung beendet hatte, und zwinkerte ihr zweideutig zu. Die grinste wie ein Honigkuchenpferd.

Die Wärme auf ihrem Bauch tat überraschend gut, und Nele fiel schnell in einen erschöpften Schlaf.

Als sie nach einer Stunde wieder aufwachte, ging es ihr ein kleines bisschen besser, aber sie war immer noch sehr hungrig und schlapp. Ihre Körpermitte fühlte sich an wie ausgehöhlt. Ausgespült und leer.

Das Abendessen glich einer Gespensterbahn-Betriebsversammlung. Bleiche Gesichter löffelten leidend ihre dünnen Suppen. Schon am zweiten Tag hatte sich die Teilnehmergruppe in penetrant gut gelaunte Streber und misanthropische Hungerleider gespalten. Die Gruppendynamik der Fastenversager, zu denen Nele sich zählte, war allerdings sehr tröstlich. »Misery makes company« – das Leiden am Verzicht verband und solidarisierte sie mit Rita, Sabine und noch fünf anderen.

Doch morgen, mit dem anrollenden Fastenhoch, sollte die psychische Schlechtwetterphase ja beendet sein und alles besser werden, trösteten sie sich und hofften, dann endlich auf die strahlende Seite der Hungerkurgewinner zu wechseln.

Weil sie nicht den ganzen Tag schlapp in den Seilen hängen wollte, ging Nele nach dem Essen am Strand spazieren und genoss es, ihre nackten Füße von den Babywellen streicheln zu lassen. Fasziniert schaute sie beim Gehen auf das klare Wasser und ihre mittlerweile ziemlich braunen Füße. Als sie nach etlichen Metern wieder hochschaute, traute sie ihren Augen kaum: Saß da etwa Miriam Moss am Meeressaum im Sand und blickte versonnen auf den Horizont – wieder in ihrer Verkleidungsmontur mit Schirmmütze und großer Sonnenbrille? War die doch noch hier? Nele hatte angenommen, sie wäre schon längst abgereist, denn sie hatte sie nach der Begegnung im Garten nirgends wieder gesehen – weder auf den Wanderungen noch im Speisesaal.

Miriam Moss war beneidenswert schlank, hatte lange, wohlgeformte Beine und eine traumhafte Figur. So wie Nele immer aussehen wollte – aber vermutlich niemals aussehen würde. Sie verkörperte (im wahrsten Sinne des Wortes) alles, was Nele mit Erfolg, Glück und Sex-Appeal verband. Sie war brillant komisch und smart und wurde aktuell mit Preisen überhäuft. Ganz Deutschland lag ihr zu Füßen.

Im Näherkommen registrierte Nele erstaunt, dass Miriam offensichtlich gerade ganz gemütlich kiffte, denn was sie da in ihrer rechten Hand hielt, war eindeutig ein Joint.

Sollte sie sie ansprechen? Eine Gelegenheit wie diese, mal privat mit einem Promi zu sprechen, käme sicherlich so schnell nicht wieder. Aber wahrscheinlich wäre Miriam total genervt, denn sie wurde sicherlich dauernd von irgendwelchen Fans belästigt. Nein, sie würde sie einfach in Ruhe lassen. Was hätte sie ihr auch schon aus ihrem todlangweiligen Leben berichten sollen?

Genau in dem Moment, als Nele diskret hinter ihrem Rücken vorbeistapfen wollte, schaute Miriam sie an.

»Hallo«, grüßte Nele verdattert.

»Hi«, grinste Miriam benebelt und sah deutlich high aus. »Kennen wir uns?«

»Ja, ich meine, nein«, stammelte Nele.

»Was denn nun?«, lachte Miriam.

»Ich mache auch gerade eine Fastenkur in der ›Seemöwe‹!« Im Blöde-Antworten-Contest hätte sie damit Platz 1 belegt, schämte Nele sich für sich selbst.

»Wie schön«, erwiderte Miriam. »Ich nicht!« Sie kicherte, und Nele wurde knallrot. Hatte sie sich auf der Terrasse verguckt? War das gar nicht Miriam gewesen? Immerhin hatte die Frau, die Nele für sie gehalten hatte, eine große Sonnenbrille getragen, konnte also auch gut jemand anders gewesen sein. Wie peinlich!

»Aber ich war neulich kurz da, weil ich einen Massagetermin bei Yannick hatte«, erklärte Miriam, die Neles Verlegenheit bemerkte. »Setz dich doch. Ich bin Miriam!«, forderte sie Nele auf und klopfte neben sich in den Sand.

»Weiß ich«, murmelte Nele verlegen. »Ich bin Nele.«

Sie ließ sich neben dem Comedystar in den Sand plumpsen und hoffte, dass die Hörnumer Erdbebenzentrale dadurch nicht einen erheblichen Ausschlag verzeichnete.

»Willst du auch mal ziehen?«, fragte Miriam mit angehaltener Luft und hielt ihr den Joint hin.

»Nein danke, ich rauche nicht«, lehnte Nele ab.

»Ach, komm! Nur mal kurz ziehen!«

»Nee, ich kann den Rauch nicht in den Lungen behalten«, gab Nele zu und kam sich äußerst spießig und verklemmt vor.

»Das ist aber schade! Da entgeht dir echt was«, sagte Miriam, und es war ihrer Stimmlage anzuhören, dass Neles Sympathiewert durch diese Aussage mehrere Kilometer abstürzte.

Dass sie keine Lungenzüge machen konnte, war nur die halbe Wahrheit: Das Zeug war Nele unheimlich, seit sie mit 17 mal einen Haschkakao getrunken hatte, der in einem Horrortrip endete.

»In gewissem Sinne faste ich auch gerade. Ich mache ein Fitness-Intensivprogramm, wohne aber im ›Budersand‹«, erklärte Miriam.

Das konnte Nele gut verstehen. Das »Budersand« war ein Luxusresort am Hörnumer Hafen, das jede erdenkliche Annehmlichkeit bot.

»Ich habe leider nur ein Zeitfenster von fünf Tagen, weil sich eine Produktion verschoben hat, deshalb muss ich ein komprimiertes Body-Boosting mit Personal Trainer, speziellem Fastencoaching, Massagen, Yoga und ausgeklügeltem Ernährungsplan durchziehen«, sagte Miriam.

»Warum bist du denn nicht im ›Lanserhof‹, die machen das doch superprofessionell?«, fragte Nele erstaunt.

»Nee, das ist mir zu elitär! Ich kann die reichen Snobs nicht ertragen«, winkte Miriam ab. »Ich mag das Jetset-Geschnösel nicht, deshalb gehe ich auch nie auf irgendwelche Roter-Teppich-Veranstaltungen. Die Leute im ›Budersand‹ sind schon schlimm genug. Ich hätte das Ganze viel lieber in der ›Seemöwe‹ gemacht, weil ich Ole, Yannick und Chris aus Berlin kenne, aber das mit den Mehrbettzimmern geht für mich aufgrund meiner Prominenz leider gar nicht – und die drei wollten keine Ausnahme machen«, erklärte sie.

»Aber warum musst du denn überhaupt etwas an dir machen?«, rief Nele bestürzt. »Du bist doch total schlank!«

»Ich muss an meiner Kondition arbeiten und extrem durchtrainiert sein, sonst schaffe ich die ganze Anstrengung mit meiner großen Deutschlandtour nicht!«, sagte Miriam, und es klang ziemlich genervt.

Nele wusste, dass Miriam ab Herbst auf Tournee gehen

würde – ausschließlich in große Hallen. Die Termine waren fast alle ausverkauft.

»Hast du eine Ahnung, wie gerne ich mal einen Tag nur auf der Couch liegen und Pommes und Pizza essen würde?«, schob Miriam nach.

»Kannst du doch!«, sagte Nele.

»Eben nicht! Erstens habe ich dafür keine Zeit – und zweitens muss ich schlank bleiben. Fernsehen macht einen noch mal sieben Kilo dicker als in der Realität!«

Um Himmels willen, wie würde sie selbst dann wohl auf dem Bildschirm aussehen?, fragte sich Nele. Sie käme vermutlich nur auf einer Breitwandkinoleinwand vollständig ins Bild.

»Außerdem habe ich in letzter Zeit ziemlich ungesund gelebt: zu viel Wein, zu viele Zigaretten, zu viel Fast Food. Ich muss dringend entgiften und entspannen. Runterkommen, Batterien aufladen und mich sortieren.«

»Na, das mit dem Entgiften klappt ja schon ganz gut«, lachte Nele und deutete auf Miriams Joint.

»Das ist doch gesund!«, empörte die sich. »Die Heilkraft von Cannabis ist wissenschaftlich mittlerweile total erwiesen!«

Wie um ihre Aussage zu bestätigen, nahm Miriam noch einen tiefen Zug und behielt den Rauch mit angehaltenem Atem in der Lunge.

»Heilkräuterkonsum gehört zu meiner Therapie«, sagte sie, als sie die Luft wieder ausatmete. Sie erhob sich und klopfte sich den Sand von den Shorts.

»Morgen reise ich ab. Muss die nächste Show produzieren. Hat mich gefreut!« Sie lächelte Nele an, drehte sich um und stapfte Richtung »Budersand«.

Nele blieb verdattert im Sand sitzen und schaute ihr nach. Hatte sie das gerade richtig verstanden? Beneidete Miriam sie darum, dass sie ungeniert Pommes essen und faulenzen konnte?

Ächzend schälte Nele sich aus dem Sand und setzte ihren Spaziergang fort. Noch so eine unglückliche Dünne! Miriam hatte alles, worauf Nele neidisch war: Ruhm, Schönheit, Schlankheit, Geld, eine langjährige Beziehung – und war trotzdem gehetzt, abgekämpft und unzufrieden.

Beide Superfrauen, Ariane und Miriam, die sie für glücklich und erfolgreich gehalten hatte, waren es nicht. Seltsam. Die Dicken wie Sabine und sie selbst waren allerdings auch nicht zufriedener. War überhaupt jemand glücklich, außer Marlene und dem AKK-Double?

Ja, stellte Nele kurze Zeit später fest: Ariane war es! Sie hatte sich in Yannick verliebt und schwärmte, auf ihrem Zimmer im Bett liegend, mit Sternchenaugen von seinen »Wahnsinnsqualitäten«. Sabine und Nele warfen sich dabei augenverdrehend Blicke zu.

Der Mathelehrer wollte Tantra-Sex, der Fastenlehrer vernaschte die Kursteilnehmerinnen, das AKK-Double spülte sich Espresso in den Hintern, und die Komikerin kiffte – drehten denn hier jetzt alle durch? Wo war sie hier bloß gelandet?, fragte Nele sich später, als Sabine und Ariane bereits schliefen. Sie hatte nicht die geringste Lust, ihren geschundenen Körper auch noch für Gruppensex oder Drogenorgien freizugeben oder bizarre anale

Einlaufexperimente vorzunehmen – auch nicht, wenn man dadurch Kalorien verlor.

Etwas irritiert schlief sie nach drei Sekunden ein.

- 16 -

Heute war der heiß ersehnte dritte Tag – heute sollte es eintreffen: das berühmte Fastenhoch!

»Viele erleben beim Fasten nach zwei bis drei Tagen ein Hochgefühl, das vermutlich mit einer erhöhten Serotoninausschüttung und der verminderten Ausschüttung von Stresshormonen in Zusammenhang steht«, hatte Yannick sie gestern beim »Abendessen« aufgeklärt. »Fasten führt zu einer Verminderung der Dichte von Serotonintransportern. Dadurch wird die Wiederaufnahme des ausgeschütteten Serotonins vermindert und die Konzentration des Serotonins im synaptischen Spalt erhöht, sodass Fasten quasi wie ein Antidepressivum wirken kann.«

Nele hatte zwar nur Bahnhof verstanden, sich aber trotzdem sehr darauf gefreut, dass es ihr heute besser gehen würde.

Als der Wecker klingelte, fühlte sie sich tatsächlich etwas fitter, hatte nur noch milde Kopfschmerzen, und auch der Hunger kniff nicht mehr ganz so fies – aber von totaler Euphorie war ihr Zustand noch weit entfernt.

Statt Gymnastik im Wald war heute ein morgendliches

Bad in den Wellen angesetzt – mit anschließender Strandgymnastik. Im Bademantel trottete die Hungertruppe im Gänsemarsch an den Strand.

»Das bringt ordentlich was: das kalte Wasser in Kombination mit Fasten!«, raunte Marlene Nele dabei vertraulich zu – und Bernd, der Hand in Hand mit ihr ging, nickte bestätigend wie ein Wackeldackel. Wo Marlene allerdings noch abnehmen wollte, war Nele ein Rätsel. Ein Fahnenmast war vollschlank im Vergleich zu ihr.

Kaltes Wasser am frühen Morgen hatte Nele noch nie gemocht – dennoch fühlte sie sich nach der Schwimmeinheit herrlich erfrischt und belebt. Auch die anschließende Strandgymnastik tat ihr gut und brachte ihren Kreislauf in Schwung. Sie fühlte sich leicht und gut und wunderte sich darüber.

Die Wanderung sollte heute am Hafen vorbei, die Ostküste entlang bis zum Rantumer Becken führen. Es waren milde 22 Grad angesagt, und der Himmel war blau wie immer. Nele hatte ihre Füße mit Blasenpflastern versorgt und fühlte sich eigentümlich fit. Sie wunderte sich sehr, dass ihr Körper immer noch funktionierte, obwohl er gar keinen Treibstoff bekam. So wie ein Auto, das ohne Benzin endlos weiterfuhr. Verbrannte ihr Stoffwechsel nun endlich ihre Fettpolster? Dieselfahrzeuge fuhren ja schließlich auch mit Öl bzw. Fett.

Durch das bunte Treiben am Hörnumer Hafen zu laufen war spannend: Krabbenkutter, edle Jachten, Fischbrötchenstände und sogar ein kleiner Flohmarkt lockten zahlreiche Touristen. Nele nahm sich vor, nach der Fastenkur auf jeden

Fall einen Sack fangfrischer Krabben zum Selbstpulen zu kaufen bzw. zu probieren.

Der Weg führte an der Outdoor-Terrasse des Budersand-Hotels vorbei: Lounge-Möbel, perfekt gestylte Menschen mit teuren Sonnenbrillen und beflissene Kellner in weißen Hemden, die gerade das Frühstück servierten. Nele glaubte, Miriam Moss zu erkennen, die rauchte und Zeitung las. Heute Abend schon wäre sie wieder in Berlin, wo sie ihre neue Show aufzeichnete.

Der Duft von frisch gebackenen Croissants, Kaffee und gebratenen Baconstreifen machte Nele fast wahnsinnig. »Ist Yannick ein Sadist?«, fragte Sabine schweißüberströmt, der es offenbar ähnlich ging.

»Das ist bestimmt ein Willenstest«, vermutete Marlene und grinste.

Schritt für Schritt arbeitete sich die Fastentruppe die Sylter Wattseite hoch. Die Dünenlandschaft und das glitzernde glatte Meer waren eine Augenweide. Dennoch waren Neles Magensäfte von den Budersand-Frühstücksaromen derart angeheizt, dass sie nun doch wieder mit quälenden Hungergefühlen zu kämpfen hatte. Verzweifelt trank sie ihre beiden Wasserflaschen leer, aber es wurde nicht besser.

Als sie an einer wilden Himbeerhecke vorbeiliefen, konnte sie nicht widerstehen und rupfte sich im Vorbeigehen eine Handvoll der roten Beeren ab. War ja schließlich Obst und damit erlaubt, erteilte sie sich selbst die Absolution. Marlene, die Neles Freveltat mitbekommen hatte, hob nur vorwurfsvoll die Augenbrauen und schüttelte den Kopf, sagte aber zum Glück nichts.

Was für ein unglaublicher Genuss es war, die herrlich süßen Früchte zu zerkauen und die harten, kleinen Kerne zu zerbeißen! Endlich konnte Nele mal wieder Zähne und Kiefermuskeln benutzen und war überzeugt, noch nie etwas Köstlicheres gegessen zu haben.

Wie ein Drogendealer hielt sie Sabine heimlich drei Beeren hin, die diese gierig hinunterschlang.

Doch die Freude währte nur kurz: Von dem Fruchtzucker schoss Neles Blutzuckerspiegel in die Höhe, um kurz darauf umso tiefer wieder hinabzustürzen. Synchron zu ihrer Laune. Das wütende Hungergefühl in ihrem Bauch war kaum noch zu ertragen. Als wenn dort drinnen jemand säße und mit kleinen Nägeln gegen die Magenwand piksen würde. »Iss was! Iss was!«, schrie ihr Körper und sendete permanent Alarmstufe Rot. Hätte Nele ein Blaulicht auf dem Kopf getragen, so hätte es ununterbrochen geleuchtet.

Der übliche Obst-Smoothie zu Mittag war nur ein Tropfen auf dem heißen Stein, obwohl Nele sogar gierig ihr Glas ausleckte.

Nach dem »Mittagessen« ließ sie sich auf der Terrasse auf einen Loungesessel im Schatten fallen und machte eine Bestandsaufnahme: Sie hatte drei heftige Blasen an den Füßen, Herzklopfen und Schweißausbrüche, sobald sie sich bewegte, Schwindel, Kopfschmerzen und einen fiesen Muskelkater. Ihr Gesamtzustand entsprach keineswegs dem gepriesenen Fastenhoch – ganz im Gegenteil.

»Das bringt hier doch alles nichts!«, schimpfte Henna-Rita, als hätte sie ihre Gedanken gelesen, und ließ sich neben ihr auf einen Sitzsack fallen, was Nele olfaktorisch äußerst unangenehm war. Ätzender Mundgeruch gehörte zu den normalen Fastenbegleiterscheinungen – und bei Rita war er zusätzlich noch mit Nasenhaar versengendem Schweiß durchmischt. Entsetzt blieb Neles Blick an Ritas wallendem, ebenfalls knallrotem Achselhaar hängen. Das war ihr in der Dampfsauna gar nicht aufgefallen ...

Mit angehaltenem Atem rückte sie von ihr ab Richtung Sabine, die wie ein gestürztes Schaf auf der seitlichen Lounge-Récamiere hing und vor sich hin hechelte.

»In einer wissenschaftlichen Studie, die ich kürzlich gelesen habe, stand schwarz auf weiß: Diäten und Verzicht funktionieren nicht! Über 90 Prozent aller Diäthaltenden nehmen wieder zu!« Triumphierend schaute Rita sich auf der Terrasse um und rückte ihren Sitzsack näher an Nele heran.

»Hör mal, Nele, das habe ich gerade bei Google gefunden!«

Eifrig wischte Rita auf ihrem iPhone-Display hin und her und las schließlich laut vor: »Der Jo-Jo-Effekt tritt besonders schnell bei allen Crash- und eiweißarmen Diäten ein, aber den schlimmsten Jo-Jo-Effekt hat man beim Fasten und Heilfasten, weil da massiv Muskeln abgebaut werden.«

Sie legte das iPhone hin, blickte Nele empört an und wartete offenbar auf eine Reaktion.

»Das Problem ist«, fuhr sie fort, »dass beim Fasten gar kein Eiweiß zugeführt wird. Wenn der Körper aber überhaupt keine Kalorien und Proteine bekommt, baut er in erster Linie Muskeln ab und nicht etwa Fett – ein oftmals unerwünschter Nebeneffekt beim Fasten!«

Mit erhobenem Zeigefinger schaute sie sich so Beifall heischend um, als hätte sie soeben die Formel für Zeitreisen verkündet.

»Es kommt noch schlimmer, Leute!«, mahnte sie. »Alte Zellen und Bestandteile werden verstoffwechselt, und Fettablagerungen in Organen werden reduziert. Dadurch werden in den Fettreserven eingelagerte Umweltgifte wie Dioxine, PCB und Weichmacher freigesetzt!«

»Also lieber langsam, dafür aber gesund und dauerhaft abnehmen?«, fragte Nele hoffnungsvoll. Die Aussicht, dass diese Fastenquälerei eventuell sogar mehr schadete als half und deshalb am besten sofort abzubrechen sei, hatte sie schlagartig hellwach gemacht.

»Oder gar nicht!«, prustete Sabine und rappelte sich von der Liege- in die Sitzposition hoch. »Perfekt aussehen muss man doch sowieso nur, wenn man sonst nichts kann!«

»Wow! Das ist aber ein toller Satz!« Marlene, die das Gespräch neugierig verfolgt und sich zu ihnen gesetzt hatte, klatschte begeistert in die Hände. »Da hast du absolut recht!«

»Aber was du da vorgelesen hast, ist totaler Quatsch«, schob sie in Richtung Rita hinterher. »Ich faste seit sieben Jahren jedes Jahr mindestens eine Woche lang, und es hat mir immer sehr gutgetan.«

»Du hast ja auch keine Muskeln mehr zum Abbauen«, lachte Sabine.

»Und du bist natürlich ein ganz schlimmes Jo-Jo-Effekt-Opfer«, ergänzte Nele und freute sich über Marlenes verständnisloses Gesicht.

»Hier, hört euch das an!«, rief Rita. Sie war in ihrem Wahrheitsfindungswahn offenbar nicht zu stoppen und setzte sich aufrecht hin, um weiter aus ihrem Handy vorzulesen. »Ich hab noch etwas sehr Interessantes zum Thema ›Darmspülungen‹ entdeckt: Bei den Fasteneinläufen soll die Schlacke, die angeblich im Darm steckt, rausgespült werden. So als wenn man eine Toilette von Klostein befreien und reinigen würde. Es gibt aber keine wissenschaftliche Grundlage dafür, denn es gibt im Darm überhaupt keine teerartigen, klebrigen Rückstände wie bei der Erzverhüttung!«

»Das ist so nicht richtig …«, setzte Marlene an.

»Alles totaler Blödsinn also?«, fiel Nele ihr ins Wort. »Absolut idiotisch, was wir hier machen?«

»Bestimmt nicht!«, rief Marlene empört. »Wie gesagt, ich mache das …«

»Doch!«, schnitt Rita ihr das Wort ab. »Alle Arten von Diät setzen auf eine Kombination von Kalorienreduktion und Sport, durch die die für den Stoffwechsel zugänglichen Fettreserven abgebaut werden. Sind diese Fettreserven erschöpft, beginnt der Körper, sein Strukturfett zu verbrennen. Aber erst wenn auch dieses aufgebraucht ist und kein anderer Brennstoff mehr zur Verfügung steht, werden die ›abnormalen‹ Fettreserven verheizt. Das Perfide daran ist nur, dass kein normaler Mensch eine Diät so lange durchhält!«

»Hä?«, entfuhr es Nele, die nur die Quintessenz von Ritas Vortrag verstanden hatte, nämlich, dass Diäten offenbar komplett sinnlos waren.

»Dieser frustrierende Prozess trifft übrigens besonders adipöse Patienten«, las Rita weiter vor. »Ihr Magen kneift vor Hungerattacken, sie sind müde und schlapp, das Gesicht ist hager und ausgezehrt, doch das Fett an Bauch, Hüften, Schenkeln und Oberarmen zeigt kaum Reduktion.«

»Genau!«, schrie Sabine begeistert. »Exakt so isses!«

»Es wird noch besser«, grinste Rita. »Hör zu: ›Das Fett, das Sie loswerden wollen, bleibt, und das Fett, das gebraucht wird, um die Knochen zu bedecken, wird immer weniger. Ihre Haut ist runzlig, und Sie sehen alt und jämmerlich aus. Und das ist eine der enttäuschendsten und deprimierendsten Erfahrungen, die ein Mensch machen kann.‹«

Triumphierend legte sie ihr Handy zur Seite. Nele sah sich im Geiste mit herunterhängenden Hautlappen und Mundwinkeln misanthropisch durch die Gegend schlurfen. Was für eine Horrorvorstellung!

»Früher haben die Menschen doch auch nicht dauernd diätet und auf ihre Ernährung geachtet«, echauffierte sich Sabine. »Heute sind wir alle total verweichlicht und stellen uns wegen allem Möglichen unfassbar an. Gluten- oder Laktoseintoleranz, Veganterror, klimaneutrale Lebensmittel, kohlenhydratfreie Ernährung – Essen ist komplizierter geworden als früher in der Schule Mathe oder Physik! Es geht uns einfach zu gut, glaube ich. Das ist die totale Luxusproblematik, Leiden auf extrem hohem Niveau. Im Krieg haben sie sogar verschimmeltes Brot gegessen und überlebt!«

»Sie haben vor allem WENIGER gegessen«, warf Bernd ein, Marlenes siamesischer Zwilling, der sich soeben neben sie gesetzt hatte. »Würde sich die Menschheit nach dem sogenannten ›Hara Hachi Bu‹-Prinzip ernähren, wären wir alle gesünder – und würden wesentlich länger leben!«

»Hara Hachi Bu?«, fragte Nele verständnislos. War das wieder so eine perverse esoterische Sexpraktik?

»So nennt sich eine spezielle Ernährungsregel, nach der die Einwohner der südjapanischen Insel Okinawa schon seit Jahrhunderten leben«, dozierte Bernd und genoss es sichtlich, endlich mal ungestört zu Wort zu kommen. »Sie ernähren sich im Wesentlichen von Reis, Fisch und Gemüse, essen sich aber bei den Mahlzeiten höchstens zu 80 Prozent satt! Kurz vor dem finalen Sättigungs- oder Völlegefühl hören sie auf und legen ihr Besteck mit ein bisschen Resthunger zur Seite.«

»Hut ab«, rief Nele. »Das könnte ich nicht!«

»Da bist du nicht die Einzige«, lachte Bernd. »Diese Disziplin aufzubringen ist dem Großteil unserer Welt ziemlich fremd! Sie scheint aber eine Zauberformel für Gesundheit zu sein, denn nirgendwo sonst ist die Lebenserwartung höher, in keiner anderen Region gibt es so viele Hundertjährige!«

»Wahnsinn«, rief Sabine begeistert. »Statt FdH künftig also lieber F-80-Prozent?«

»Genau«, lachte Marlene. »Weniger ist mehr – in jeder Hinsicht! Und deshalb fasten wir regelmäßig.« Sie nahm Bernds sehnige Hand und strahlte ihn an.

»Hmpf«, machte Nele. Diese Diskussion war ja die reinste Berg-und-Tal-Fahrt. Dauernd schien sie vom Fasten und Hungern erlöst zu werden – und dann doch wieder nicht.

»Ernährungsexperimente mit Tieren hatten übrigens genau das gleiche Ergebnis«, erzählte Bernd weiter. »Immer war das nicht ganz so stark gefütterte Tier in jeder Hinsicht gesünder als das andere – und wirkte auch äußerlich wesentlich jünger. Egal, ob Würmer, Fruchtfliegen, Mäuse, Hunde oder Primaten – alle lebten deutlich länger, wenn sie weniger zu fressen kriegten!«

»Wow«, machte Sabine.

»Schaut euch doch einfach mal die über 100-Jährigen an«, empfahl Marlene. »Die sind in den seltensten Fällen übergewichtig, sondern in der Regel sehr schlank – so wie Johannes Heesters. Der ist 107 Jahre alt geworden!«

»Der hat aber immer gerne ein Schlückchen getrunken«, protestierte Sabine.

»Aber auch sehr viel Sport gemacht«, hielt Marlene dagegen. »Kirk Douglas ist auch ein gutes Beispiel. Der ist aktuell 102 – und lebt noch!«

»Wir machen uns doch vollkommen wahnsinnig mit unserem manischen Ernährungsfimmel und dauernden Auf-die-Figur-Achten«, befand Sabine und streckte sich erschöpft auf der Récamiere aus. »Heute hat man permanent Angst, dass alles, was man isst, zu fett, zu schadstoffbelastet, zu umweltbelastend, zu tierisch, zu kalorienhaltig oder zu industriell ist.«

»Und deshalb isst man lieber gar nichts«, lachte Nele. »So wie wir jetzt.«

»Wir sind doch vollkommen bescheuert.« Rita schüttelte verzweifelt den Kopf und erhob sich. »Ich leg mich jetzt erst mal hin«, verkündete sie und verschwand im Hotel.

Es war ein extrem heißer Tag. 27 Grad zeigte das Thermometer, und Nele lief schon im Schatten der Schweiß von der Stirn. Ohne das ganze Gewese ums Essen klafften plötzlich endlose Zeitabschnitte vor ihr auf: Es war 15 Uhr – Abendessen würde es erst um 18 Uhr geben. Was sollte sie in den kommenden drei Stunden anfangen? Sie wollte nicht immer nur schlafen – und zum Lesen war es zu heiß …

Die Thesen der eben geführten Diskussion rotierten in ihrem Kopf: War das hier wirklich alles sinnlos? Sollte sie nicht besser einfach weniger und gesünder essen – und diese Fastenfolter beenden? War ihr Körper nicht schon genug resettet?

»Kommst du noch mal mit schwimmen?«, unterbrach Sabine, die aussah wie ein rotgesichtiges dampfendes Walross, ihre Grübeleien. »Ich muss mich dringend abkühlen.«

»Gute Idee!«, fand Nele. »Wo denn?«

»Am Kap Horn?«

»Du meinst FKK?«, fragte Nele relativ entsetzt.

»Klar! Wer nackt schwimmt, braucht keine Bikinifigur!«, rief Sabine und erhob sich ächzend.

Nele musste grinsen. Schon wieder so ein genialer Spruch. Zumindest auf Sabines Gehirn schien sich das Hungern eindeutig positiv auszuwirken.

Sie holten Badehandtücher, Sonnenbrillen und Schirmmützen aus ihrem Zimmer, liehen sich zwei Hotelfahrräder und radelten auf dem Odde Wai Richtung Kap Horn. Nele genoss die frische Meeresbrise und den herrlichen Blick auf die Odde, als sie den Schotterweg Süderende entlangfuhren. So viel wie in den letzten Tagen hatte sie sich noch nie bewegt. Und es fühlte sich seltsam gut an, obwohl ihr jeder einzelne Knochen wehtat.

Den FKK-Strand am Kap Horn kannte Nele ja bereits von der Strandsauna – und heute schien er besonders herrlich: Die Brandung war nicht ganz so wild – und das Meer schillerte fast türkisgrün. Wie in der Karibik sah es hier aus.

Sabine und Nele breiteten ihre Handtücher aus und entkleideten sich, was Nele nicht ganz leichtfiel. Wirklich gerne und ungehemmt mochte sie ihren Körper immer noch nicht zeigen.

»Es bringt doch gar nichts, sich dauernd seines Körpers zu schämen«, sagte Sabine, die Neles Unbehaglichkeit zu bemerken schien. »In verbeulten Schrottkarren kann man jede Menge Spaß haben. Und Porschefahrer haben eh meist winzige Schniedel!«

Nele schaute sie verblüfft an.

»Im übertragenen Sinn heißt das: Auch mit einem Luxuskörper ist das Leben nicht automatisch ein Ponyhof!«

Sabine lachte und befreite sich von BH und Slip. »Und wenn sich hier jemand für seinen Körper schämen sollte, dann hätte ja wohl ich sehr viel mehr Grund dazu! Schau mich doch an«, rief sie und klatschte sich auf ihre drei übereinanderlappenden Hüftspeckrollen.

»Schwabbeliges 61-jähriges, von zwei Schwangerschaften und einem Leben voller Butterbrötchen und Prosecco geprägtes Bindegewebe, ein dicker Hintern, stämmige Beine und wabbelige Oberarme.«

Sie schüttelte sich, als würde sie einen Hula-Hoop-Reifen um ihre Hüften kreisen lassen, und sah dabei aus wie ein in Wallung geratener Wackelpudding.

»Sieh dich doch mal um: Niemand ist hier perfekt! Also mach dich endlich nackig, und komm mit ins Wasser!«

Während sie zur Brandung liefen, scannte Nele die anderen hier herumliegenden oder laufenden Nackten: Jede Art von Körper fand sich hier – und tatsächlich war keiner perfekt.

Kreischend sprangen sie ins kalte Meer und freuten sich wieder mal daran, wie unglaublich erfrischend das war.

Auf dem Rückweg zu ihren Handtüchern entdeckte Nele doch noch zwei Traumkörper: Yannick und Ariane lagen in trauter Zweisamkeit nackt nebeneinander und schliefen.

Überrascht zeigte Nele Sabine ihre Entdeckung. »Oh, jetzt sind mir seine ›Vorzüge‹ schlagartig klar«, grinste Sabine, während sie sich die nassen Haare abtrocknete. »Suche Mann mit Pferdeschwanz, Frisur egal!«

Nele kriegte sich vor Lachen kaum wieder ein.

Sie bräunten sich, dösten in der Sonne und gingen noch zweimal ins Meer. Pünktlich zur dünnen Abendessensuppe waren sie wieder in der »Seemöwe«.

Nach dem Essen setzte sich Nele in den Garten und las, bis sie müde wurde. Der Hunger in ihrem Bauch war kaum auszuhalten. Es wäre ein Leichtes für sie gewesen, einfach runter zu Edeka zu gehen und sich den Bauch vollzuschlagen, aber noch wollte sie auf das Fastenhoch warten. Vielleicht käme das ja morgen endlich. Die anderen hielten schließlich auch durch – sogar Sabine.

- 17 -

Mitten in der Nacht wachte Nele auf, weil Sabine schon wieder schnarchte wie ein Sägewerk. Arianes Bett war wie immer leer.

Ans Einschlafen war nicht zu denken, zu sehr kniff ihr Magen und fragte Nele permanent, ob sie verrückt geworden sei, ihn so auszuhungern. Vielleicht würde eine Ladung Kräutertee das Hungergefühl ablöschen, hoffte Nele und machte sich auf den Weg in den Speisesaal, wo der Samowar stand.

Auf der Treppe ins Erdgeschoss stieg ihr ein unfassbar köstlicher Duft in die Nase. War das nicht Kreuzkümmel, der in heißem Öl erhitzt wurde, damit er seine volle Aromenpracht entfalten konnte? Oder Garam Masala? Neles Magen drehte fast durch, und ihr lief im wahrsten Sinne des Wortes das Wasser im Mund zusammen. Durch ihre verstärkte Geruchsempfindlichkeit plötzlich hellwach, folgte Nele wie hypnotisiert dem köstlichen Duft, der aus dem Kellergeschoss zu kommen schien, wo die Hotelküche untergebracht war.

Durch die Stahlschwingtür, die die Küche vom Treppenhaus abgrenzte, schien ein schwacher Lichtschimmer. Der Duft wurde immer intensiver. Ohne nachzudenken, stieß Nele die Tür auf.

In der Küche stand ein junger Mann, dessen bronzefarbene Haut scharf mit seiner weißen Kochuniform kontrastierte, und rührte konzentriert in einer Pfanne. Erschrocken zuckte er zusammen, als er Nele entdeckte.

»Oh, hallo!«, stammelte er. »Habe ich Sie geweckt?«

Er war hübsch. Sehr hübsch sogar. Perlweiße Zähne, volle Lippen und ein sehr ebenmäßiges Gesicht. Marokkaner oder Äthiopier, vermutete Nele. Er konnte nicht älter als 25 sein.

»Nein, nein«, beschwichtigte Nele. »Ich habe mich nur verlaufen.« Neugierig trat sie zu ihm und schaute in die Pfanne.

»Die Gäste dürfen eigentlich nicht in die Küche«, lachte er. Er sprach perfekt Deutsch.

»Oh«, sagte Nele. »Das wusste ich nicht. Ist das Kreuzkümmel, was hier so herrlich duftet?«

»Nicht nur«, sagte der hübsche Kerl. »Das ist Ras El-Hanout – eine afrikanische Gewürzmischung aus Koriander, Kreuzkümmel, Kurkuma, Ingwer, schwarzem Pfeffer, Fenchel, Muskatnuss, Kardamom, Zimt, Knoblauch, Nelken und Bockshornklee.«

»Hab ich gerade selbst gemischt«, ergänzte er stolz.

»Und was kochst du damit?«, fragte Nele höchst interessiert.

Neben dem Herd standen Schüsseln mit geschälten Tomaten, gebackenen Auberginenscheiben, Schafskäsevierteln, Chilischoten, Knoblauchzehen, Zwiebeln und Eiern. Verschiedene Kräuter lagen auf einem großen Brett bereit.

»Ich probiere gerade eine neue Shakshuka-Variation aus«, sagte der Koch und strahlte sie mit seinen blendend weißen Zähnen an. »Tagsüber darf ich nur die Fastensuppen kochen – deshalb teste ich meine Gerichte und Kreationen nachts. Max und Ole lassen mir freie Hand, die sind echt okay.«

Er wischte sich die rechte Hand an einem Küchenhandtuch ab und reichte sie ihr. »Ich bin Jamal!«

»Nele, angenehm«, sagte Nele, nahm seine Hand und schüttelte sie.

Ausgerechnet Shakshuka! Neles Hungerzentrum lief Amok, denn das nordafrikanisch-israelische Frühstücksgericht gehörte zu ihren absoluten Lieblingsspeisen. Sie liebte den Geschmack der pikanten Tomatensoße in Kombination mit Gemüse und den pochierten Eiern, deren noch flüssiges Eigelb beim Verzehr so einmalig lecker in die Tomatensoße lief.

»Ich will Sternekoch werden – die werden hier auf der Insel überall gesucht«, erklärte Jamal und schüttete die gehackten Zwiebeln und den Knoblauch in das heiße Öl.

»Bist du Asyl suchend?«, fragte Nele, während sie wie gebannt auf die Pfanne starrte, in die Jamal nun die vorgekochten Tomaten rührte. Die Frage war ihr so herausgerutscht, vermutlich, weil das entstehende Essen ihre gesamte Aufmerksamkeit in Anspruch nahm.

»Nein. Ich bin zwar Marokkaner, habe aber einen deutschen Vater«, erklärte Jamal und schloss die Pfanne mit einem Glasdeckel.

»Und du?«, fragte er Nele und nahm einen Schluck Wasser aus einem Glas. »Was machst du hier?«

»Ich faste!«

»Ja, schon klar«, grinste Jamal. »Aber warum?«

»Wie, warum?«, fragte Nele verständnislos.

»Warum willst du dünner werden?«

»Hallo? Guck mich doch an!«, rief Nele und zeigte an sich herunter. »Ich sehe aus wie Barbamama!«

Jamal lachte. »So ein Quatsch!«

»Schon klar«, sagte Nele und fragte sich, was sie wohl gerade für einen Anblick bot: schlafverquollen mit zerzaustem Haar, barfuß in T-Shirt und ausgeleierter Jogginghose.

»Bist du ganz alleine in der Küche?«, erkundigte sie sich, um das Thema zu wechseln, und versuchte, ihre Haare mit gespreizten Fingern durchzukämmen.

»Nein, tagsüber sind auch noch Adil und Jasina hier«, sagte Jamal, hob den Deckel an und legte ihn beiseite. »Die sind vor drei Monaten aus Syrien geflohen.« Mit einer Kelle schaufelte er kleine Gruben in den Tomatensud.

»Und Günther natürlich, unser Chef. Der ist ein veganer Koch aus Stuttgart.«

Während er die rohen Eier aus ihren Schalen in die Gruben goss, erzählte er, dass er gerade mit Chris und Ole um die Anerkennung seiner deutschen Staatsbürgerschaft kämpfte.

»Wo sind Chris und Ole eigentlich?«, fragte Nele. Seit er sie in List abgeholt hatte, hatte sie Ole nie wieder gesehen.

»Die sind gerade auf Crowdfarming-Tour in Italien, Frankreich und Spanien und kontrollieren ihre adoptierten Bäume«, erklärte Jamal, schob die Auberginenscheiben und die Schafskäseviertel zwischen die Eier in den Sud und schloss den Deckel.

»Sie haben vor, den Import größer aufzuziehen – mit irgendeinem Start-up aus Berlin. Und in Frankreich wollen sie einen Weinberg pachten.«

»Aha.«

»Möchtest du mal probieren?«, fragte Jamal, hielt Nele einen Esslöffel hin und deutete mit dem Kopf auf die brodelnde Pfanne.

Nichts hätte sie lieber getan! Aber nach der verheerenden Himbeererfahrung wusste Nele, dass es das Hungergefühl aufs Schrecklichste verstärkte, wenn sie etwas zu sich nahm – und auch noch kaute! Denn jeder Bissen, jede Form von fester Nahrung ließ die Magensaftproduktion anspringen und potenzierte so den Hunger. Schon ein kleiner Probehapps konnte also die gesamte Fastenkur zusammenbrechen lassen. Konsequentes Nicht-Essen war wirklich leichter!

Und wofür hätte sie sich dann auch tagelang so gequält? Wie ein Bergsteiger, der unbedingt den Gipfel erklimmen wollte, wollte Nele es wenigstens einmal erleben – das fulminante Fastenhoch, nach dem man angeblich keinen Hunger mehr verspürte. Denn dann könnte sie auch die restlichen Fastentage noch durchhalten.

Ihr Himbeerausrutscher hatte sie einen Tag zurückgeworfen – aber morgen müsste es so weit sein.

Tapfer lehnte sie also ab und verabschiedete sich von Jamal.

Im Speisesaal füllte sie sich einen Becher Kräutertee ab und ging zurück in ihr Zimmer, wo sie bald darauf in einen unruhigen Schlaf fiel, der von Visionen leckerster Gerichte nur so wimmelte.

- 18 -

Enttäuschenderweise immer noch zerschlagen statt euphorisch, wachte Nele am nächsten Morgen auf, absolvierte ferngesteuert die Morgengymnastik im Wald und taumelte auf der anschließenden Wanderung müde hinter Sabine her. Vom Fastenhoch erneut keine Spur. Nele hatte eher das Gefühl, konstant immer kraftloser zu werden, wie eine sich stetig entladende Batterie.

Da sie wegen ihrer Kreislaufprobleme das zügige Tempo nicht halten konnte, fiel sie immer weiter zurück und bildete irgendwann das Schlusslicht der Wandertruppe, gemeinsam mit Ingrid, der 70-jährigen Judi-Dench-Lookalike, die sich bei Yannicks Vortrag so gegen die Einläufe gesträubt hatte. Ingrid schlurfte ebenfalls im Schneckentempo, weil sie unter Arthrose in den Fußgelenken litt.

Um sich von ihrem Hunger und der zunehmenden Erschöpfung abzulenken, kam Nele mit ihr ins Gespräch und erfuhr, dass Ingrid ihren Mann erst sehr spät (mit fast 60) kennengelernt hatte und bis heute sehr glücklich mit ihm war. Er machte gerade mit zwei Freunden Angelurlaub in der Schweiz, sie wollte nicht mit und stattdessen lieber etwas Neues ausprobieren. Sie war mit ihrer Schwiegertochter hier, die weiter vorne mitmarschierte.

Die Gruppe machte Rast, Yannick verteilte Orangenschnitze, und Nele und Ingrid setzten sich auf eine Bank im Schatten.

Mit lebenslustig blitzenden knallblauen Augen, die attraktiv mit ihrem weißen Haar kontrastierten, erzählte Ingrid, dass ihr Mann und sie aus beruflichen Gründen monatelang immer wieder im selben Flieger gesessen hätten, obwohl ihre Firmen nichts miteinander zu tun gehabt hatten. Irgendwann hatte sich ihr Mann einfach neben sie gesetzt und ein Fläschchen Champagner bestellt. Seitdem waren sie zusammen.

»Echt, die große Liebe erst mit 60?«, rief Nele begeistert. »Na, dann habe ich ja noch Hoffnung!«

»Klar! Vielleicht auch gerade erst dann«, erwiderte Ingrid vielsagend und saugte an ihrem Schnitz.

»Wie meinst du das?«, fragte Nele.

»Ich glaube, echte Liebe ist erst möglich, wenn man es geschafft hat, sich selbst zu lieben.«

»Na ja«, sagte Nele und verdrehte im Geiste die Augen. Das war nun nicht gerade eine bahnbrechend neue Erkenntnis.

»Es ist einfach ein riesiger Irrglaube zu hoffen, dass ein Partner einen glücklich machen kann. Um das eigene Glück muss man sich gefälligst selbst kümmern. Und der richtige Partner kann – wie ein Geschenk – das Glück dann noch verstärken.«

»Hm«, sagte Nele. Bedeutete das, dass ihr Liebespech

eher mit ihrer unzufriedenen Lebenssituation als mit ihrem Körperumfang zusammenhing? Aber das hing doch untrennbar zusammen! Eines bedingte das andere …

»Der Idealzustand ist, wenn du den anderen nicht brauchst, aber trotzdem lieber mit ihm zusammen bist, als alleine zu sein«, lächelte Ingrid, und Nele sah ihr an, dass sie gerade an ihren Mann dachte.

»Und wie lernt man, sich selbst zu lieben? Wie schafft man das?«, fragte sie.

»Die Selbstverliebtheit eines Narzissten, der nur um sich selbst kreist, ist nicht gemeint«, erklärte Ingrid und sah dabei aus wie ein freundliches, weises Orakel. »Es geht darum, mit sich selbst im Reinen zu sein. Sich so zu akzeptieren, wie man ist, und nicht zu versuchen, einen anderen – vermeintlich attraktiveren – Menschen aus sich zu machen.«

Nele nickte betreten. Genau das fiel ihr ja so schwer.

»Man sollte seine eigenen Schwächen genau kennen – aber umgekehrt auch seine Stärken! Das ist enorm wichtig, denn wer danach lebt, muss keine Scheinwelt um sich herum aufbauen, keine Rollen einnehmen, denen er nie gerecht werden kann. An solchen Inszenierungen sind schon viele Beziehungen zerbrochen – auch bei mir!«

Nele schaute sie erstaunt an.

»Ich weiß wirklich, wovon ich spreche und wie schrecklich anstrengend es ist, den ganzen Tag Theater zu spielen.«

Sie lächelte gütig.

»Sich zu vergleichen, zu hadern und sich an anderen zu orientieren ist der sicherste Weg zum Unglücklichsein. Du bist – ganz genau so, wie du jetzt bist – einzigartig auf dieser

Welt. Dich gibt es nur einmal. Auf dieser Erkenntnis solltest du aufbauen.«

In ihrem Blick war zu lesen, dass sie ihr dringend etwas mitgeben wollte – und die Message kam auch an.

»Erst hinter dem Tor erblickt man den ganzen Garten«, schmunzelte sie und zwinkerte ihr zu wie ein gutmütiger Troll.

Die Gruppe setzte die Wanderung fort, Ingrid schloss wieder zu ihrer Schwiegertochter auf, und Nele lief neben Sabine her.

Was wollte ihr die alte Dame genau sagen?, fragte sie sich. Dass ihre vermeintlichen Schwächen (Liebe zum Essen und zum Genuss) am Ende genau ihre Stärken waren? Dass sie diese lieber voll ausleben statt unterdrücken und sich dafür schämen sollte? Dass es irgendwo einen genussfreudigen Mann gab, für den ihre Kochkünste das Himmelreich und ihr Körper größte Wonnen wären? So ein Quatsch, schalt sie sich. Wenn es so jemanden gäbe, hätte sie ihn sicherlich schon gefunden.

Machen wir uns nichts vor, dachte sie: Sie war 52, ihr Körper war wabbelig wie eine nachlässig aufgeblasene Luftmatratze, und Männer ihres Alters verliebten sich bevorzugt in 20 Jahre jüngere Frauen.

»Sag mal, kollabierst du auch gleich?«, fragte Sabine, als sie sich nach gefühlten zehn Stunden endlich wieder dem E-Bulli näherten.

»Bin ich schon vor zwei Stunden«, murmelte Nele erschöpft.

»Schwimmen?«, fragte Sabine. Für ganze Sätze reichte offenbar ihre Kondition nicht mehr.

»Gerne.« Neles auch nicht.

»Jetzt gleich?«

»Gerne.«

Sabine zwinkerte verstehend und bat Yannick, der den Bus fuhr, sie am FKK-Strand abzusetzen. Rita schloss sich der Idee sofort an, obwohl für die Hungernden am Nachmittag eigentlich der nächste Einlauf auf dem Programm stand.

Heute fiel Nele das Ausziehen schon deutlich leichter. Das Gespräch mit Ingrid und die gestrige Standpauke von Sabine zeigten offenbar Wirkung. Und die ebenfalls alles andere als makellosen Körper von Sabine und Rita gaben ihr zusätzlichen Support.

Wegen des leichten Ostwindes war das Meer heute spiegelglatt. Mit ausgestreckten Armen und geschlossenen Augen ließ Nele sich im Wasser treiben und genoss die erfrischende Abkühlung – und die Schwerelosigkeit, denn im Meer fühlte sich ihr Körper so leicht an wie eine Feder.

Anschließend legte sie sich nass auf ihr Handtuch und ließ sich von der Sonne trocknen. Ein leichter, lauer Wind streichelte über ihren nackten Körper, die Wärme der Sonne entspannte ihre schmerzenden Muskeln, und das Nordseesalz und der Sand peelten ihre Haut. Nele fühlte und spürte zum ersten Mal seit langer Zeit wieder deutlich ihren Körper – und das war ein ganz wunderbares Gefühl.

Rita wollte noch bleiben, Nele und Sabine schlenderten zurück zur »Seemöwe« und hatten heimlich den Verdacht, dass Rita nur unbeobachtet in die Kap-Horn-Gaststätte einkehren wollte. Ihre Fastenmotivation schien sich nach ihrem gestrigen Vortrag jedenfalls ziemlich verflüchtigt zu haben.

Sabines dagegen nicht, denn sie wollte beinhart den Einlauf machen. »Vielleicht hilft das ja gegen diesen bestialischen Hunger!«

»Sehr tapfer«, fand Nele. »Warum machst du das eigentlich – mit dem Fasten? Du scheinst dich doch in deinem Körper ganz wohlzufühlen!«

»Weil ich es Finn versprochen habe«, sagte Sabine. »Der macht sich Sorgen um mich, weil ich seiner Meinung nach zu viel trinke und mich vorsintflutlich ernähre, und ist beruhigt, wenn ich mich einmal im Jahr entgifte.«

»Hm …«, machte Nele. Das war wohl, was man echte Mutterliebe nannte. »Ist die Wirkung denn wirklich so durchschlagend?«

»Ich fühle mich nach so einer Einheit schon besser«, nickte Sabine. »Irgendwie gereinigt und resettet. Aber vielleicht liegt das auch nur an meinem beruhigten Gewissen. Denn danach schlage ich umso hemmungsloser zu!« Sie lachte.

Zurück in der »Seemöwe«, ließ Sabine sich einen Irrigator aushändigen und verzog sich in ihr Bett. Nele dagegen verweigerte die Darmspülung. Sie hatte nicht die geringste Lust, sich noch schlapper zu fühlen als ohnehin schon – obwohl Yannick das Gegenteil versprach und unermüdlich die belebende Wirkung der Einläufe pries.

Aus irgendeinem Grund war Neles rebellischer Geist erwacht, und sie fragte sich immer drängender, was sie hier eigentlich machte.

Zunächst ging sie unter die Dusche, um sich das Salz von der Haut zu spülen, und stellte beim Blick in den Badezimmerspiegel erstaunt fest, wie braun sie in den paar Tagen geworden war – und das auch noch nahtlos!

Sie war schon immer sehr schnell braun geworden, aber die Nordseesonne hatte sie in Windeseile cappuccinofarben geröstet. Durch das Sand- und Salzwasserpeeling fühlte sich ihre Haut zudem ganz samtig und weich an und sah deutlich straffer aus.

Doch Sonnenbräune war ja überhaupt nicht mehr modern. Als sie ein Kind war, konnte man gar nicht braun genug sein. Jeder Urlaub war nur dann ein Erfolg, wenn man dunkel geröstet wie ein Roggenbrot zurückkam. Und dann zog man sich drei Wochen lang nur noch weiße Kleidung an, um den Kontrast zu verstärken.

Heute war es komplett umgekehrt: Niemand ging mehr ohne Sonnenschutzfaktor 50 aus dem Haus und kontrastierte seine bleiche Haut mit schwarzer Kleidung.

Nele musste grinsen und registrierte verwundert, dass ihre Zähne in ihrem dunklen Gesicht plötzlich viel weißer aussahen.

Derart tiefbraun gebrannt, mochte sie sich zum ersten Mal seit langer Zeit im Spiegel wieder angucken und fand ihre Figur eigentlich ganz süß. Wie ein strammes, pralles marokkanisches Michelin-Männchen bzw. -Frauchen sah sie aus. Rund, gesund – und knuddelig. Gar nicht mal so eine schlechte Ausgangsposition, fand sie und cremte sich in ungewohnter Harmonie mit ihrem Körper ein.

Die zweite Überraschung des Tages war, dass die Waage erneut ein Kilo weniger anzeigte.

Die Gewichtsabnahme tröstete sie ein wenig über das öde Abendessen hinweg, das wieder nur aus einer faden, dünnen Gemüsesuppe bestand (heute in der Variation Karotte, Pastinake und Kohlrabi mit einem Schuss Leinöl), die die Teilnehmer so langsam und andächtig in sich hineinlöffelten, als handle es sich um flüssiges Gold.

Kulinarisch restlos unterfordert, dafür aber dramatisch ausgehungert, schlürfte auch Nele die Plörre mürrisch herunter. Das bekloppte Fastenhoch kam einfach nicht, und wenn Rita recht hatte, würde sie nach der Kur Opfer eines schlimmen Jo-Jo-Effekts sein – und noch weniger Muskeln haben als sowieso schon. Ach ja, und statt Nährstoffen würden in ihrem Blut zudem Schwermetalle zirkulieren – das hätte sie fast vergessen. Tolle Aussichten!

Gesunde Ernährung, Bewegung und auf den Körper achten – schön und gut. Aber zehn Tage wie eine Schiffbrüchige zu leben – das ging eigentlich wirklich zu weit.

Besondere Erkenntnisse hatte sie bislang noch nicht gewonnen, außer dass jede Art von Lebensmittel umso köstlicher schmeckte, je größer ihr Hunger war. Und dass ihr Körper auch ohne Nahrung zu erstaunlichen Leistungen in der Lage war. So weit, so gut.

Oder schlecht.

Um sich von ihren demotivierenden Grübeleien abzulenken, spielte Nele nach dem Essen mit Marlene, Bernd und Sabine eine Runde Rummikub auf der Terrasse. Als Bernd und Marlene sich zur Abendmeditation am Oststrand aufmachten, gingen Nele und Sabine aufs Zimmer. Sabine war von Einlauf, Schwimmen und Wanderung restlos erledigt und wollte nur noch schlafen. Nele jedoch hatte einen ganz anderen Plan:

Sie schaute auf ihrem Handy mit Kopfhörer zwei gestreamte Kinofilme, schlüpfte kurz vor Mitternacht in Jeans und T-Shirt und schlich sich runter in die Küche.

Wieder strömte ein köstlicher Duft durch das Kellergeschoss, doch zu Neles großer Überraschung war Jamal diesmal nicht alleine. Neben ihm stand ein ausgesprochen gut aussehender Mann am Herd und schaute sie erstaunt an. Nele schätzte ihn auf etwa 50, seine vollen schwarzen Haare waren an den Schläfen grau, und er sah ein bisschen aus wie George Clooney.

»Das ist Nele«, stellte Jamal sie vor. »Und das ist Adil aus Syrien, von dem ich dir gestern schon erzählt habe.«

Adil reichte ihr die Hand und lächelte sie an. »Schön, dich kennenzulernen, Nele.« Sein Deutsch war holperig, aber grammatikalisch perfekt.

»Gleichfalls«, stammelte Nele verlegen. *»I go weak in the presence of beauty«* – die alte Alison-Moyet-Songzeile ging ihr durch den Kopf. Denn genauso war es: Die Attraktivität dieses Mannes machte ihre Knie seltsam weich. Ihr Herz klopfte. Aber das lag bestimmt nur an ihrem malträtierten Kreislauf.

»Nele will abnehmen! Kannst du dir das vorstellen?« Jamal lachte.

Adil schaute sie verblüfft an. »Im Ernst? Du bist doch so eine schöne Frau! Wo willst du denn noch abnehmen?«

Charmeur, dachte Nele. Dennoch ging ihr das Kompliment runter wie Öl.

»Ich habe mindestens 20 Kilo zu viel auf den Hüften«, hielt Nele dagegen.

»So ein Quatsch!«, rief Jamal. »Weißt du, dass runde Frauen bei uns wie Göttinnen verehrt werden? In Marokko möchte jeder Mann eine dralle Frau heiraten, weil üppige Rundungen schon seit Jahrhunderten als Symbol von Schönheit, Reichtum und Kraft gelten. Viele Afrikaner mästen ihre Frauen regelrecht mit Maisbrei und Milch, um ihre Kurven wachsen zu lassen.«

Adil nickte bestätigend, obwohl er ja gar nicht aus Afrika kam.

»Und besonders der Po hat einen sehr hohen Stellenwert«, lachte Jamal. »Schlanke Frauen wie Heidi Klum wären bei uns vollkommen unattraktiv.«

»Echt?«, fragte Nele so verblüfft wie hoffnungsvoll.

»Ich schwöre!«, sagte Jamal und legte theatralisch die Hand auf sein Herz. »Große Brüste, ein kräftiger Hintern, ein rundes Mondgesicht und strahlende Augen – so sieht bei uns die perfekte Frau aus!«

»Bei uns auch«, bestätigte Adil.

»Ihr spinnt!«, sagte Nele geschmeichelt. »Ihr wollt doch nur nett sein.«

»Unbedingt«, lachte Adil.

»Was kocht ihr denn da?«, fragte sie neugierig und deutete auf die Schüsseln mit Garnelen und Fischstücken, die Äpfel, die Mango und den Reis.

»Ich probiere ein Kabeljau-Kaisergranat-Curry mit Cox-

Orange-Apfelstücken, Mangoschnitzen und Reis«, erklärte Jamal stolz.

Nele lief das Wasser im Mund zusammen wie im Comic. Wäre sie ein Hund, hätte sie jetzt gesabbert.

»Die Currymischung habe ich selbst gemischt und koche das Ganze dann in einer Kokosmilch-Sahnesoße auf.«

Jamal lachte, als Neles Augen immer größer wurden.

»Als i-Tüpfelchen streue ich zum Schluss frische Korianderblätter darüber.«

Nele bemerkte, dass Adil sie genau beobachtet hatte und amüsiert in sich hineinschmunzelte. Als Nele ihn anguckte, wandte er sich ab und begann, mit geübten Bewegungen die Äpfel zu zerkleinern.

»Bist du auch Koch?«, erkundigte sich Nele.

»Nein«, lachte er, »aber ich habe privat schon immer sehr gerne gekocht.«

»Kann ich auch irgendetwas tun?«, fragte Nele.

»Du könntest die Mango schälen und klein schneiden«, schlug Jamal vor und reichte ihr Mango, Messer und Brett.

Schweigend vertieften sich alle drei in ihre Arbeiten. Himmel, wie sie das Kochen vermisst hatte. Wie sehr sie die einzelnen Arbeitsschritte doch liebte: die Zutaten aussuchen und kaufen, Gemüse schnippeln, Fleisch schneiden, dazu Musik hören und ein Glas Wein trinken. Für Nele war das besser und entspannender als jede Meditation.

»Wirfst du die Kabeljaustücke einfach so in das Curry?«, erkundigte sich Nele. Sie konnte sich mit Tipps einfach nicht zurückhalten.

»Darüber habe ich mir auch schon den Kopf zerbrochen«, gab Jamal zu.

»Die zerfallen doch sofort!«, warnte Nele. »Wende sie doch in Mehl, brate sie separat, und gib sie erst ganz zum Schluss dazu«, schlug sie vor.

»Das wäre eine Idee«, sagte Jamal. »Und wenn ich ein bisschen Currymischung in das Mehl gebe?«

»Auch nicht schlecht!«, lachte Nele. »Du bist begabt!«

Jamal grinste stolz, schüttete Mehl auf einen Teller und mischte etwas Curry darunter.

»Und die Garnelen auch separat braten, Chefin?«, erkundigte sich Adil.

»Würde ich machen«, nickte Nele. »Aber nur kurz! Wenn du sie länger als zwei Minuten brätst, werden sie gummiartig!«

»Okay!« Adil lächelte sie an, und ein warmes Gefühl durchströmte sie.

»Isst du mit?«, fragte Jamal, während er in einer hinteren Ecke des Raumes einen kleinen Tisch deckte.

»Auf keinen Fall«, sagte Nele entrüstet. »Weißt du doch!«

Jamal zuckte die Schultern, stellte ihr trotzdem einen Teller hin und kam zurück an den Herd, um sein Gericht zu vollenden.

Adil schenkte Nele derweil ein Glas Wasser ein und stieß mit ihr an. »Auf Jamals Erfindung!« Sie schaute ihm direkt in die Augen, aber er drehte sich weg und räumte die Schüsseln in den Geschirrspüler. Komisch, dachte Nele, obwohl er locker und lustig konversierte, schien er doch irgendwie schüchtern und gehemmt. Unsicher.

»Bitte zu Tisch!«, rief Jamal und trug die Pfanne nach hinten. Nele und Adil folgten und setzten sich.

Den Reis hatte Jamal bereits mithilfe einer Tasse, in die er den Reis gefüllt und sie anschließend auf den Tellern gestürzt hatte, portioniert. Nele schnupperte begeistert daran – er verströmte einen köstlichen Duft.

»Ist das Basmatireis?«, fragte Nele.

»Ja, mit Safran verfeinert«, strahlte Jamal, hob den Deckel von der Pfanne und verteilte das Curry.

Nele war hin- und hergerissen. Sollte sie? Sollte sie nicht? Ein winziges bisschen zu probieren konnte ja wohl nicht schaden, beschloss sie und ließ ihre Neugier damit siegen.

Die Geschmacksexplosion auf ihrer Zunge war kaum auszuhalten. Es war wie ein Feuerwerk, wie ein kulinarischer Orgasmus nach all den Entbehrungen. Tausende von Aromen schienen sich in diesem bisschen Curry zu entfalten: Der Fisch, die Soße, der Reis – nackte Gier rauschte durch Nele wie eine Flutwelle. Sie musste unbedingt noch einen kleinen Happs probieren – und noch einen. Nach sieben Löffeln legte sie das Besteck zur Seite und hielt inne. Sie wusste, dass sie sich nach den vier Fastentagen zurückhalten musste und ihren Körper nicht überfordern durfte.

Erst jetzt bemerkte sie, dass Jamal und Adil gar nichts gegessen, sondern ihr nur zugeschaut hatten.

»Schmeckt es?«, erkundigte sich Jamal strahlend.

»Mmh«, nickte Nele beschämt. »Fantastisch!«

Nun aßen auch Adil und Jamal. Was für ein unglaublicher Genuss, was für eine Erlösung, dachte Nele, während die beiden Männer ihre Portionen schweigend genossen. Wie elementar wichtig gutes Essen doch für sie war. Es machte einfach einen großen Teil ihrer Lebensqualität aus – warum auch immer. Es schien jedenfalls nicht zu ändern zu sein.

»Morgen ist meine Geburtstagsparty«, sagte Jamal plötzlich und schob seinen leer gegessenen Teller zur Seite. »Hast du nicht Lust zu kommen?«

Nele schaute ihn erstaunt an.

»Adil, Jasina und Günther kommen auch – und meine ganze Familie ist da!«

»Ich überleg's mir«, sagte Nele diplomatisch und ließ sich von Jamal die Adresse auf ein Stück Papier kritzeln. Noch kämpfte sie mit sich, noch konnte sie die Kur einfach fortsetzen.

Sie verabschiedete sich von den beiden, ging auf ihr Zimmer und schlief mit nur halb schlechtem Gewissen ein. Galt für große Teile der Welt tatsächlich ein ganz anderes Schönheitsideal? War alles nur eine Sache der Sichtweise? Sollte sie das Ganze hier einfach beenden und ihren eigenen Weg finden, mit Figur und Ernährung umzugehen?

- 19 -

Sabine war sofort begeistert, als Nele ihr von dem Koch im Keller und seiner Geburtstagsparty erzählte. »Klar gehen wir da hin! Warum hast du mir denn nicht gestern schon verraten, dass da ein kleiner Paul Bocuse in der Küche wohnt?«, rief sie euphorisch und klatschte dazu in die Hände. »Endlich passiert hier mal was!«

»Willst du nicht lieber weiter zur Ruhe kommen, meditieren und dich mit dir selbst beschäftigen?«, warnte Nele.

»Ach, das hab ich doch schon so oft! Auch wenn ich mich hier tagelang vorbildlich verhalte und gesund ›nicht‹-ernähre: Nach spätestens einer Woche in Köln bin ich zurück in meinen alten Mustern. Nützt ja nix.«

Sie zuckte entschuldigend die Schultern und hob dabei die Hände an. »Einem alten Gaul bringt man eben keine neuen Kunststücke mehr bei.«

»Wir trinken aber nur Mineralwasser!«, beschwor Nele sie.

Sabine nickte beflissen. »Selbstverständlich! Aber mal wieder zu tanzen – das wäre schon toll«, schwärmte sie.

»Und Essen ist tabu!«, ergänzte Nele.

»Klar«, nickte Sabine beflissen und sah dabei aus wie eine Heiratsschwindlerin.

Sie machten sich auf zur Morgengymnastik, und nachdem das vorzeitige Fastenbrechen nun quasi bevorstand, wollte Nele noch mal konzentriert versuchen, hinter das Fastengeheimnis zu gelangen. Sie fühlte sich auf jeden Fall nicht mehr so vollgestopft und unbeweglich wie ein gestrandeter Wal – das war ein klarer Pluspunkt.

Und sie hatte sich in den vergangenen Tagen so viel bewegt wie seit Jahren nicht mehr. Die vorbildlich gesunde Ernährung tat ihr gut – war aber natürlich viel zu karg.

Nach wie vor war sie überwiegend schlapp und kämpfte mal mehr, mal weniger mit Kreislaufproblemen und Kopfschmerzen.

Wegen ihres nächtlichen Essensausrutschers verspürte sie auf der Wanderung allerdings quälenden Hunger und schüttete drei Liter Mineralwasser in sich hinein, um das Kneifen in ihrem Magen zu ertränken.

Leider ohne wirklichen Erfolg, deshalb gab sie nach der Wanderung und dem Mittagssmoothie vor, bei Edeka eine Flasche Wein als Geschenk für Jamal kaufen zu wollen. Ihr eigentlicher Plan aber war, sich Gemüsesaft zu kaufen, um das Hungergefühl zu löschen.

Bei Edeka staunte sie über die gigantische Weinauswahl exklusivster Tropfen. Hier merkte man ihn, den berühmtberüchtigten Sylter Oberklassestandard. Nachdem sie das Angebot ausgiebig studiert hatte, entschied sie sich für eine Flasche Pesquera, einen kräftigen, sehr guten spanischen Rotwein aus dem Anbaugebiet Ribera del Duero und der

Rebsorte Tempranillo. Sie war neugierig, ob Jamal das edle Gewächs zu würdigen wusste.

Für sich selbst kaufte sie eine Flasche Biogemüsesaft und drei Mohrrüben. Mit ihrer Beute schlenderte sie zum Hafen, spülte die Möhren im Waschbecken der öffentlichen Toilette ab, setzte sich auf einen Poller und genoss es sehr, das frische Gemüse langsam und genüsslich zu zerkauen und sich dazu immer wieder einen Schluck Gemüsesaft zu genehmigen. Sie würde damit null Kalorien zu sich nehmen, also müsste das mit dem Fastenplan noch einigermaßen konform sein, erteilte sie sich selbst die Absolution.

Es war ungeheuer befriedigend, die Mohrrüben zu zerbeißen. Ihre Kiefermuskeln schmerzten zunächst, so eingerostet waren sie. Von der mageren Mahlzeit erstaunlich gestärkt und glücklich, ging Nele zurück auf ihr Zimmer und versuchte, ein einigermaßen attraktives Outfit für die Party zusammenzustellen. Auch Sabine war bereits im Styling-Rausch und hatte den Raum unter Parfum-Quarantäne gesetzt. Nele duschte, schminkte und frisierte sich und stellte erfreut fest, dass Sonne und Salzwasser ausgebleichte, helle Strähnen in ihr Haar gezaubert hatten. Als Outfit wählte sie Stretchjeans, eine hellblaue Bluse und ihre geliebten Birkenstock-Flipflops. Die Bluse knöpfte sie absichtlich weit auf, um ihr tiefbraunes und äußerst üppiges Dekolleté in Szene zu setzen. Sich so zu zeigen war sehr ungewohnt für sie, fühlte sich aber gut an.

»Wer hat, der hat«, grinste Sabine mit bewunderndem Blick auf Neles beeindruckende Oberweite. »Du siehst irgendwie verändert aus, meine Süße«, sagte sie und gab ihr einen Kuss auf die Wange. »Sehr hübsch!«

Sie selbst hatte ein weites schwarzes, locker fallendes Hemdkleid gewählt, das sie über ebenfalls schwarzen luftigen Marlene-Hosen trug. Sie hatte auffallend schönen Schmuck angelegt, und auch ihre Haare saßen perfekt. Auch Sabine sah sehr gut und irgendwie verjüngt aus, fand Nele. Anscheinend zeigte dieses Fasten ja doch irgendwie Wirkung. Oder war es einfach nur der Effekt von Sonne, Meer und Bewegung an der phänomenalen Nordseeluft, also dem viel gerühmten Erholungswert der Insel?

Zu Fuß gingen sie in die Budersandstraße, in der das ehemalige Jugendaufbauwerk lag, eines der improvisierten Flüchtlingsheime der Insel Sylt. Das »JAW« war ein ziemlich heruntergekommener Rotklinkerkomplex aus den 50er-Jahren, der aussah wie eine Jugendherberge – und beim Betreten auch genauso roch: Kaum hatten sie die schwere Eingangstür geöffnet, stieg Nele die typische Klassenfahrtgeruchsmischung aus Bohnerwachs, Pfefferminztee und ranzigem Holz in die Nase.

Sie stiegen die Treppe zum zweiten Stock hinauf und hörten schon im Flur Gelächter, Stimmengewirr und afrikanische Rhythmen.

»Schön, dass ihr gekommen seid«, freute sich Jamal, als er ihnen die Tür öffnete. Er umarmte sie herzlich und bat sie in einen großen Raum, in dem mehrere Sofas standen und eine Musikanlage und ein üppiges Buffet aufgebaut waren. Überall hingen Girlanden, brannten Teelichter und Kerzen, und bunte Glühbirnen flackerten im treibenden Rhythmus der Musik. Es sah aus wie in einem großzügigen 70er-Jahre-Partykeller, und Nele fühlte sich auf die Feten ihrer Teenagerzeit zurückversetzt. Herzklopfen, Aufregung, Kribbeln im Bauch, Engtänze, erste, viel zu feuchte Küsse – nicht die schlechteste Erinnerung.

Der Raum war gut gefüllt. Unter den etwa 30 Personen, von denen einige in der Mitte des Raumes tanzten, erkannte Nele Adil, der sich mit einer schwarzhaarigen Frau unterhielt und grüßend winkte.

Mit anerkennendem Blick aufs Etikett nahm Jamal die Weinflasche entgegen und stellte Sabine und Nele seiner Mutter Yemaya und seinen beiden Schwestern Mara und Alika vor, die in Hannover Informatik (Mara) und in Paris Modedesign (Alika) studierten. Alle drei hatten üppige Figuren und trugen bunte, farbenfrohe, wild gemusterte afrikanische Gewänder und kompliziert geflochtene Frisuren.

»Nehmt euch gerne etwas vom Buffet, wenn ihr mögt«, lud Jamal sie ein. »Alle haben reichlich mitgebracht, das kriegen wir niemals alles auf!«

»Was darf ich euch zu trinken bringen?«, fragte er. »Wasser? Wein? Bier? Saft?«

»Wasser!«, riefen Sabine und Nele wie aus einem Mund.

Während Jamal die Getränke holte, konnten Nele und Sabine nicht an sich halten und warfen einen Blick auf das orientalische Buffet. Köstlichste Speisen waren dort aneinandergereiht: Gemüse- und Lammtajines, Hummus, Couscous und Taboulé, Ziegenkäsecreme mit geräucherter Paprika, Hähnchenkeulen, Pide, Fladenbrot, Papadams, Falafel, Salate und vieles mehr. Der Duft, den die Gerichte verströmten, war so köstlich, dass Sabine und Nele sich kaum beherrschen konnten.

»›Man soll dem Leib etwas Gutes bieten, damit die Seele Lust hat, darin zu wohnen‹, hat der große Winston Churchill einst gesagt«, rief Sabine, nahm sich einen Teller und füllte sich winzige Probierportionen auf. »Und der musste es ja wissen, schließlich ist er stolze 90 Jahre alt geworden und war zeitlebens ziemlich dick!«

»Na dann!«, strahlte Nele erleichtert über die doppelte Absolution und tat es Sabine gleich. Schon beim Auffüllen der Speisen strömte ihr wie beim berühmten pawlowschen Reflex der Speichel um die Zunge. Aber anders als früher nahm sie sich wirklich nur kleine Portionen und ließ sich jede Menge Zeit. Das Auge aß schließlich mit, und Nele hatte lange genug gehungert, um jedes einzelne Gericht ausgiebig zu würdigen.

Als sie neben dem Buffet ein mit Eiswürfeln gefülltes Becken mit Bierflaschen entdeckte, konnte sie nicht widerstehen und nahm sich eine Flasche Krombacher. Zwei, drei kleine Schlucke würden ja wohl gehen, sagte sie sich.

Mit ihrer Beute setzten Sabine und Nele sich auf eines der Sofas an der Wand und grinsten sich glücklich an. »Guten Appetit, meine Süße«, strahlte Sabine in sichtbarer Vorfreude.

»Himmel, ist das köstlich!«, entfuhr es ihr mit vollem Mund, als sie einen ersten Löffel Lammtajine probiert hatte. »Diese Aromen!«

Nele prostete ihr mit der eiskalten, beschlagenen Bierflasche zu und nahm einen ersten Schluck, der ihr ebenfalls geradezu überirdisch lecker erschien. Wie sehr sie die ersten herrlich aromatischen Schlucke und den – aufgrund ihres leeren Magens – schnell einsetzenden leichten Glimmer genoss. Mit Alkohol war das Leben einfach euphorischer, so als hätte sie mehr Farbsättigung ins Fernsehbild gegeben. Oder mehr Salz ins Essen.

»Ach weeßte, Mausi, bei mir ist doch eh Hopfen und Malz verloren«, sagte Sabine mit Blick auf die Bierflasche in Neles Hand. »Außerdem komme ich ja nächstes Jahr wieder.«

Sie zwinkerte ihr zu. »Und nu gib mal die Pulle rüber!«

Nele lachte und reichte ihr die Flasche.

»Hömma«, rief Sabine, der es nach den ersten Schlucken offenbar ähnlich wie Nele ging. »Is doch janz ejal. Ich sach imma: Keen Alkohol is auch keene Lösung!«

»Absolut richtig«, lachte Nele.

»Ich habe eine Diät gemacht und fettem Essen und Alkohol abgeschworen«, lachte Sabine sichtlich gelöst. »In zwei Wochen verlor ich 14 Tage!«

Nele prustete vor Lachen ihr Bier aus.

»Kanntest du den Spruch noch nicht?«, fragte Sabine erstaunt.

»Nee«, giggelte Nele und schob sich einen Löffel Taboulé in den Mund.

»Wir müssen aber aufpassen, nicht zu viel zu essen«, warnte Sabine. »Sonst wird uns schlecht! Unser Verdauungssystem ist ja durch das Fasten komplett runtergefahren!«

»Ist schon klar«, nickte Nele. »Wir sind vorsichtig!«

»Na, ihr zwei? Is wohl nix mehr mit Fasten, was?«, zwinkerte ihnen ein dickbäuchiger Mann mit Halbglatze zu, dem Brusthaare aus dem offenen Hemd quollen. »Ist auch besser so! Ich finde Frauen, an denen ordentlich was dran ist, sowieso viel schöner. Diese ganzen dürren Hühner da aus der ›Seemöwe‹, die können mir gestohlen bleiben!«

Nele und Sabine guckten ihn verblüfft an. Was war das denn für ein Clown?

»Ich bin Günther, der Koch aus der ›Seemöwe‹!«, stellte er sich vor.

»Ach so«, sagte Sabine. »Ich bin Sabine, und das ist Nele. Schön, dich kennenzulernen. Setz dich doch!«

Günther nahm sichtlich erfreut neben Sabine Platz und stieß mit seiner Bierflasche an ihre. »Prosit!«

Er war wirklich keine Schönheit, hatte aber einen sinnlichen Mund und einen deutlichen Schalk in den Augen. Er musste um die 60 sein, schätzte Nele.

In kölschem Dialekt erzählte Günther, dass er drei Kinder hatte und nach der Scheidung von seiner Frau, die ihn wegen eines anderen verlassen hatte, von Stuttgart nach Sylt gezogen sei. Er hatte auf der Insel eine vegane Koch-Fortbildung absolviert und arbeitete seitdem in der »Seemöwe«.

»Aber du hast eindeutig einen Kölner Dialekt«, stellte Sabine irritiert fest.

»Ich bin ja auch gebürtiger Kölner«, gab Günther zu.

Begeistert, einen Landsmann zu treffen, stieß Sabine daraufhin noch mal mit ihm an.

»Köche sind gerade super gesucht, hier auf Sylt«, berichtete er. »Die werden wie Könige behandelt und auf Händen getragen. Sie können sich fast alles erlauben!«

»Und wieso arbeitest du dann ausgerechnet in der ›Seemöwe‹?«, fragte Nele. »Da darfst du doch nur dünne Suppen kochen. Da bist du doch vermutlich vollkommen unterfordert.«

»Ich hätte auch woanders arbeiten können«, nickte Günther, »aber ich wollte keinen Stress mehr! Jeden Tag nur eine Suppe kochen und um 16 Uhr Feierabend haben – das schien mir ideal. Die ehrgeizigen Ambitionen überlasse ich gerne meinen jungen Kollegen«, lachte er und klopfte Jamal auf die Schulter, der Sabine und Nele endlich ihre Wassergläser brachte.

»Sorry, ich bin aufgehalten worden«, sagte er entschuldigend. »Aber wie ich sehe, habt ihr euch schon selbst versorgt.« Er grinste.

»Ich möchte nur noch surfen, am Strand rumliegen und eine schöne Zeit haben«, beendete Günther seine Lebensgeschichte, und Sabine schaute ihn auffällig verzückt an. Als Günthers Augen sich in ihrem Blick verfingen, wurde er rot. Wie süß, dachte Nele. Das alte Schlachtschiff und der dicke Koch – vielleicht ging da ja was ...

»Kennt ihr eigentlich das Dicke-Mädchen-Lied?«, sprang Günther plötzlich auf.

»Klar«, lachte Sabine.

»Nee!«, rief Nele.

»Moment, ich spiele es euch vor!«, sagte Günther, ging zur Musikanlage und koppelte sein iPhone an den Receiver.

»Ich hab da so 'ne klitzekleine Schwäche, zu der ich voll und ganz

und ehrlich steh: Bei mir, da tanzen die Hormone Mambo, wenn ich nur dicke Mädchen seh!«, tönte es kurz darauf aus den Boxen. Und Günther begann zu tanzen.

Ob aus Norden, Süden, Osten oder Westen.
Dicke Mädchen sind einfach die besten.
Dünne Mädchen wollen immer Blumen – schade!
Aber dicke wollen immer Schokolade!

Schwungvoll zog Günther Sabine auf die Tanzfläche, und beide sangen laut den Refrain mit:

Dicke Mädchen haben schöne Namen.
Heißen Tosca, Rosa oder Carmen.
Dicke Mädchen machen mich verrückt.
Dicke Mädchen hat der Himmel geschickt!
Dicke Mädchen können besser singen.
Weil ihre Körper einfach besser klingen.
Dicke Mädchen sind die idealen.
Selbst Rubens wollte keine andren malen.
Dicke Mädchen haben schöne Namen.
Heißen Tosca, Rosa oder Carmen.
Dicke Mädchen machen mich verrückt.
Dicke Mädchen hat der Himmel geschickt!
Dicke Mädchen hab'n ein großes Herz für Männer.
So 'ne Sumo-Frau wär eigentlich der Renner!
Dicke Mädchen haben schöne Namen.
Heißen Tosca, Rosa oder Carmen.

Dicke Mädchen machen mich verrückt.
Dicke Mädchen hat der Himmel geschickt!

»Das ist ein Kölner Karnevalslied«, erklärte Günther stolz, als die letzten Töne verklungen waren und er und Sabine sich wieder aufs Sofa fallen ließen, während die Beschallung wieder zu funkigen Soulrhythmen wechselte.

»Vor Baubeginn der Kölner Nord-Süd-Stadtbahn wurden die drei dafür eingesetzten Tunnelbohrmaschinen nach den drei Mädchen aus dem Song benannt: Tosca, Rosa und Carmen!«

Er lachte.

»Mit einer Tunnelbohrmaschine verglichen zu werden ist aber nicht besonders charmant«, warf Nele ein.

»Stimmt«, gab Günther zu. »Ich finde Frauen, an denen was dran ist und die ordentlich reinhauen können, aber trotzdem viel attraktiver als diese verhungerten Bohnenstangen, die immer nur Salat und Wasser bestellen.«

Sabine strahlte ihn an. Für sie war er jetzt schon ihr Held.

»Kennt ihr dieses amerikanische Model Tess Holiday?«, fragte Günther. »Die ist doch toll!«

»Oder Sophie Dahl«, rief Nele.

»Kirstie Alley«, schlug Sabine vor.

»Kate Winslet«, fand Günther.

»Marianne Sägebrecht«, kam von Nele.

»Marylin«, wisperte Günther.

»Ganz zu schweigen von den Männern«, warf Sabine ein.

»Reiner Calmund hat es immerhin auf sechs Kinder gebracht!«

»Wie hat er das denn geschafft?«, lachte Nele.

»Bei dem Bauchumfang bleibt nur Doggy Style«, diagnostizierte Sabine abgeklärt.

»Oder Pferdeschwanz!«, kicherte Nele, woraufhin Sabine vor Lachen ihr Bier ausprustete.

»Genau!«

Günther, der diesen Insiderwitz nicht verstand, sprang plötzlich auf, rief: »Hier ist noch eins für euch, Mädels!«, und eilte erneut zur Musikanlage.

(...) Sie ist zwei Tonnen pure Eleganz.
Sie tanzt mit mir wie 'n schöner Elefant (...),

tönte es aus den Boxen.

»Von wem ist das denn?«, fragte Sabine lachend, als Günther sich stolz wieder auf das Sofa plumpsen ließ. »Das kannte ich noch gar nicht.«

»Das ist ›Schüttel deinen Speck‹ von Peter Fox«, sagte Günther.

»Der ist super«, steuerte Nele ungefragt bei.

Der nächste Song, ein grooviger Funk-Knaller, schallte durch den Raum, und Günther zog Sabine erneut auf die Tanzfläche. »Bisschen Bewegung nach dem Essen«, grinste er.

Nele blieb sitzen und bewunderte, wie toll Jamal und seine Schwestern sich bewegen konnten. Absolut locker in den Hüften und sehr fantasievoll. So als hätten afrikanischstämmige Menschen einfach ein paar Muskeln mehr.

Dank des Bieres verlor nach kurzer Zeit endlich auch sie ihre Hemmungen und tanzte ausgelassen mit. Was für einen Spaß das machte! Sie hatte seit Jahren nicht mehr getanzt – oder eher seit Jahrzehnten.

Aus den Augenwinkeln registrierte sie, dass Adil sie beobachtete, aber das war ihr egal. Sie ging vollkommen in den treibenden Funkrhythmen auf. Das war genau ihre Musik! Dancing Fever – in diesen Rausch rutschte sie gerade, immer wieder animiert von Jamals Freunden, die sie begeistert antanzten.

»Günther hat doch vorhin dieses Lied gespielt«, erkundigte sich Jamal, als sie eine kurze Tanzpause auf dem Sofa einlegten.

Nele nickte bestätigend. »Ja und?«

»Ich frage mich, ob das wirklich stimmt«, überlegte Jamal.

»Ob was stimmt?«, fragte Nele, die nur Bahnhof verstand.

»Na, ob dicke Mädchen wirklich besser singen können!«

»Keine Ahnung«, sagte Nele.

»Weißt du was?«, rief Jamal plötzlich begeistert. »Wir machen jetzt einen Karaoke-Contest!« Entschlossen sprang er auf und ging zur Anlage.

»Ladies and Gentlemen«, verkündete er, nachdem er die Musik abgedreht hatte und die eben noch tanzenden Gäste ihn erstaunt anguckten. »Wir haben uns entschlossen, spontan einen kleinen Karaokewettbewerb zu veranstalten.

Der Gewinner bekommt eine Flasche Champagner! Wer ist mutig genug zu beginnen?«

Jamals Schwester Mara hob den Arm und performte kurz darauf »If I can't have you« von Alicia Keys. Sie hatte eine unglaubliche Stimme und sang den schwierigen Song mindestens so gut wie das Original. Nele bekam eine Gänsehaut, Günther hatte Tränen in den Augen, und auch Sabine sah sehr gerührt aus.

Ein dünner blonder Kerl krächzte nach ihr »Weißt du denn gar nicht, wie schön du bist?« von Xavier Naidoo ins Mikro und bekam dafür nur verhaltenen Applaus.

Jamals Mutter ging mit »Where did our love go?« von Diana Ross ins Rennen, traf aber die Töne nicht richtig.

Nele fasste sich ein Herz und sang »Baby Love« von Mother's Finest – ihren Lieblingssong, den sie schon tausendmal im Auto mitgebrüllt hatte, und bemerkte erstaunt, dass sie auch außerhalb ihres Autos eine sehr voluminöse Stimme hatte.

»Das liegt an deinem Körperbau«, wusste Sabine. »Dicke Frauen haben oft kräftige Stimmen! Denk doch nur an Beth Ditto oder Adele oder Alison Moyet.«

Mit diesen Worten ging auch sie zur Anlage und sang »Greatest Love« von Whitney Houston, und auch ihre Performance konnte sich sehen bzw. hören lassen. Danach stimmte sie ein Duett mit Günther an: »Shallow« von Bradley Cooper und Lady Gaga. Es ging in Lachkrämpfen unter, weil Günther vollkommen talentfrei war.

Jamal beendete die Performance, rief Mara zur Siegerin aus und drehte die Musik wieder auf.

Was für eine andere Art Party das hier doch war, fand Nele. Wenn sie an die steifen Veranstaltungen des Immobilienbüros dachte oder an die früheren Kollegen- oder Geburtstagsfeiern, waren um sie herum immer alle dünn und schön gewesen, und sie hatte sich nur unwohl gefühlt. Hier hingegen fühlte sie sich unter ihresgleichen, die einfach Spaß und einen schönen Abend haben wollten. Hier sah man mit dem Herzen – und nicht mit dem BMI.

Mittlerweile war Nele beschwipst und berauscht genug, sich einfach neben Adil und die schwarzhaarige Frau zu setzen, die sich in einer Ecke immer noch unterhielten. Man sollte die Chancen schließlich ergreifen, die sich einem boten. Nele spürte ein seltsames Interesse in sich für Adil – und wollte dieser Faszination auf die Spur kommen.

»Oh, Nele, wie schön, dass du dich mal zu uns setzt«, freute er sich. »Das ist Jasina, sie arbeitet mit uns zusammen in der Küche der ›Seemöwe‹.«

»Hallo, Jasina, schön, dich kennenzulernen!« Sie gaben sich die Hand.

Sie unterhielten sich, und Nele erfuhr, dass Jasina Adils Cousine war und die beiden vor elf Monaten auf einem Schleuser-Schlauchboot von der Türkei über das Mittelmeer nach Griechenland und schließlich über Serbien, Ungarn und Österreich nach Deutschland gekommen waren. Jasina sprach nur Englisch und berichtete, dass sie in Syrien als Journalistin gearbeitet hatte. Sie war 27.

Adil war Tierarzt.

»Wie toll! Ich habe eine Katze!«, rief Nele begeistert und zeigte ihm ein Foto von Mausi-Maus auf ihrem iPhone.

»Ah, wie süß!«, sagte Adil. »Sehr schönes Tier! Vermisst du sie nicht?«

»Doch ...«, sagte Nele und erzählte von ihrer Wohnung und ihrem Leben in Hamburg. Adil hörte interessiert zu.

»Hamburg muss sehr schön sein«, sagte er.

»Ja, es ist wirklich eine tolle Stadt«, gab Nele zu. »Warum sprichst du eigentlich so perfekt Deutsch?«, erkundigte sie sich.

»Ich habe die deutsche Sprache damals auf der Uni mitstudiert und dann angefangen, deutsche Filme zu sehen und deutsche Bücher zu lesen«, erzählte Adil. »Ich hatte vor, ein paar Jahre in Deutschland zu arbeiten, um meine Kenntnisse zu perfektionieren. Ihr seid hier in der Tiermedizin ja viel weiter als wir in Syrien.« Er lächelte.

Gerade, als Nele sich nach seinem Familienstand erkundigen wollte, setzte sich Alika neben sie, und Nele sprach sie auf die wunderschönen Gewänder von ihr und ihrer Familie an.

»Die nähe ich selbst«, erzählte Alika geschmeichelt. »Ich studiere ja Modedesign und schneidere sie mir, Mara, meiner Mutter und meinen Freundinnen quasi auf den Leib.«

»Hier, schau mal«, sagte sie und hielt Nele ihr Handy hin, damit sie sich durch verschiedene Fotos switchen konnte.

»Das sind alles Entwürfe von mir«, erklärte Alika stolz. Nele staunte über die umwerfend fröhliche und farbenfrohe Kollektion: Bunte Stoffe, wilde Muster, jedes Kleid sah aus wie eine Wildblumenwiese. Und Alika hatte offenbar unterschiedlichste Schnitte probiert: mal kurz, mal lang, mal mit Blusen kombiniert, mal taillen- oder Dekolleté-betont, mal nicht. Alle sahen sehr positiv aus, lebensbejahend – und sehr weiblich. Ganz anders als die westliche Frauenmode, die enge Hüftjeans oder Blazer propagierte, die man nur mit einem sehr schmalen Becken und breiten Schultern tragen konnte. Im Grunde also nur, wenn man ein Mann war – oder eine Figur wie Madonna hatte. Die Modelle von Alika dagegen unterstrichen mit ihrer Betonung der Weiblichkeit den Unterschied zum Mann – waren also das Gegenteil von unisex. Nele fand es atemberaubend.

»Ich experimentiere gerade auch mit anderen Stoffen, z. B. Used Jeans. Hier, guck mal«, sagte Alika und zeigte Nele ein Kleid, das aus alten 501-Jeans zusammengenäht war und sehr lässig aussah.

»Toll«, lobte Nele ehrlich begeistert. »Wirklich wunderschön!«

»Möchtest du mal eins anprobieren?«, fragte Alika plötzlich.

»Ich weiß nicht«, wand sich Nele, die Angst hatte, sich zu blamieren, falls das Kleid zu eng war.

»Ach, komm schon«, rief Alika und sprang auf. »Ich habe gerade eins für meine Cousine Alara genäht, das müsste dir eigentlich passen!« Sie zog sie mit der Hand vom Sofa und führte sie in einen Nebenraum, wo Nele ihre Sachen aus- und das bunte Kleid anzog.

Es passte erstaunlicherweise genau. Wie ein angespannter Designerstar kurz vor einer Pariser Modenschau umkreiste Alika sie, steckte hier und da etwas ab und zog Stoffbänder enger.

»Perfekt«, rief sie schließlich und ließ Nele sich einmal um sich selbst drehen.

Nele fühlte sich seltsam wohl in dem Kleid. Die fallenden Stoffe harmonierten aufs Schönste mit ihren Rundungen und unterstrichen ihre pralle Weiblichkeit wie ein Ausrufungszeichen.

»Wenn man keine Idealmaße hat, ist Konfektionskleidung immer ein Kompromiss. Du bist ein völlig anderer Mensch, wenn du etwas trägst, das deinen Körper so nimmt, wie er ist«, sagte Alika stolz. »Und nun raus mit dir!«

Etwas nervös schritt Nele in ihrem neuen Outfit hinter Alika her in den Tanzraum.

»Wow!«, schrie Sabine bei ihrem Anblick begeistert und klatschte synchron mit Jamal, Günther, Adil, Jasina, Mara, Yemaya und den meisten anderen Gästen Beifall.

Alika war sichtlich stolz über die Verwandlung, die sie an Nele vorgenommen hatte. »Der Kaiserin neue Kleider!«, rief sie lachend.

»Ich schenke es dir und nähe Alara ein neues«, sagte sie plötzlich und strich Nele über den Rücken.

»Wirklich? Ach, wie toll!« Spontan umarmte Nele sie und gab ihr einen Kuss auf die Wange.

Begeistert betrachtete sie ihr neues Kleid und wiegte sich darin hin und her. Als sie zu Adil schaute, der sie beobachtet hatte, bemerkte sie einen seltsamen Glanz in seinen Augen.

- 20 -

Nicht Askese war die Lösung, sondern ganz im Gegenteil: Sinnlichkeit! Pralle, gesunde Sinnlichkeit! Die Welt in all ihren Facetten zu genießen, statt sich einzuschließen. Lebensfreude machte erotisch und attraktiv – unabhängig vom Körperumfang.

Diese Erkenntnisse hatte Nele aus dem wunderschönen Abend gewonnen, als sie am nächsten Morgen gut gelaunt und erfüllt aufwachte. Wie herrlich es doch war, zu essen, zu tanzen, zu lachen – und mit anderen Menschen zusammen zu sein.

Sabine schien es ähnlich zu gehen, denn obwohl sie zu viel und zu schnell gegessen und zudem zu tief ins Glas geschaut hatte und sich deshalb auf dem Rückweg zweimal übergeben musste, hatte auch sie beste Laune. Sie sang laut unter der Dusche und schmetterte »Je ne regrette rien«, als sie mit nassen Haaren zurück ins Zimmer kam. »Und du?«

»Ich bereue auch nichts«, lachte Nele. »Im Gegenteil!«

Die Morgengymnastik hatten sie verpasst und mussten sich nun beeilen, rechtzeitig zur Wanderung in der Lobby zu sein. Heute ging es nach Kampen an den Weststrand und durch die Lister Dünenlandschaft.

»Was machen wir denn nun?«, fragte Nele, als sie barfuß durch den Sand liefen und sich dabei die Brandung über die Füße spülen ließen. »Einfach mit dem Fasten weitermachen? Oder aufhören?«

»Selbstakzeptanz ist das Stichwort, Süße«, antwortete Sabine zu Neles Überraschung. »Wir sollten uns tatsächlich so nehmen, wie wir sind, ganz ohne Hype und ohne viel Zeit drauf zu verschwenden, uns total super zu finden oder extrem selbst lieben zu müssen. Diese Bodybesessenheit ist so anstrengend – in jeder Hinsicht.«

Sie schaute Nele von der Seite an, als ob sie Zustimmung von ihr erwartete, und Nele sagte: »Richtig!«

»Ich persönlich gestatte mir das Recht, einzelne Körperteile von mir nur mittelgut zu finden. Ich bin jetzt 61 und habe weder Zeit noch Lust, mich mit so etwas Unwichtigem wie meiner Hülle zu beschäftigen.«

Nele nickte.

»Wir sollten stolz auf unsere Intelligenz, unsere Begabungen, unsere Ausstrahlung und Einzigartigkeit sein. Wir sind viel mehr als nur unser Körper oder irgendein Idealmaß!«

»Gut gebrüllt, Löwe«, klatschte Nele Beifall. »Aber deshalb kann man doch trotzdem fasten, oder?«

»Klar, aber nicht mit dem Ziel abzunehmen!«

Nele guckte sie fragend an, denn schließlich hatte sie in den vergangenen sieben Tagen gut vier Kilo abgenommen.

»Ich verrate dir ein Geheimnis, Sweetie«, sagte Sabine. »Und das nennt sich Set-Point!«

»Hä?«

»Solange man nicht total adipös ist, verfügt jeder Körper über einen sogenannten Set-Point, eine Spanne von fünf bis zehn Kilo, in der das Gewicht hin- und herpendelt und in der sich der Körper am wohlsten fühlt. Der Set-Point ist vollkommen individuell, hängt mit Alter, Größe und Stoffwechsel zusammen und ist total unabhängig vom BMI oder irgendwelchen anderen genormten Maßeinheiten. Du hast das bei dir sicher auch schon bemerkt, oder?«

Es stimmte, dachte Nele, ihr Gewicht schwankte zwar stetig zwischen drei und fünf Kilo, aber dennoch hatte sie in den letzten Jahren nicht nennenswert zugenommen, egal, was und wie viel sie gegessen hatte.

»Der Set-Point ist das Gewicht, mit dem unser Körper uns am effektivsten versorgen kann – mit Energie, guter Laune und Kraft«, fuhr Sabine fort. »Und ganz gleich, was wir anstellen, um dünner oder dicker zu werden – der Körper versucht immer, wieder an diesen Set-Point zurückzukehren. Denn wie gesagt: An diesem Punkt laufen alle Systeme optimal. Am Set-Point ist der Körper zufrieden und der Mensch gleich mit dazu.«

»Interessant«, sagte Nele.

»Aber jetzt kommt das ›Aber‹«, warnte Sabine. »Je öfter wir Diäten machen, hungern oder uns überfressen, desto weniger spüren wir, wo dieser Set-Point liegt. Denn jede Diät läuft darauf hinaus, den Körper zu überlisten und ihm ein paar Kilo abzutrotzen. Die meisten adipösen Menschen haben durch dauernde Diäten ihren Set-Point verloren und sind dadurch Opfer des Jo-Jo-Effekts geworden. Durch die Diäten hat ihr Stoffwechsel sein Regulativ verloren. Ganz schön bescheuert, oder?«

»In der Tat«, sagte Nele entsetzt, denn schlagartig wurde ihr der Grund für ihre Gewichtszunahme klar: Es waren ihre Diätversuche! Die hatten ihren Set-Point durcheinandergebracht und ihn mit jedem Jo-Jo-Effekt immer weiter nach oben geschoben. Würde der Jo-Jo-Effekt nach der Fastenkur ihr Gewicht jetzt komplett explodieren lassen?

»Hungergefühle zu ignorieren ist der erste Schritt, seinen Set-Point zu verlieren«, erklärte Sabine.

»Und warum sagst du das erst jetzt? Dann hätte ich die Fastenkur doch sofort abgebrochen!«, rief Nele entsetzt.

»Weil ich dich nicht beeinflussen wollte! Ich geh doch hier nicht rum und fordere die Leute auf, mit dem Fasten aufzuhören«, lachte Sabine. »Fasten an sich ist schon sinnvoll – nur eben nicht zum dauerhaften Abnehmen. Es schärft aber mit etwas Glück die Sinne für bessere Ernährung.«

»Stimmt. Ich habe tatsächlich mehr Appetit auf Gesundes als früher«, überlegte Nele laut. »Besonders auf Fisch und Gemüse.«

»Siehste!«

»Mein Körper fühlt sich an wie ein Auto, das von innen gesaugt, gesandstrahlt und gewischt, mit frischem Motoröl versehen und gewartet wurde. Diese Lust auf gutes Essen liegt an dem Bedürfnis, ihn von nun an nur noch mit besten Kraftstoffen zu betanken, weil er dann einfach besser fährt.«

»Und länger hält!«, lachte Sabine. »Wir haben jetzt genau die Hälfte rum. Fünf Tage Fasten haben wir geschafft – das ist doch auch schon mal nicht schlecht!«

»Stimmt«, fand auch Nele. »Mit den zwei Vorbereitungstagen ist das sogar schon eine ganze Woche!«

»Ob wir nun heute oder in fünf Tagen wieder anfangen, normal zu essen, ist letztlich auch egal. Wichtig ist einfach zu kapieren, dass Abnehmen nur mit Ernährungsumstellung und Bewegung funktioniert. Wenn du gut und nicht zu viel isst und jeden Tag 10.000 Schritte gehst, dann ist das schon mal super!«

Sie streckte zur Bestätigung ihren Daumen hoch.

»Wollen wir uns das vornehmen, damit wir ohne schlechtes Gewissen abbrechen können?«, schlug Nele vor.

»Gerne. Aber wir müssen Ariane einweihen, damit sie Yannick Bescheid sagt. Die kann von dem ja im Moment alles haben, und ich habe ein bisschen Angst, dass wir hier sonst rausfliegen.«

»Gute Idee«, fand Nele.

- 21 -

Als sie nach der Wanderung durch die wunderschöne Lister Dünenlandschaft, in der die Heide gerade anfing, lila zu blühen, wieder auf ihrem Zimmer waren, sprach Sabine Ariane sofort an.

»Du, Ariane, wir haben eine kleine Bitte an dich ...«, begann sie betont harmlos.

»Aha«, sagte Ariane misstrauisch und setzte sich auf ihr Bett. »Und das wäre?«

»Wir möchten das Fasten abbrechen, aber trotzdem unser Zimmer behalten.«

»Ja und?«, fragte Ariane. »Was hat das mit mir zu tun?«

»Wir möchten dich bitten, bei Yannick das Okay für uns einzuholen.«

»Spinnt ihr?«, rief Ariane entgeistert. »Das könnt ihr mal schön selber machen, wenn ihr denn schon unbedingt aufhören müsst!«

»Warum hört ihr eigentlich auf?«, schob sie fragend nach.

»Du hast doch gerade einen besonderen Draht zu ihm«,

überging Sabine Arianes Frage und setzte das Wort »Draht« dabei mit den Fingern in Anführungszeichen.

»Ich werde meine Verbindung zu ihm aber sicherlich nicht ausnutzen, um euch Vorteile zu verschaffen«, sagte Ariane.

»Ich denke schon, dass du das tun wirst«, behauptete Sabine listig. »Oder möchtest du, dass ich ihm verrate, dass du heimlich Müsliriegel isst?«

»Was??«, rief Ariane so entgeistert wie erschrocken.

»Ich hab im Schrank neulich meine Uhr gesucht«, erzählte Sabine grinsend, »und dabei auch deine Klamotten angehoben – und zu meiner großen Überraschung zahlreiche Müsliriegel zwischen deinen T-Shirts entdeckt!«

Sabine stemmte die Hände in die Hüften und schaute Ariane triumphierend an.

Die wurde blass. »Äh ...«

»Schon klar«, zwinkerte Sabine ihr zu. »Ich nehme mal an, dass du das machst, weil du deine neue Liebe nicht mit dem fiesen fastentypischen Mund- und Körpergeruch verprellen willst, stimmt's?«

»Äh ...«, stotterte Ariane erneut ertappt.

»Du kannst selbstverständlich machen, was du willst, und es geht mich auch überhaupt nichts an. Wir möchten dich nur um diesen kleinen Gefallen bitten.«

»Okay«, willigte Ariane geschlagen ein. »Ich mach's!«

»Tschakka!«, rief Sabine und klatschte mit Nele ab.

»Aber warum wollt ihr denn eigentlich abbrechen?«, fragte Ariane noch mal.

»Das hat verschiedene Gründe«, sagte Sabine geheimnisvoll und ließ sie absichtlich im Unklaren.

»Ihr seid ja erwachsen«, sagte Ariane. »Ihr müsst selbst wissen, was ihr tut! Und ob das wirklich sinnvoll ist.« Sie zuckte die Schultern und ging aus der Tür, um mit Yannick zu sprechen.

- 22 -

Yannick stimmte dem Fastenabbruch unter einer Bedingung zu: Sabine und Nele mussten versprechen, dass sie weiterhin an Essen, Gymnastik und Wanderung teilnehmen würden, um die anderen Teilnehmer nicht zu irritieren oder zu demotivieren.

Mit dem Gefühl, als wären sie soeben aus dem Gefängnis entlassen worden, beschlossen Sabine und Nele, ihre neue Freiheit mit einem Besuch in der »Sansibar« zu feiern.

Sie stürzten die 18-Uhr-Abendessensuppe hinunter und brausten danach mit laut aufgedrehter Musik, heruntergelassenem Verdeck und wehenden Haaren mit dem E-Smart Richtung Rantum und parkten auf dem Parkplatz mit dem berühmten Säbelemblem.

Da das Meer verlockend türkisgrün schillerte und die Brandung zum Reinspringen lockte, änderten sie spontan ihren Plan und legten zunächst eine Schwimm- und Strandeinheit ein.

Mit nassen Haaren und salziger Haut setzten sie sich danach an einen Tisch auf der Terrasse, mit den nackten Füßen im Sand.

»Wir könnten auf Intervallfasten umstellen«, schlug Nele vor. »Dann dürften wir bis 21 Uhr essen – und am nächsten Tag ab 13 Uhr wieder.«

Aufs Frühstück zu verzichten würde ihr nicht schwerfallen. Sie trank morgens meist sowieso nur ihre geliebte Kanne Darjeeling-Tee. Ohne Zucker.

»Gute Idee«, fand Sabine. »Das korrespondiert doch super mit dem Seemöwenzeitplan, und außerdem kann ich meinem Sohn dann wenigstens halbwegs gerade in die Augen gucken.«

Und noch etwas fiel Nele ein: »Lass uns doch versuchen, die restlichen Tage überwiegend kalorienarm, gesund und vitaminreich zu essen!«

»Perfekt!«, fand Sabine.

Sie klatschten sich ab und studierten mit nun sehr viel reinerem Gewissen die Karte. Nele bestellte die Fischsuppe mit Aioli und Sabine die Sushirolle mit warmen Knuspergambas. Als Vorspeise teilten sie sich eine Portion Pimientos de Padrón und stießen mit zwei eisgekühlten Gläsern Riesling an.

Schweigend und schwelgend genossen sie die köstlichen Gerichte, ließen es aber langsam angehen und aßen ihre Portionen nur zur Hälfte auf.

Zur Verdauung spazierten sie hinterher im roten Sonnenuntergang am Strand entlang, und Sabine gestand Nele, dass sie Günther ziemlich anziehend fand. Nele verriet im Gegenzug ihr Interesse an Adil.

»Das ist aber auch wirklich ein hübscher Kerl«, gab Sabine zu. »Aber hoffentlich bricht er dir nicht das Herz! Einen schönen Mann hat man nie alleine, hat meine Oma immer gesagt.«

»Ich weiß ja noch nicht mal, ob er verheiratet ist. Und Kinder hat«, überlegte Nele laut.

»Ja, da bin ich mit dem dicken Günni schon weiter«, lachte Sabine. »Dafür weiß ich aber nicht, ob ich überhaupt sein Typ bin. Und ob er nicht auf viel Jüngere steht.«

»Das weiß ich bei Adil zusätzlich auch nicht«, konterte Nele.

»Ich aber!«, zwinkerte Sabine ihr zu. »So wie der dich auf der Feier angestarrt hat?«

»Das ist dir aufgefallen?«

»Hallo?? Das ist ja wohl jedem aufgefallen!«, empörte sich Sabine, und in Nele breitete sich ein ungewohntes Glücksgefühl aus. Zusätzlich zum Wein durchströmte sie nun noch eine ganz andere Empfindung – und die war sehr, sehr warm.

Nele kam sich vor wie ein Teenager, der der besten Freundin gerade seinen heimlichen Schwarm verraten hatte – dabei waren sie beide über ein halbes Jahrhundert alt.

Angeschickert und bestens gelaunt schlichen sie nach ihrer Rückkehr in der »Seemöwe« in den Keller, um sich bei Jamal für die schöne Feier zu bedanken. Natürlich hofften sie, Günther und Adil zu sehen. Doch zu ihrer großen Enttäuschung war Jamal ganz alleine.

»Günther ist in Stuttgart«, erklärte Jamal. »Der muss da noch irgendwas wegen seiner Scheidung klären.«

Sabine nickte enttäuscht.

»Und Adil ist in Freiburg«, ergänzte er.

»In Freiburg?«, kreischte Nele ehrlich entsetzt und durch den Wein enthemmt.

»Pardon!«, entschuldigte sie sich sofort für ihren Aufschrei. Sabine grinste.

»Es ist so«, erklärte Jamal. »Wir haben gestern nicht nur meinen Geburtstag gefeiert, sondern auch den Abschied von Adil. Die Flüchtlingshilfe hat ihm eine Assistenzstelle bei einem Tierarzt in Freiburg verschafft – er ist zusammen mit Günther schon ganz früh heute Morgen abgereist.«

Nele rutschte das Herz in die Hose. Warum hatte er denn gestern gar nichts davon gesagt?

»Oh«, sagte sie. Das war alles, was ihr dazu einfiel. Die Tatsache versetzte ihr einen seltsamen Stich in der Bauchgegend.

Jamal guckte sie nachdenklich an. »Obwohl er sich über die Stelle sehr gefreut hat, ist ihm der Abschied nicht leichtgefallen. Deshalb wollte er nicht, dass ich jemandem davon erzähle, um es nicht noch schwerer zu haben«, erklärte er. »Aber seit er vor sechs Monaten hier auf der Insel ankam, war sein größter Wunsch, wieder als Tierarzt arbeiten zu können – und nicht als Küchen- oder Putzhilfe.«

Nele nickte. Das war vollkommen verständlich.

»Außerdem sind seine Chancen so höher, dass sein Asylgesuch angenommen wird.«

Freiburg! Das war am anderen Ende Deutschlands. Weiter weg ging es nicht. Aber was machte sie sich auch absurde Hoffnungen, schalt Nele sich. Es war sicher besser so. Vermutlich hätte sie sich noch in ihn verliebt, und dafür war das

Attraktivitätsgefälle zwischen ihnen viel zu groß. So gut, wie er aussah, würde er bestimmt bald mit einem blondmähnigen, 20 Jahre jüngeren Heidi-Klum-Klon liiert sein. Wenn er es nicht schon längst war.

»Ach, Mäuschen, jetzt guck nicht so traurig!«, tröstete Sabine und nahm sie in die Arme. »Wer weiß, wofür dat jut is!«

- 23 -

Am nächsten Morgen nahmen Nele und Sabine wie versprochen an der Morgengymnastik und der Wanderung teil, wollten dann aber ausbrechen, um einen Ausflug zu machen.

Mit dem Bus fuhren sie zur »Buhne 16« am Kampener Strand, in der Sabine schon seit drei Jahren nicht mehr gewesen war und zu der sie »unbedingt« mal wieder hinwollte. Sie stiegen an der Haltestelle Dickstieg aus und spazierten auf Sandpfaden und Holzstegen durch die beeindruckend hohen Dünen zur berühmt-berüchtigten »Buhne«, einem kleinen Strandbistro, an dem einst das FKK-Baden erfunden wurde und in den Siebzigern wilde Partys getobt hatten.

Beim Näherkommen hörten sie chillige Musik, Lachen und Stimmengewirr. Buntes Treiben unter Sonnenschirmen, ausgebleichte Holztische und -bänke standen im Sand. Ein köstlicher Grillgeruch lag in der Luft, und auf einer Tafel stand, dass es ab 14 Uhr fangfrische Makrelen vom Grill geben würde.

Es war kurz vor zwei, und die Gäste standen bereits vor dem Grillhäuschen Schlange. Sabine reihte sich sofort begeistert ein. »Komm!«, winkte sie Nele zu sich. »Die musst du unbedingt probieren. Die sind der absolute Hammer!«

Nele stellte sich neugierig neben sie.

»Und«, sagte Sabine, »übrigens absolut kalorienarm!« Sie zwinkerte ihr zu.

Wenig später hielten sie jeweils einen Teller mit zwei gegrillten Makrelen und Kartoffelsalat in den Händen und suchten sich einen Platz unter einem Sonnenschirm.

Nele hatte noch nie etwas Frischeres gegessen! Makrelen schmeckten für sie oft etwas tranig, aber diese hier erinnerten eher an Hühnchen und waren erstaunlich zart und fein im Geschmack. Dazu der selbst gemachte Kartoffelsalat ohne fette Mayonnaise, dafür aber mit Apfelstücken und Erbsen – was für eine kulinarische Sensation!

Die drei Brüder, die die »Buhne« seit den Siebzigern betrieben, fuhren fast jeden Tag mit einem kleinen Boot raus, um Makrelen zu fischen, wusste Sabine. Dabei waren sie schon längst Millionäre.

»Und warum machen die das dann?«, wunderte sich Nele. »Warum setzen sie sich nicht in Florida zur Ruhe und genießen ihren Reichtum?«

»Die machen sich angeblich nichts aus Geld. Das sind noch echte Hippies! Für sie gibt es nichts Schöneres, als mit ihrem kleinen Boot auf die Nordsee zu schippern und Fische zu fangen.«

Wie sympathisch, fand Nele und lächelte einen der Brüder an, der weißhaarig und mit fleckigem T-Shirt am Grill stand.

»Heute haben wir Meeresfrüchtetag!«, beschloss Sabine,

nachdem sie sich einen Espresso zum Nachtisch gegönnt hatten. »Lass uns weiter nach List fahren! Ich möchte dir unbedingt die ›Austernstuben‹ zeigen. Oder kennst du die schon?«

»Nein.« Austern waren ein Thema, um das sich Nele bislang immer gedrückt hatte. Die Vorstellung, noch lebende schleimige Muscheln zu zerkauen, hatte sie nie gereizt. Und tat es auch heute nicht.

»Willst du nicht lieber zu Gosch?«, versuchte sie, Sabine von ihrem Plan abzubringen. »Der ist doch auch in List!«

»Nee, bloß nicht!«, rief Sabine entsetzt aus. »Die sind nicht nur in List, sondern überall auf der Insel. Das ist quasi das Sylter McDonald's, die Fast-Food-Kette unter den Fischbuden! Die Austern dagegen sind echt etwas Besonderes«, versprach sie. »Du wirst schon sehen!«

Sie liefen durch die Dünen zurück zur Lister Straße und fuhren mit dem Bus nach List. Am Hafen stiegen sie aus, liefen die Hafenstraße hinunter und standen schließlich vor einem unspektakulären blauen Holzhaus, an dessen Front in weißen Lettern »Dittmeyer's Austern-Compagnie« stand. Sie setzten sich auf der Terrasse in einen der blau-weiß gestreiften Strandkörbe und ließen sich die Karte geben.

Die Compagnie war Deutschlands einzige Austernzucht, wie Nele aus dem Infotext der Karte erfuhr. Ein kleines Fünf-Mann-Unternehmen, das 1986 von Clemens Dittmeyer, dem Sohn von Orangensaft-Onkel Rolf H. Dittmeyer, gegründet worden war.

»Sylter Royal« nannten sich die Inselaustern, die angeblich eine einmalig vitamin-, mineralstoff- und eiweißreiche, aber dennoch kalorienarme Zusammensetzung hatten und dadurch einen ähnlich hohen Nährstoffgehalt wie Muttermilch haben sollten.

Brrrr, Muttermilch und lebendig zu verzehrende Weichtiere! Nele schauderte.

»Jede Auster ist nur so gut wie das Wasser, in dem sie lebt«, las Nele weiter, und das vor Sylt war angeblich »exzellent«. Laut dem Infoblatt erfüllte das nordfriesische Wattenmeer den höchsten EU-Standard und hätte Trinkwasserqualität, wenn es nicht so salzig wäre.

Beeindruckt blätterte Nele zur Speisenauswahl um. Austern in allen Variationen wurden angeboten: Natur, als Tatar, gedünstet oder gratiniert, im Gemüsebett, in Pernodbutter und sogar geräuchert.

»Komm! Wir bestellen eine bunte Auswahl«, schlug Sabine begeistert vor. »Dann hast du einen repräsentativen Überblick!«

»Hm«, stimmte Nele wenig begeistert zu und hatte ernste Zweifel, ob sie ihrem Magen nach den Entbehrungstagen schon solche Experimente zumuten konnte. Aber kalorienmäßig schienen die Dinger ja okay zu sein …

Aufgeregt orderte Sabine eine große Austernplatte mit je zwei Austern jeder Zubereitungsart: Austern pur, mit Gurken-Wasabi-Vinaigrette, Crème fraîche und Ossietra-Kaviar, als Tatar mit Schalotten, Tomatenwürfeln und Petersilie, frittiert im Tempurateig und mit Austernsoße und Ossietra-Kaviar, gratiniert mit Pernodbutter, gratiniert mit Speck und Worcestersoße, überbacken mit Trüffelbutter und Käse und – last but not least – über Buchenholz geräuchert mit Balsamicolinsen.

Die frischen, puren Austern brachte der Kellner vorweg. In grauer schrumpeliger Schale, die aussah wie ein zerfledderter Stein, lagen sie auf einem Teller auf Eis – garniert mit einem Zitronenschnitz. Das Fleisch sah glatt, schimmernd, leicht gelblich und irgendwie cremig aus.

»Aber richtig durchkauen!«, mahnte der Kellner lachend, als er Neles skeptischen Blick sah. »Viele Gäste machen den Fehler, die Auster im Ganzen zu schlucken und auch noch Wein hinterherzukippen! Dann schmeckt man aber im Grunde nur Salzwasser. Kaut man sie zehnmal durch, kommt der Geschmack etwas später und hat einen Nachhall, der auch bleibt.«

»Und wie ist der?«, fragte Nele skeptisch.

»Zart nussig und etwas gurkig, sagen die meisten Gäste«, antwortete er und verschwand in der Küche.

»Los jetzt, runter damit!«, befahl Sabine, hob eine Auster aus dem Eisbett und ließ das Fleisch von der Schale in ihren Mund gleiten.

»Mmmmh, köstlich!«, rief sie begeistert.

Widerwillig tat Nele es ihr nach, musste sich sehr überwinden, das schleimige Fleisch zu kauen – um dann von dem erstaunlich frischen, delikaten Geschmack total überrascht zu sein. Gierig griff sie sich noch eine Auster und probierte noch mal. Ja, Sabine hatte absolut recht: Dieses kulinarische Highlight war wirklich extrem lecker!

»Ah, da kommt ja einer unserer Muschelschubser«, rief

der Kellner plötzlich, als er die leeren Austernteller wieder abräumte.

»Moin, Matze! Schichtende?«, begrüßte er einen Mann, der gerade die Terrasse betrat und aussah wie eine Mischung aus Surfer und Ökobauer: wilde, zerzauste, von der Sonne gebleichte Locken, tiefbraune Haut, blonde Bartstoppeln, zerschlissene Klamotten. Der nächste wilde Geselle vom gleichen Kaliber wie die Buhne-Boys. Die Sylter Männer waren offenbar alle ziemlich harte Kerle.

»Jo!«, nickte der Austern-Bauer. »Hast du ’n Flens für mich?«

»Klar!«

Matze ließ sich ächzend an den Nachbartisch fallen. Offenbar war er fix und fertig.

»Austern ernten ist echt ein Knochenjob!«, lachte er entschuldigend, ploppte sein Flens auf und prostete Sabine und Nele zu.

»Wo liegen denn die Austernbänke eigentlich?«, fragte Sabine.

»Gleich hier im Watt, kurz nach Westerheide«, sagte Matze und deutete Richtung Kampen. »Etwa 300 Meter vom Ufer entfernt!«

»Mitten im Meer?«, fragte Nele erstaunt.

»Bei Flut schon«, lachte Matze. »Die Bänke sind nur bei tiefster Ebbe zu erreichen.«

Sie kamen ins Gespräch und erfuhren, dass er und seine Kollegen bei Sturm, Regen oder brennender Sonne an den sogenannten »Poches«, algenüberwucherten Netztaschen aus Kunststoff, ackerten, die jeweils rund 200 Austern beherbergten und an halbmeterhohen Stahlgestellen festgeschnallt waren, damit sie bei Sturm nicht wegdrifteten. Regelmäßig mussten die nährstoffdurchlässigen, reißfesten Säcke von den Jungs gerüttelt, gewendet und von Algen, Seetang und Schlick befreit werden, um die Nähr- und Sauerstoffzufuhr der Austern zu sichern und zu verhindern, dass sie miteinander oder den Maschen der Beutel verwuchsen.

Sehr viel kräftezehrender war allerdings die Ernte, also der Transport der Poches auf den Anhänger. Unter Zeitdruck, da die Bänke bei tiefster Ebbe nur etwa zwei Stunden trockenlagen, bis zu 150 der unhandlichen, glitschigen 20 Kilo schweren Säcke in klobigen Stiefeln durchs matschige Watt zu schleppen, um sie auf den Anhänger zu wuchten, war – laut Matze – »echt kein Job für Weicheier«.

»Das Fitnessstudio können wir uns sparen«, lachte er. »Aber dafür haben wir alle Rückenprobleme. Yoga würde helfen – ist aber nichts für uns harte Kerle.«

»Wie magst du die Austern denn am liebsten?«, fragte Sabine neugierig. »Du, als Profi, musst es ja wissen …«

»Am liebsten pur, ohne alles«, empfahl der Austern-Cowboy. »Aber wer sich das mühsame Öffnen sparen will, kann sie auch 15 Minuten in Wasser kochen. So gehen sie von alleine auf, das Fleisch ist fest und nicht mehr glibberig. Und lauwarm aus der Schale schmecken sie ganz fantastisch und besonders intensiv«, schwärmte er.

»So, Mädels! Nu hab ich aber genuch gesabbelt!« Er sprang plötzlich auf und stellte die leere Bierflasche auf den Tisch. »Jetzt muss ich noch was am Trecker schweißen!« Er schnappte sich die Schweißermaske, die er auf den Boden gelegt hatte, und machte sich auf den Weg zur Straße.

Als hätten sie sich abgesprochen, servierte der Kellner genau in diesem Augenblick die große Austernplatte, die einen verführerischen Duft nach Knoblauch, Trüffel und gebackenem Käse verströmte.

»Guten Appetit, die Damen!«, rief Matze ihnen im Weggehen zu.

Die Kreationen waren atemberaubend. Am besten gefiel Nele das Austerntatar und die Tempura-Auster. Sabines Favorit war die in Pernodbutter gratinierte Version.

»Danke für dieses Erlebnis!«, sagte Nele am Ende der Mahlzeit, satt und kulinarisch äußerst zufrieden.

»Sehr gerne, du Genießerin«, schmunzelte Sabine. »Ich habe noch nie jemanden so gerne essen sehen. Es macht totalen Spaß, dir dabei zuzugucken. Du siehst dann aus, als würdest du jede Nuance erschmecken wollen, stimmt das?«

»Schon«, gab Nele geschmeichelt zu.

»Als ob du mit der Zunge sehen könntest ...«

»Na, hör mal!«, lachte Nele gespielt empört. »Das wäre ja schrecklich! Das ganze zermanschte Essen anstarren ...!«

»Idiotin«, grinste Sabine. »Du weißt schon, wie ich es meine.«

»Klar«, gab Nele zu. Sabines Kompliment überraschte sie, denn es war das erste Mal, dass jemand ihren Hedonismus und ihre Esslust positiv beurteilte und sich daran erfreute. Bislang war ihr ihre Genussfähigkeit vorwiegend als Gier ausgelegt und vorgeworfen worden. Und sie selbst hatte sie für ihre Gewichtszunahme verantwortlich gemacht. Dass es eine Qualität war, so genießen zu können, und sie sogar attraktiv machte, war ihr bislang noch nie in den Sinn gekommen.

»Es ist richtig spannend, dir neue Erlebnisse bieten zu können«, freute sich Sabine.

»Damit kannst du auch gerne weitermachen«, strahlte Nele.

»Na, so viele Joker habe ich nicht mehr übrig«, überlegte Sabine. »Ich habe meine Karten leider schon ziemlich ausgespielt.«

Sie zahlten und spazierten zur Verdauung noch ein bisschen durch den Trubel des Lister Hafens, wunderten sich über dessen Goschisierung, liefen am Wattseitenstrand Richtung »Arosa-Hotel« und Lanserhof-Baustelle, stiegen an der Haltestelle Dünenstraße wieder in den Bus und fuhren zurück nach Hörnum. Sie mussten ja pünktlich um 18 Uhr zum Abendessen da sein.

Glücklich die Eindrücke des Tages verarbeitend, ließ Nele auf der Rückfahrt ihren Blick durch das Fenster über die wunderschöne Landschaft schweifen, während Sabine neben ihr eingeschlafen war und mit offenem Mund schnarchte.

Wie würde ihr Leben aussehen, wenn sie in einer Woche zurück in Hamburg wäre?, durchzuckte es sie plötzlich. Würde sie wieder in die alten Muster zurückfallen und jeden Abend vor dem Fernseher hängen? Mit Sabine würde sie sicherlich in Kontakt bleiben, und sie würden sich vermutlich auch mal gegenseitig besuchen – aber sonst?

Nein, sie hatte in den Tagen hier reichlich gelernt und

verstanden! Sie würde die täglichen 10.000 Schritte beibehalten, ihr Fahrrad aus dem Keller holen, sich weiterhin gesund und kalorienarm ernähren und, eventuell, sogar einen neuen Versuch auf einer Datingplattform wagen, motivierte sie sich selbst.

Und sie würde auch mal in dem afrikanischen Gewand, das so wunderbar angenehm zu tragen war, zur Arbeit gehen.

Sie atmete tief durch.

Sie hatte zwar schon wieder eine Quasi-Diät abgebrochen, dafür diesmal aber jede Menge Erkenntnisse gewonnen und Selbstbewusstsein aufgebaut. Die Tage hier auf Sylt hatten ihrem Leben jetzt schon einen großen Schubs in eine bessere Richtung versetzt – was konnte man von einer Auszeit mehr verlangen?

Der Bus hielt an der Hörnumer Hafenstraße, und Nele und Sabine schleppten sich müde in die »Seemöwe«, wo Rita sie im Foyer mit misstrauischem Blick empfing.

»Wo seid ihr eigentlich immer den ganzen Nachmittag?«, wollte sie wissen.

»Am Strand«, log Sabine.

»Nehmt ihr mich morgen mal mit?«

»Morgen gehen wir nicht!«, bellte Sabine resolut.

»Oh«, sagte Rita enttäuscht. »Schade.«

Mit wenig Appetit, da sie ja total satt waren, dafür aber unter den strengen Blicken von Yannick würgten sie die Suppe runter und setzten sich anschließend mit einem Kaffee auf die Terrasse.

»Komm, wir nehmen noch einen Sundowner«, flüsterte

Sabine Nele plötzlich ins Ohr. »Diese ganzen dünnen Menschen hier sind ja unerträglich.«

Sie grinste, und Nele schaute sich ihre Seminarkollegen genau an. Sahen sie schon anders aus? Dünner? Frischer? Fitter? Marlene und Bernd wirkten jedenfalls sehr dynamisch, und Nele meinte zu erkennen, dass Marlenes Haut straffer war und ihre Haare mehr glänzten.

Das AKK-Double war etwas grau im Gesicht und wirkte müde, Rita sah seltsam wohlgenährt aus (aß die mittlerweile auch heimlich woanders?), und Ariane gab wie immer die perfekte blonde Barbie.

»Lass uns in die ›Hafenklause‹ flüchten!«, flüsterte Sabine, diesmal mit deutlich mehr Nachdruck.

»Hafenklause?«

»Ja, das ist ein kleines Restaurant aus den Siebzigern. Liegt idyllisch am Ende der Hafenpromenade.«

Nele nickte.

»Ist nur ein Katzensprung«, wisperte Sabine wie eine Souffleuse.

Kurze Zeit später flanierten sie die Strandstraße hinunter.

»Mit Greta, der Wirtin, bin ich seit Jahrzehnten befreundet«, erzählte Sabine. »Jedes Mal, wenn ich auf Sylt bin, schaue ich bei ihr vorbei. Da war ich übrigens auch an den ersten beiden Tagen!«

Nele lachte. »So was Ähnliches hatte ich mir schon gedacht.«

Die »Hafenklause« lag in der Straße »Am Wasser«, quasi

um die Ecke von der »Seemöwe«. Kein Wunder, dass Sabine sich die ersten beiden Abende hierhin geflüchtet hatte.

Die Gaststätte lag im Erdgeschoss eines alten weißen Gebäudes, mit Panoramablick auf den Wald, die Düne, den Leuchtturm – und natürlich Hafen, Strand und Meer. Vor dem Restaurant gab es ein süßes kleines Gärtchen, das aber seltsamerweise nicht als Außenterrasse genutzt wurde.

Die Location war ein absolutes Idyll, das aber leider total heruntergekommen wirkte: Putz und Farbe blätterten von der Fassade, das Namensschild war ausgeblichen und von grünen Algen verfärbt, und die aus dunklem Holz bestehende Inneneinrichtung, die noch original aus den Siebzigern zu stammen schien, roch nach Nikotin und verschüttetem Bier.

Vor den Fenstern hingen vergilbte Tüllgardinen, die den Raum derart verdunkelten, dass das Licht brannte, obwohl draußen strahlend die Sonne schien. Es war eine Spelunke, wie sie im Buche stand.

Greta begrüßte Sabine freudig und auch Nele sehr herzlich, nachdem Sabine sie als Freundin vorgestellt hatte. Sie war eine kleine, zierliche, bestimmt 80-jährige Frau mit weißem Dutt und Kittelschürze, deren Hände von der Gicht verformt waren. Ihr Gesicht war so zerfurcht und runzelig wie das eines Shar-Peis, eines chinesischen Faltenhundes. Diese Frau hatte eindeutig gelebt. Jede Falte schien eine Geschichte zu erzählen.

»Setzt euch doch«, bat Greta sie mit so tiefer, rauchiger Stimme wie der der Staatsanwältin Wilhelmine Klemm aus dem Münsteraner *Tatort*, an einen Tisch am Fenster. »Kanita bringt euch gleich die Karte. Mögt ihr ein Pils?«

»Aber immer«, lachte Sabine.

Greta schlurfte hinter den Tresen, und sie ließen sich am Tisch nieder, dessen Oberfläche eigenartig klebte. Eine thailändische Frau überreichte ihnen die Karten. Es waren dunkelgrüne Klemmhefter, auf die einst mit Gold der Namenszug »Hafenklause« geprägt worden war. Mittlerweile war allerdings nur noch die Vertiefung von der Prägung mit leichtem Goldschimmer vorhanden.

Das Speisen-und-Getränke-Angebot war mit Schreibmaschine auf Papier getippt, das in welligen Klarsichthüllen steckte – auch die Karten hatten offenbar ihre besten Tage hinter sich. Das Speisenangebot bestand aus Klassikern wie Schnitzel, Matjes, Brathering, Tomatensuppe und Rührei mit Krabben. Nele konnte sich genau vorstellen, wie die Gerichte auf den Tellern aussehen würden – und wie sie zubereitet waren. Enttäuscht klappte sie die Karte wieder zu.

»Und hier hast du zwei ganze Abende verbracht?«, fragte sie Sabine erstaunt.

»Greta hat hinten einen entzückenden Garten«, lachte Sabine. »Da haben wir gesessen und Pizza bestellt.«

Sie zwinkerte Nele zu. »Und das alte Schlachtschiff hat eine Menge faszinierender Geschichten zu erzählen!«

»Glaub ich sofort«, nickte Nele.

»Außerdem ist ihr Bier frisch und sensationell gut gezapft!«, versicherte Sabine.

Nele schaute sich um, denn so wie ihre Augen draußen auf das grelle Sonnenlicht eingestellt gewesen waren, konnte sie erst jetzt im düsteren Raum wieder etwas erkennen: Die Spelunke war erstaunlicherweise gut gefüllt. Nur noch ein einziger Tisch war frei, wie sie verblüfft feststellte. Vermutlich ahnungslose Touristen, die die Gaststätte für wahnsinnig authentisch hielten und auf leckere Bratkartoffeln spekulierten. Nach dem Motto: »Wenn es so scheußlich aussieht und sich trotzdem halten kann, muss die Küche gut sein.«

Greta schlurfte mit einem Tablett heran, auf dem zwei Gläser standen. »Bitte sehr, genau sieben Minuten«, strahlte sie, und Nele bemerkte erschrocken, dass ihr mindestens drei Zähne fehlten.

»Ein gut gezapftes Pils braucht sieben Minuten«, erklärte Sabine und stieß mit Nele an.

Sabine erzählte, dass Greta das Restaurant fast 50 Jahre lang gemeinsam mit ihrem Mann betrieben hatte. Vor drei Jahren war er gestorben, seitdem versuchte sie es alleine, mithilfe des Arbeitsamtes, das ihr regelmäßig Arbeitssuchende zur Unterstützung schickte. Sie wohnte in einer kleinen Wohnung direkt über der Gaststätte. Kinder hatte sie nie bekommen.

»Warum geht sie nicht in Rente?«, fragte Nele erstaunt.

»Die Sylter Immobilienhaie versuchen schon lange, ihr dieses Filetstück zu entreißen, aber es würde Greta das Herz brechen, wenn das Haus abgerissen und stattdessen ein Luxushotel gebaut werden würde. Deshalb kämpft sie, solange sie kann«, erklärte Sabine und nahm einen tiefen Schluck Bier. »Prost!«

»Aber sie kann doch die Gaststätte einfach schließen und sich ausruhen!«, schlug Nele vor.

»Sie hat ziemlich hohe Betriebskosten, und wenn die Lizenz einmal erlischt, wird es nicht so leicht sein, sie wiederzubekommen. Siehst ja selbst«, sagte sie und machte eine Geste Richtung Gastraum. »Bislang drücken die Behörden ein Auge zu, weil Greta quasi zum Ur-Hörnumer Bestand gehört.«

»Und neue Betreiber einstellen?«, erkundigte sich Nele.

»Greta ist sehr eigen«, grinste Sabine. »Sie kann das Sylter Jetset-Geschnösel nicht ertragen. Sie hat sich geschworen, nur an einen gebürtigen Sylter zu übergeben – aber der ist bislang noch nicht aufgetaucht.«

Sie zuckte die Schultern und nahm noch einen Schluck Bier.

»Momentan stehen auf Sylt ziemlich viele Lokale leer, weil die Betreiber keine Arbeitskräfte finden. Und die finden sie nicht, weil sich die Mieten auf der Insel niemand mehr leisten kann und die wenigsten Arbeitskräfte Lust haben, täglich zwei Stunden vom Festland hin- und herzupendeln.«

»Erst recht nicht, seit die Bahn dauernd ausfällt«, ergänzte sie.

»Verstehe.« Nele nickte.

»Der katastrophale Arbeitskräftemangel in der Gastronomie ist längst schon zum Politikum geworden«, erklärte Sabine.

»Genau wie der dauernde Ärger mit dem Shuttle«, ergänzte Nele.

»Exakt!«, nickte Sabine. »Die müssen hier echt was tun, sonst geht der Tourismusboom mit Sicherheit bald zurück.«

Plötzlich tönte lautes Gebrüll aus der Küche. Töpfe schepperten, Teller klirrten, und irgendwas ging zu Bruch. Die Schwingtür zur Küche flog auf, und ein dicker, sehr rotgesichtiger Mann kam herausgestürmt. Wutentbrannt schmiss er ein Geschirrtuch in die Ecke, riss sich im Laufen seine grüne Schürze herunter und verschwand durch die Eingangstür.

»Das war der Koch«, sagte Greta, die kurz danach zu Sabine und Nele an den Tisch kam. »Ich habe ihn dabei erwischt, wie er zwei Cognacflaschen in seiner Tasche verschwinden lassen wollte.«

Sie schüttelte fassungslos den Kopf. »Das war schon das dritte Mal.«

Sie setzte sich erschöpft und rang nach Luft.

»Er hat einen Wutanfall bekommen und geschrien, ich könne meinen Schietkram künftig alleine machen.«

»So ein Arsch!«, entfuhr es Nele.

Greta guckte sie erstaunt an, lächelte dann schwach und sagte: »Genau, min Deern!«

»Das Problem ist nur, dass ich für den Abend nun völlig aufgeschmissen bin«, sagte sie und sah dabei ziemlich verzweifelt aus.

»Selbst kochen kann ich nicht mehr«, sagte sie und zeigte ihre deformierten Hände. »Und Kanita ernährt sich nur von thailändischen Tütensuppen.«

Sie schaute sich im Raum um, in dem die Gäste tuschelten und murmelten und spürbar unruhig wurden.

»Ihr seht ja, der Laden ist voll. Die Bestellungen sind gerade erst in der Küche eingegangen …«

»Ich helfe dir!«, rief Nele spontan und sprang auf. »Ich kann ganz passabel kochen und habe Zeit!«

»Wirklich?« Greta guckte sie so ungläubig an, als wäre sie eine von Sternenstaub umhüllte Märchenfee.

»Klar!«, sagte Nele.

»Und ich helfe Nele!«, rief nun auch Sabine und stand ebenfalls auf. »Dann zeig uns mal alles, Gretalein!«

Sie folgten der alten Frau in die Küche und konnten nicht fassen, wie chaotisch es hier war. Alles war dreckig, mit einem Fettfilm überzogen, und überall standen benutztes Geschirr, Töpfe und Pfannen herum. Das einzige Highlight war ein offenbar relativ neuer, sehr geräumiger Kühlschrank.

Auf dem Gasherd brodelte ein riesiger Topf Kartoffeln.

»Na, denn mal los!«, sagte Sabine, die als Erste ihre Fassung wiedergewonnen hatte.

»Ich würde vorschlagen, du gibst den Gästen eine Runde aus, Greta, und verkündest, dass ihr Essen zehn Minuten länger dauert – und wir machen uns an die Arbeit!«

Sie schaute auffordernd zu Nele, die sich immer noch in Schockstarre befand.

»Okay«, stimmte Nele zu, nachdem sie sich von dem Schreck erholt hatte und wieder klar denken konnte. Sie schaute die Bestellungen durch, die Kanita an eine Schnur über der Arbeitsplatte geklemmt hatte. Die Zettel waren mit Tischnummern versehen und in der Reihenfolge der Bestellung aneinandergereiht. Die meisten Gäste hatten die Fischgerichte bestellt, stellte Nele erleichtert fest, sodass sie lediglich eine Hausfrauensoße herstellen musste – und Bratkartoffeln zaubern.

Sie pikste in die Kartoffeln, die zum Glück schon gar waren, schaute die Vorräte im Kühlschrank durch, räumte sich etwas Arbeitsfläche frei und begann, Äpfel zu zerkleinern und Zwiebeln zu schälen.

»Kannst du die Kartoffeln abgießen und pellen?«, bat sie Sabine.

Der Kühlschrank war erstaunlicherweise gut gefüllt mit Frühlingszwiebeln, Matjes, Bratheringen, Krabben, Eiern, Butter, Joghurt, Schmand, Sahne, Milch, Käse und Schinken.

Im Tiefkühlschrank entdeckte Nele zudem Schnitzel, Backfisch und Steaks. Immerhin hatte Greta nicht am Einkauf gespart.

Während Sabine fluchend die Kartoffeln pellte, die noch so heiß waren, dass sie sich immer wieder die Finger verbrannte, machte Nele sich daran, Geschirr und Töpfe in den großen Geschirrspüler zu räumen, die Arbeitsflächen zu wischen und den Herd von seiner undefinierbaren Kruste zu befreien.

Mit schnellen, geübten Bewegungen schnitt sie die Kartoffeln in Scheiben, erhitzte Öl in zwei großen Pfannen, briet Speckwürfel an und zauberte mithilfe von Frühlingszwiebeln, Salz und schwarzem Pfeffer im Nu leckere Bratkartoffeln, die sie auf den Tellern verteilte, auf denen sie zuvor schon den Matjes aufgerollt und mit der Hausfrauensoße garniert hatte.

Zum Schluss streute sie noch etwas frische Petersilie auf die Teller und ließ sie von Kanita servieren.

Etwa eine Stunde dauerte es, bis alle Bestellungen abgearbeitet waren und Nele und Sabine sich erschöpft auf die kleine Bank fallen ließen, die vor der Speisekammer stand.

Die Kuh war vom Eis und der Abend gerettet. Greta brachte ihnen zwei kühle Bier und lächelte sie dankbar an.

»Das war soooooo lieb von euch, Mädels«, strahlte sie glücklich. »Das vergesse ich euch nie!«

»Gute Köche werden auf Sylt händeringend gesucht«, erzählte sie. »Außerdem ist Hochsaison, und alle guten Kräfte sind unter Vertrag ...«

»Und nun?«, fragte Sabine.

»Ohne Küche muss ich das Restaurant schließen«, sagte Greta resigniert und schaute traurig auf den schmierigen Boden. Doch plötzlich hob sie den Kopf und hatte offensichtlich eine Idee.

»Könntest du vielleicht auch morgen kommen?«, fragte sie Nele verlegen und konnte ihr dabei kaum in die Augen schauen. »Danach habe ich bestimmt Ersatz gefunden.«

»Gerne«, lächelte Nele gerührt. Sie hatte noch nie Nein sagen können, wenn jemand sie um Hilfe bat. »Aber es wäre schön, wenn du Kanita oder wer dir sonst aushilft anweisen könntest, die Küche gründlich zu reinigen und zu putzen.«

»Mache ich«, versprach Greta.

- 24 -

Mittlerweile hatte Nele sich an die tägliche Morgengymnastik gewöhnt – und die Wanderungen an der frischen Luft und in der wunderschönen Landschaft genoss sie sogar. Die heutige allerdings sagte sie ab unter dem Vorwand, sich den Knöchel verstaucht zu haben, da sie Greta ja versprochen hatte, ihr zu helfen. Sie hatten verabredet, dass sie gegen elf Uhr in die »Hafenklause« kommen würde, um sich einen Überblick zu verschaffen und einen Tagesplan aufzustellen.

»Ich bin übrigens heute Abend mit Günther zum Essen verabredet«, verkündete Sabine strahlend, als sie nach Gymnastik und Frühstück wieder auf ihrem Zimmer waren.

»Waaaas?«, rief Nele. »Ist der schon wieder da?«

»Er kommt heute Nachmittag wieder in Westerland an! Er hat mir einen Brief am Tresen hinterlegt, in dem er ganz höflich um ein Date gebeten hat – ist das nicht süß?«

Sie grinste so glücklich, als hätte Brad Pitt soeben um ihre Hand angehalten.

»Wir haben gerade kurz telefoniert – um 20 Uhr holt er mich ab!«

»Fantastisch!«, freute sich Nele ehrlich begeistert.

»Deshalb kann ich dir heute Abend aber bei Greta leider nicht helfen, Süße!« Zerknirscht guckte sie Nele an.

»Das ist doch vollkommen klar«, sagte Nele und nahm sie in den Arm. »Ich freu mich so für dich und wünsche euch beiden einen wunderschönen Abend!«

»Danke«, sagte Sabine. »Ich muss zugeben, ich bin ein ganz kleines bisschen aufgeregt.«

»Findest du ihn denn wirklich so gut?« Soweit sie sich erinnerte, war Günther alles andere als eine Schönheit.

»Ich weiß noch nicht genau«, gab Sabine zu. »Aber er hat irgendwas, finde ich ... Und er riecht gut.«

»Na dann: Schnapp dir den Prachtkerl!«, lachte Nele.

»Mist, ich muss los«, rief Sabine plötzlich mit Blick auf ihre Uhr und eilte aus der Tür, um rechtzeitig zur Wanderung in die Lobby zu kommen.

Nele beschloss, noch etwas durch Hörnum zu spazieren, bevor sie zu Greta in die »Hafenklause« ging. Sie hatte sich so sehr an das tägliche Laufpensum gewöhnt, dass es keine Option war, bis elf Uhr auf der Terrasse zu chillen.

Sie schlenderte durch die Strandstraße, vorbei am Edeka-Markt, an »Fisch Matthiesen«, dem Restaurant »Lund«, dem Eisladen »Sölring Iskreem«, der Sparkasse, dem Hotel »54 Grad«, an Souvenirshops und Boutiquen, und spazierte anschließend die Hafenpromenade entlang zum Hafen. Vor der Fischbude saßen bereits die ersten Brötchenfans, und ein »Muschelbistro« bot »die besten Muscheln Europas« an: fangfrische Mies- und Herzmuscheln vom Kutter.

Nele flanierte weiter Richtung Hafenbecken und schaute

sich die Boote an, die dort vertäut lagen. Ein Krabbenkutter hatte offenbar gerade angelegt. Zwei Männer wuchteten große eisgefüllte Kisten an die Mole und stellten ein Schild auf: »Fangfrische Krabben direkt vom Kutter.«

Neugierig betrachtete Nele das Angebot: Ungepulte Krabben, Kaisergranat, Schollen und Heringe konnte sie ausmachen.

»Moin, ich bin Krabben-Dieter«, begrüßte sie der bärtige Fischer. »Was darf's denn sein?«

Er trug eine ausgebleichte blaue Arbeitsjacke, Jeans und Gummistiefel. Seine Hände waren riesig und hatten ähnlich viele Risse und Furchen wie ein ausgedörrter Wüstenboden. Sie hatten bestimmt seit Jahren keine Handcreme mehr gesehen und fühlten sich wohl an wie Küchenreiben, vermutete Nele.

»Ich wollte nur mal schauen«, antwortete sie.

»Was ist das denn?« Sie deutete auf eine Kiste mit riesigen Krebsscheren.

»Das sind Knieper aus Helgoland, min Deern!«

»Knieper?«

»Die Scheren von den Königskrabben, die es dort massenweise im Meer gibt«, erklärte Dieter.

»Und wie isst man die?«

»Einfach in Salzwasser kochen, die Scheren aufbrechen und das leckere Fleisch in Knoblauchmayonnaise dippen. Dazu ein frisches Baguette und etwas Butter – herrlich!« Er formte mit Daumen und Zeigefinger einen Kreis und hielt ihn sich an den Mund. »Mmmh, magnifique!«

Diese Geste kannte Nele aus französischen Filmen, in

denen Feinschmecker auf diese Weise ihre Begeisterung ausdrückten.

»Willst du welche mitnehmen?«, fragte Dieter und schickte sich an, mehrere Scheren auf ein Papier zu legen. »Sind taufrisch!«

»Nein, ich habe gerade keine Küche«, lehnte Nele ab.

»Willst du mal eine probieren?«, fragte er. »Ich habe von gestern noch zwei gekochte in der Kombüse, die schmecken auch kalt!«

Er kletterte an Bord und verschwand in der Kajüte. Kurz darauf kam er mit einem Teller wieder raus, auf dem weiße Knieper-Fleischstückchen lagen.

Nele nahm sich ein Stück mit den Fingern und steckte es in den Mund. Es schmeckte fantastisch! Wie eine Mischung aus Hummer und Flusskrebsen. Das musste sie sich unbedingt merken.

»Gut, oder?«, lachte Dieter, der ihre Begeisterung zufrieden zur Kenntnis nahm.

»Ich habe auch manchmal Nordseetintenfisch!«, bot er an. »Seit der Klimaerwärmung gibt es die jetzt auch hier. Die sind viel zarter und leckerer als die aus dem Mittelmeer. Musst mal Bescheid sagen, dann bring ich dir welche mit!«

Nele nickte.

»Überhaupt, wenn du spezielle Fische brauchst«, lachte Dieter.

»Danke, aber ich bin nur noch eine Woche hier«, sagte Nele.

»Oh, schade«, rief Dieter und wandte sich einer Frau zu, die sich gerade der Krabbenkiste genähert hatte.

»Ein Kilo Krabben bitte«, orderte sie.

»Aber gerne, gnädige Frau«, strahlte Dieter.

Um elf Uhr trat Nele wie versprochen in der »Hafenklause« an und war überrascht, dass Greta Wort gehalten hatte: Die Küche war sauber, der Boden gewischt, und statt nach altem Fett und ranzigen Pommes roch es nun nach Putzmittel. Das Fenster zum Garten war weit geöffnet, sodass angenehm frische Luft hereinkam.

Die zweite Überraschung war ein schüchterner schmaler schwarzhaariger Junge, der gerade dabei war, das Waschbecken zu scheuern.

»Das ist Tarik. Der war gestern krank. Er arbeitet hier stundenweise als Spüler und Küchenhilfe.«

Nele nickte. »Hallo, Tarik!« Tarik schaute kurz hoch, hob eine schaumige Hand und lächelte Nele an.

»Er spricht aber kein Wort Deutsch«, erklärte Greta. »Ist vor drei Monaten aus Afghanistan geflohen und wartet, dass seine Familie nachkommt.«

»Wie alt ist er denn?«

»Erst 17«, sagte Greta. »Er will aber unbedingt schon Geld verdienen.«

»Er ist sehr fleißig«, ergänzte sie, während sie zu ihm ging und ihm lächelnd durchs Haar wuschelte.

Nele schaute, was Kühlschrank und Speisekammer hergaben. Tiefgekühlte Schnitzel, frische Matjes und Bratheringe waren noch reichlich vorhanden, genau wie Zwiebeln, Kartoffeln und etwas Gemüse.

Im Nu hatte Nele einen Plan, was sie daraus komponieren könnte. »Hast du irgendwo Aufstelltafeln, die man an die Straße stellen könnte?«, fragte sie Greta.

»Nee.« Greta schüttelte den Kopf.

»Doch!«, rief sie plötzlich. »Jetzt fällt's mir wieder ein: Die hatten wir mal! Die müssten noch in der Abstellkammer stehen.«

Die Abstellkammer war ein erstaunlich großer Raum, der an den Speiseraum anschloss. Er war bis zur Decke vollgestellt mit verstaubten Möbeln, leeren Getränkekisten, Kabeln, Lampen und sonstigem Sperrgut. Nele wühlte sich hustend durch das Chaos und entdeckte im hinteren Teil des Lagers drei verstaubte Klappschiefertafeln und vier gelbe Sonnenschirme mit Sinalco-Werbung aus den Siebzigern, die fast schon wieder Kult waren. Zusätzlich schaufelte sie diverse Gartenstühle und vier runde Holztische frei.

Mit Tariks Hilfe schleppte sie ihre Beute in den Garten, staubte und wischte alles ab und baute auf dem Rasen vier Sitzecken auf. Gemütlich und einladend sah es aus, als sie schweißüberströmt und mit in die Hüfte gestemmten Händen das Ergebnis ihrer Arbeit betrachtete: Vier Tischgarnituren mit gelben Sonnenschirmen standen nun in dem süßen Gärtchen und warteten auf Gäste.

Auch Greta war begeistert und setzte sich gleich mit einer Tasse Kaffee an einen Tisch im hinteren Bereich.

Zufrieden leerte Nele ein großes Glas Apfelschorle, schnappte sich zwei Einkaufstaschen und machte sich auf den Weg zu Edeka, um noch ein paar Zutaten für den Abend zu besorgen. Greta hatte ihr finanziell freie Hand gelassen und ihr 200 Euro in die Hand gedrückt.

Nele kaufte Kreide, Brokkoli, Teriyakisoße, Radieschen, Ingwer, Möhren, Gewürzgurken, Kapern, Wildreis und Pumpernickel sowie probeweise drei Flaschen Grauburgunder des Weingutes Wageck, den sie auch privat gerne trank.

Bei »Fisch Matthiesen« kaufte sie außerdem noch gepulte Krabben und etwas Räucheraal.

Zurück in der »Hafenklause«, hatte sie großen Spaß daran, unter Gretas neugierigem Blick die Tafeln mit Kreide zu beschriften:

»Matjestatar mit warmem Pumpernickel und geräucherter Aalbutter – 8,50 Euro«

»Spaghetti mit Krabben und Dill in Parmesan-Sahnesoße – 10,50 Euro«

»Schnitzel Teriyaki mit Zwiebeln, Brokkoli und Wildreis – 8,50 Euro«

»Weinempfehlung des Tages: Grauburgunder von Wageck – 5 Euro/Glas«

Greta klatschte begeistert in die Hände. »Einfach toll, meine Süße!«, freute sie sich. Sie stellten zwei Klapptafeln an die Straße – und eine in den Garten.

Die Preise hatte Greta vorgeschlagen, nachdem sie kurz darüber nachgedacht und eine kleine Kalkulation aufgestellt hatte.

»Hast du Papier?«, fragte Nele.

»Natürlich!«

»Dann schreiben wir die Gerichte noch schnell per Hand auf und legen sie der Karte bei«, ordnete sie an.

Nachdem auch das erledigt war, machte Nele sich in der Küche daran, die Speisen vorzubereiten. Sie setzte Reis und

Kartoffeln auf, nahm ein paar Schnitzel aus dem Tiefkühlfach und legte sie in der Teriyakisoße ein, zerhackte zehn Matjesfilets und vermischte sie mit ebenfalls klein gehackten Gewürzgurken, Zwiebeln, Dill, etwas Olivenöl, schwarzem Pfeffer und den Kapern. Die Mischung portionierte sie in Kaffeetassen und stellte sie in den Kühlschrank.

Anschließend filetierte und pürierte sie etwas Räucheraalfleisch und vermischte es mit Butter. Diese Mixtur füllte sie in Schnapsgläser und stellte auch diese in den Kühlschrank.

Nun hieß es warten.

Um 16:30 Uhr erschien Kanita zur Arbeit, und um 17 Uhr setzten sich die ersten Gäste in den Garten und gaben ausschließlich Bestellungen für die neuen Gerichte auf.

Begeisterte Lobeshymnen gingen nach und nach ein. Um 19 Uhr war das Teriyaki-Schnitzel aus – um 20 Uhr das Matjestatar.

Um 21 Uhr aß eine überglückliche Greta eine Portion Sahnenudeln mit Krabben und kriegte sich gar nicht wieder ein, wie lecker die waren. »Wo hast du denn so kochen gelernt, min Deern? Das ist ja richtige Zauberei!«

Stolz erzählte Nele, dass sie absolute Autodidaktin sei und eigentlich nur in ihrer Freizeit koche. Greta konnte es kaum glauben. »Aber du hast das alles so perfekt organisiert! Absolut professionell!«

Selig gab sie Nele zum Abschied zwei eisgekühlte Helbings aus, den Sylter Kult-Kümmelschnaps, und gemeinsam stießen sie auf den erfolgreichen Abend an.

Am nächsten Tag hatte die »Hafenklause« Ruhetag, aber

Nele hatte Greta versprochen, trotzdem auf einen Kaffee bei ihr vorbeizuschauen.

- 25 -

Und sie?, fragte sie sich später, als sie erschöpft in ihrem Bett lag. Sowohl Arianes als auch Sabines Bett war leer. Beide waren frisch verliebt – und wen hatte sie? Sie war ganz allein und einsam – wieder mal!

Jetzt, wo sie mit ihrem Körper wieder befreundet war, vermisste sie körperliche Nähe plötzlich doppelt und dreifach. Es war, als würde der jahrelange Mangel an Berührung erst jetzt voll durchschlagen. Hautkontakt, Zärtlichkeit, gestreichelt und geküsst werden, sich geliebt fühlen – es fehlte ihr so sehr, dass es fast schmerzte.

Sie dachte an Adil. Wie es ihm in Freiburg wohl ging? Hatte er in Syrien Frau und Kinder und plante, seine Familie nachzuholen? Komisch, es war lange her, dass ein Mann ihr so unter die Haut gegangen war. Aber vielleicht lag das ja auch nur an der Urlaubssituation und ihrem durch die Fastenkur durcheinandergeratenen Stoffwechsel. Oder an den Wechseljahren und ihrem jahrelangen Zölibat. Oder, oder, oder …

Von Sehnsucht gebeutelt, fiel sie in einen tiefen Schlaf.

Auch als am nächsten Morgen der Wecker klingelte, war

sie noch alleine im Zimmer und machte sich müde auf den Weg zur Morgengymnastik. Als sie mit der Seminargruppe von der »Seemöwe« zum Wald marschierte, entdeckte sie am Straßenrand Sabine und Günther, die in einem Auto knutschten.

Nele wollte nicht stören und lief schnell vorbei, hörte dann aber hinter sich eine Autotür zufallen, gefolgt von schnellen Schritten. Sabine eilte ihr zerzaust, aber äußerst gut gelaunt hinterher. »Ich habe keine Sekunde geschlafen«, strahlte sie übers ganze Gesicht. »Der Mann kann küssen – du glaubst es nicht!«

»Und der Rest?«, erkundigte sich Nele.

»Na ja, das erste Mal mit jemand Neuem ist ja nie so einfach«, gab Sabine zu. »Man muss ja erst mal rausfinden, was der andere so mag und schön findet – aber es war sehr vielversprechend.«

Sie grinste verklärt.

»Auf jeden Fall ausbaufähig«, schob sie nach.

»Und wie geht es weiter?« Nele kam sich mit ihren nüchternen Verhörfragen allmählich etwas zickig vor. War sie schon so frustriert, dass sie anderen ihren Spaß nicht gönnte? Oder eifersüchtig? Sie klang ja wie eine verhärmte Gouvernante, schalt sie sich.

Aber Sabine war viel zu sehr im Hormonrausch, um Neles spaßbremsigen Unterton zu bemerken.

»Günther liebt meine üppigen Formen«, schwärmte sie begeistert, fuhr sich mit beiden Händen über den Körper und wand sich dabei schlängelnd und stöhnend. Sie sah aus wie eine bauchtanzende Götterspeise.

Darüber musste nun auch Nele lachen.

»Viele, viele Kilos – alles erotische Nutzfläche, sagt er«, strahlte Sabine.

»Keine asexuellen Schwabbelmassen mehr wie bisher«, beendete sie ihre aufgekratzte Performance.

»Guter Mann!«, fand Nele.

»Oh jaaaaa!« Verklärt grinste Sabine Richtung Horizont. »Nach der Wanderung treffen wir uns am Strand, bevor seine Schicht beginnt ...«

»Na, dann pass mal gut auf, dass kein Sand ins Getriebe kommt«, witzelte Nele und fand den Altherrenscherz schon in dem Moment blöd, in dem sie ihn ausgesprochen hatte. Aber sie wollte locker wirken. Sie wollte Sabine das Gefühl geben, dass sie ihr ihre Verliebtheit aus vollem Herzen gönnte. Und das tat sie ja auch – nur dass ihr Herz eben leider nicht voll war ...

Auf der Wanderung, bei der sie heute den Kampener Kunstpfad abspazierten, der einmal um das Reichengetto herum von der Westküste zur Wattseite führte, war Sabine kaum zu bremsen. Überdreht wie eine Sechsjährige, die zum ersten Mal auf dem Jahrmarkt war, oder eine Zwanzigjährige auf Koks gackerte und alberte sie herum und hatte so großen Bewegungsdrang, dass sie am Weststrand zur Verblüffung der Gruppe einfach nackt ins Meer lief.

»Kommt doch auch rein!«, rief sie den anderen Teilnehmern aus der Brandung zu. »Es ist herrlich!«

Nele musste zugeben, dass sie sehr neidisch war. Liebe war so schön und Verliebtsein das Hochgefühl überhaupt, wie man deutlich an der Wellenbrecherin und Brandungsbändigerin sehen konnte, die gerade nass und glücklich den Wellen entstieg.

Als Nele ein paar Stunden später im Garten der »Hafenklause« saß und Greta nach Sabine fragte, platzte Neles Einsamkeit plötzlich ungefiltert aus ihr heraus. Sie erzählte der alten Gastwirtin von ihrem über fünfjährigen Singledasein, ihren katastrophalen Online-Dates und ihrer momentan so brennenden Sehnsucht nach Liebe und Körperlichkeit.

»Du kannst die Liebe nicht suchen, du kannst dich nur von ihr finden lassen, Kind«, schmunzelte Greta. »Sie wird genau dann kommen, wenn du am wenigsten mit ihr rechnest.«

Den Spruch kannte Nele schon.

»Deshalb rechne einfach nicht mit ihr!« Diesen Nachsatz kannte sie noch nicht.

»Suche nicht nach ihr, jage sie nicht, als wäre sie ein scheues Reh, sondern konzentrier dich auf etwas anderes! Man kann durchaus auch alleine glücklich sein!« Greta nahm ihre Hand und guckte sie liebevoll an.

»Die Liebe, die du gerade nicht von einem Mann bekommst, musst du dir eben im Moment selber geben.«

»Gar nicht so einfach, wenn meine beiden Mitbewohnerinnen gerade bis über beide Ohren verknallt sind«, wandte Nele ein.

»Aber du hast doch auch ein Geschenk bekommen, Herzchen«, sagte Greta.

»Hä?« Nele verstand nicht. »Was denn für ein Geschenk?«

»Du hast eine Inselbegabung, min Deern – im wahrsten Sinne des Wortes!«

»Wie meinst du das?«

»Du hast ein außergewöhnliches Talent in der Küche!«, sagte die alte Dame. »Man merkt, wie sehr dich das Kochen fasziniert und was es dir für einen Spaß macht. Du bist wie ein kleiner Mozart am Herd. Ein Wunderkind.«

Sie lachte und zeigte dabei ihre Zahnlücken.

»Du spinnst«, sagte Nele verlegen.

»Nein, ich meine es im Gegenteil sehr ernst, meine liebe Nele«, sagte Greta bedeutungsvoll. »Ich überlege …«

Sie hielt inne, um ihr tief in die Augen zu schauen.

»Ja?«

»Was hältst du davon, für den Rest deiner Urlaubszeit das Restaurant zu leiten? Dann hätte ich mehr Zeit und Luft, einen neuen Koch zu finden …«

Sie schaute Nele unsicher an.

»Wenn du dadurch in der ›Seemöwe‹ Probleme bekommst«, ergänzte sie schnell, »würde ich dir ein Zimmer im ›Hotel 54 Grad Nord‹ spendieren – das liegt hier gleich um die Ecke. Und ein anständiges Honorar bekommst du natürlich auch.«

»Oh«, sagte Nele überrumpelt. »Ich weiß nicht.«

»Du müsstest dich leider relativ schnell entscheiden«, sagte Greta. »Du weißt ja, warum.«

»Hat sich nicht heute Vormittag ein neuer Koch bei dir vorgestellt?« Greta hatte ihr gestern kurz davon erzählt.

»Doch, aber den mag ich nicht. Das ist kein guter!«

Nele lachte. Die alte Dame war wirklich sehr wählerisch – und das, obwohl sie doch eigentlich mit dem Rücken zur Wand stand.

»Wenn du etwas bekommen willst, was du noch niemals hattest, musst du etwas tun, was du noch niemals getan hast.«

Der Spruch, den sie mal bei Facebook gelesen hatte, fiel ihr ein. Was hatte sie schon zu verlieren, außer einsam im Dreibettzimmer rumzuliegen und vor Neid auf Sabines und Arianes Liebesglück in die Bettdecke zu beißen?

»Ich mache es!«, hörte sie sich zu ihrer eigenen Überraschung sagen.

Greta stand auf und nahm sie lange in den Arm. Als sie sie wieder losließ, sah Nele, dass sie Tränen in den Augen hatte.

- 26 -

Um Ärger mit den Seemöwlern zu vermeiden, checkte Nele noch am selben Tag aus und zog ins Hotel um. Ihren Auszug begründete sie mit beruflichen Problemen, um sich lange Befindlichkeitsdiskussionen zu ersparen.

Wie herrlich es war, wieder ein Zimmer für sich alleine und damit Privatsphäre zu haben. Ganz abgesehen von Minibar, Fernseher und WLAN ... Das Hotel war erfrischend stylish eingerichtet und inspirierte sie zu einigen Ideen in Bezug auf die »Hafenklause«.

Wie im Rausch studierte sie Kochzeitschriften, beriet sich per SMS mit Jamal, surfte durch Rezeptseiten und ließ ihrer Fantasie freien Lauf. Ein Bild formte sich dabei in ihrem Kopf – erst verschwommen, aber dann immer klarer:

Sie würde nur zwei Gerichte pro Tag anbieten. Immer alles superfrisch, nur das, was sie morgens vom Hafen oder mittwochs und samstags vom Wochenmarkt am Westerländer Rathaus bekam. Dazu erstklassige Weine, aber auch davon immer nur zwei Sorten pro Tag. Und: Als Grundlage für ihre Gerichte wollte sie so weit wie möglich Sylter Produkte verwenden!

Mit einem E-Leihwagen des Hotels ging sie auf Einkaufstour und klapperte die Stationen ab, die sie zuvor gegoogelt hatte: fangfrische Makrelen, Krabben und Heringe von Krabben-Dieter am Hörnumer Hafen, Miesmuscheln vom Muschelbistro, Austern aus List, Honig von der Morsumer Landimkerei, Lamm- und Gallowayfleisch von der Sylter Landschlachterei in Keitum, Eier, Kartoffeln und saisonales Gemüse vom »Hansenhof« in Morsum.

Es machte ihr großen Spaß, mit den einheimischen Produzenten und Bauern zu reden, die ihr Zubereitungstipps gaben und neugierig versprachen, demnächst mal in der »Hafenklause« vorbeizuschauen.

Bei Feinkost Meyer in Wenningstedt, der in puncto exotische Lebensmittel so gut sortiert schien wie das KaDeWe in Berlin, kaufte sie einen Schwung exotischer Gewürze, frische Kräuter, Pasten und Soßen – Greta hatte ihr finanziell völlig freie Hand gelassen. Offenbar verfügte sie über ein jahrzehntelang gefüttertes und deshalb gut gefülltes Sparkonto.

Zurück in der Hafenklausenküche, drehte Nele das alte Radio auf, probierte aus, komponierte, experimentierte und war ungeheuer kreativ. Tanzend und lachend nutzte sie ihr Spielfeld der unendlichen kulinarischen Kombinationsmöglichkeiten und ließ ihre Kreationen abwechselnd von Tarik, Kanita oder Greta abschmecken.

Die alten Speisekarten landeten im Schrank, stattdessen wurden die zwei Tagesgerichte auf die Kreidetafeln an der Straße geschrieben – und auf handgeschriebenen Karten in der Gaststätte verteilt.

Wie herrlich es doch war, etwas zu wagen, ein Glas Wein dazu zu trinken und gespannt darauf zu warten, ob die Gäste ihre kulinarischen Kompositionen wohl mochten.

»Sylter Salzwiesenlamm-Curry in Salatgurken-Kurkuma-Schmand«

»Gallowayragout mit Aprikosen und Pflaumen an schwarzem Bio-Wildreis«

»Spaghetti mit Austernbolognese«

»Gegrillter Pulled (also gezupfter) Makrele-Burger mit den leckeren Brötchen der Kampener Bäckerei Speck«

»Sushi vom knusprigen Helgoland-Knieper in gebackenem Tandoori-Teig«

»Bunter Salat mit fetter Henne, frittierten Miesmuscheln und Holunderblütendressing«

»Nordseetintenfisch-Buletten mit Koriander-Bohnen-Zitronen-Salat«

Diese Gerichte standen in ihrer Restaurantleitungswoche auf der Kreidetafel. Und als Absacker oder Aperitif servierte Nele selbst gemachten Eierlikör aus Sylter Eiern.

Das Konzept ging voll auf und hatte ungeahnten Erfolg: Die neue Qualität der Hafenklausenküche sprach sich herum wie ein Lauffeuer, und bereits nach drei Tagen standen die Gäste abends Schlange. Zum Glück war Nele stets gut vorbereitet, und da es nur zwei Gerichte gab, hatte sie keine Mühe, die Bestellflut abzuarbeiten.

Kanita dagegen rannte sich die Hacken ab, und Tarik musste Überstunden an der Spüle schieben.

Greta war glücklich, bediente den Tresen, zapfte Bier und betrachtete in den Bestellpausen ungläubig die unverhoffte Wiederbelebung ihrer geliebten Gaststätte. An einem Gläschen Eierlikör nippend, von einem Sessel aus, den sie sich in die hinterste Ecke des Gärtchens gestellt hatte.

Schnell spielte sich für Nele ein neuer Tagesrhythmus ein: Morgens ging sie einkaufen, erstellte je nach Angebot die Gerichte des Tages, bereitete sie vor und ging danach am FKK-Strand eine Runde nackt schwimmen.

Ab 13 Uhr stand sie in der Küche, bereitete die Gerichte vor und zauberte ab 17 Uhr die Bestellungen auf die Teller.

Sabine und Günther schauten ein paarmal vorbei, hatten aber nur Augen und Ohren füreinander – und enttäuschenderweise nicht für Neles Kreationen.

»Großartig«, befand Günther, ohne überhaupt probiert zu haben, und auch Sabine murmelte: »Formidable!« Nach diesen Statements knutschten sie weiter, als ob es kein Morgen gäbe.

Rita dagegen, die die Fastenkur ebenfalls abgebrochen hatte, wurde Stammgast. Nele bemühte sich, sie in eine der hinteren Gartenecken zu setzen, da sie leider auch wieder ihr furchtbares Parfum trug.

Die Woche verging wie im Flug, und Nele hatte abends, wenn sie erschöpft in ihr Hotelbett fiel, nicht die geringste Kapazität mehr, sich einsam zu fühlen. Erstaunlicherweise fragte sie sich nicht einmal, was die ganze Arbeit eigentlich mit Urlaub, Erholung und Entspannung zu tun hatte – denn sie war glücklich! So glücklich wie seit Jahren nicht mehr! Es war, als hätte sie endlich ihre Berufung gefunden.

Der Song »Startschuss« von Anna Loos passte zu ihrer Gefühlslage wie die Faust aufs Auge:

Sind nicht die größten Wunder auf Schnapsideen gebaut?
Obwohl man am Anfang nicht mal selber dran glaubt ...

Das Kochen und Erfinden von neuen kulinarischen Kreationen machte ihr solchen Spaß, dass ihr simple Erholung dagegen vollkommen unwichtig erschien.

Am letzten Abend hatte sie deshalb einen Kloß im Hals und einen Knoten im Magen. Morgen würde es zurück nach Hamburg gehen, zurück in ihr altes Leben. Der Gedanke erschien Nele vollkommen absurd. Absolut unvorstellbar. In den zwei Wochen hier auf Sylt war so viel passiert wie in den letzten zehn Jahren nicht mehr. Sie war bei Monopoly quasi über »Los« gegangen – wie sollte sie denn jetzt den Sprung zurück schaffen?

Auch Greta schien traurig. Den ganzen Tag schon schlurfte sie mit krummem Rücken in ihren alten Pantoffeln durch die Gaststätte und schien tief in schwere Gedanken versunken.

»Setz dich doch mal zu mir, min Deern«, bat sie Nele zu sich an einen Tisch im Garten, nachdem um 22 Uhr die letzten Gäste gegangen waren. »Wir müssen mal schnacken!«

Nele, die gerade schweren Herzens ihr letztes Feierabendbier trank, setzte sich zu der alten Frau an den Tisch.

»Ich hab mal so ein büsch'n über dich nachgedacht ...«, begann Greta und schob ihr Eierlikörglas nervös auf der Tischplatte herum.

»Hm?«, machte Nele.

»Du warst doch hier zur Fastenkur und wolltest abnehmen, oder?«

»Genau!«

»... und warst mit deinem Leben in Hamburg nicht besonders glücklich?«

»Ja, auch richtig.«

»Ich glaube, das lag daran, dass du dich unbeweglich gemacht hast. Du hast deinen Radius zu sehr verkleinert, und das hat dich mehr und mehr frustriert – und deshalb hast du mehr und mehr gegessen!«

Huch? Was war denn jetzt los? Hatte Nele etwas verpasst? War Greta zwischenzeitlich zur Therapeutin mutiert?

»Das viele Essen war eine Ersatzbefriedigung«, nickte Greta ihre Theorie selbst ab.

»Hol dir doch lieber mal die richtige Befriedigung«, rief sie. »Geh wieder raus! Zeig dich! Nimm am Leben teil! Wage etwas!«

Greta redete sich richtig in Rage. Ihr Kopf war schon ganz rot. Der Energie nach zu urteilen, die sie für ihre kleine Rede gerade aufbrachte, war es ihr offenbar sehr wichtig, dass ihre Worte bei Nele ankamen.

»Und was genau soll ich deiner Meinung nach wagen?«, erkundigte Nele sich halb beleidigt und halb amüsiert.

»Nun«, grinste Greta listig. »Du könntest zum Beispiel die ›Hafenklause‹ übernehmen!«

Nele fiel fast ihr Bierglas aus der Hand. »Waaas??«, schrie sie.

»Ich verkaufe dir die Gaststätte und die Wohnung für kleines Geld«, schlug Greta vor. »Da gehst du kein Risiko ein! Auf Sylt explodieren schon lange die Immobilienpreise.«

»Und dann?«

»Dann ziehst du her, übernimmst das Restaurant, hauchst ihm wieder Leben und Größe ein – und ich ziehe zum Neffen meines verstorbenen Mannes nach Münster. Der hat da einen großen Bauernhof.«

Nele exte den Rest ihres Bieres und verschluckte sich daran.

»Ich habe im Grunde nur auf jemanden wie dich gewartet, um die Gaststätte guten Gewissens weitergeben und mich endlich zur Ruhe setzen zu können«, erklärte Greta, nachdem sich Neles Hustenanfall gelegt hatte.

»Du hättest ruhig schon etwas früher auftauchen können«, lächelte sie. »Es wurde höchste Zeit!«

- 27 -

»Sylt? Für 200.000 Euro? Wie haben Sie das denn geschafft?«

Neles Bankberater, der sonst stets so seriöse Herr Perschke, rang sichtlich um Fassung. Seit zehn Minuten saßen sie in seinem kleinen Büro in Neles Bankfiliale am Eppendorfer Weg, und Herrn Perschke war soeben der Schweiß ausgebrochen. Hektisch öffnete er das Fenster zur Straße, um Luft hereinzulassen.

»Das ist gar kein Problem, Frau Rickmers«, sagte er, als er sich wieder Nele gegenübersetzte. »Der Zinssatz ist zudem gerade sehr günstig. Da können Sie gar nichts falsch machen!«

Es war tatsächlich erstaunlich unkompliziert: Für den Kauf von Gretas Immobilie bekam Nele sofort einen Kredit. Sylt schien für die Banker ein Zauberwort zu sein, und außerdem hatte sie ja einen festen Arbeitsvertrag vorzuweisen. Noch!

Es war sehr merkwürdig gewesen, vor ein paar Tagen in Altona wieder aus der Bahn zu steigen. Hamburg, ihre geliebte Heimatstadt, kam ihr plötzlich fremd vor, denn sie war in den vergangenen zwei Wochen ein anderer Mensch geworden – ein Mensch mit einem Plan und einem Beruf, der eine Berufung war. Ein Mensch, der seine einzigartigen Stärken erkannt hatte – und nun endlich nutzte.

Sie hatte die Asse schon immer in der Hand gehabt – sie hatte sie nur nie gespielt!

Noch am selben Abend hatte sie Gretas Angebot angenommen (dafür musste sie nicht lange überlegen) und war dementsprechend euphorisch von Sylt abgereist. Sie wusste ja, dass sie ganz bald wiederkommen würde – und dann für immer.

Alles, was nicht sofort und hundertprozentig »Ja« ist, ist ein Nein, hieß es doch. Und Gretas Angebot war für Nele ein kristallklares Ja gewesen – sofort und aus vollem Herzen.

Sie fühlte einen kurzen Schmerz, als sie ihre Wohnung und ihren Job kündigte und ihr altes Leben damit hinter sich ließ. Aber seltsamerweise ging alles schnell und reibungslos: Aus dem Mietvertrag durfte sie früher raus, weil die potenziellen neuen Mieter aufgrund der begehrten Wohnlage bereits Schlange standen, und auch ihr Chef, Alexander von Reutlingen, stellte sie gegen Beendigung der Lohnzahlung sofort frei, weil er ihren Plan »so fantastisch« fand. Seine Familie besaß schon lange ein Haus auf Sylt, und er versprach, »auf jeden Fall« beim nächsten Aufenthalt bei Nele »vorbeizuschauen«.

Der Umzug selbst gestaltete sich einfacher als gedacht, da Nele erstens viel entsorgte (die Hörnumer Wohnung war ja klein, und sie brauchte den ganzen Kram nicht mehr) oder an Freunde und Kollegen verschenkte – und zweitens ein professionelles Umzugsunternehmen engagierte, das sogar ihre Kartons sinnvoll packte. Dieses Goodie hatte sie in weiser Voraussicht bei den Gesamtkosten mit eingeplant und sich einfach mal gegönnt.

Zusätzlich zum Kaufpreis hatte sie noch 80.000 Euro mehr aufgenommen – als Startkapital, zum Kauf eines Firmenwagens, zur Renovierung und als Reserve.

Als Firmenwagen kaufte sie einen gebrauchten orangen Bulli, auf den sie den nostalgischen »Hafenklause«-Schriftzug malen ließ und mit dem sie in Zukunft vielleicht auch mal Snacks auf den Strandparkplätzen verkaufen wollte.

In zwei Monaten würde er von Marcel, Oles genialem Berliner Schrauber, auf E-Antrieb umgerüstet werden.

Und schließlich kam der Morgen, an dem sie sich mit Mausi-Maus und der zähen Hilde, die tatsächlich überlebt hatte, in den Bulli setzte, ein letztes Mal ihrer alten Wohnung und damit ihrem alten Leben zuwinkte – und auf der A 23 in ihre neue Zukunft knatterte.

Die Sonne schien, Hilde nickte ihr auf dem Armaturenbrett freundlich zu und wiegte stolz ihre glänzenden grünen Blätter. Nur Mausi-Maus randalierte in ihrem Körbchen, da es ihr nicht besonders lag, transportiert zu werden.

Am frühen Nachmittag kam Nele in der »Hafenklause« an und wurde von Greta herzlich und sehr lange in den Arm genommen. »Meine Süße! Ich freu mich so«, weinte sie, und Nele ging das Herz auf.

Endlich aus ihrem Transportgefängnis entlassen, stromerte Mausi-Maus erst zögerlich, aber dann immer begeisterter durch ihr neues Revier, in dem sie künftig nicht nur Mäuse – sondern am Hafen sogar auch Fische fangen könnte. Endlich kam das arme Tier mal aus seinen vier Wänden heraus, dachte Nele und streichelte gerührt über das graue Fell.

Hilde bekam ein schönes Plätzchen im Garten, in dem Nele Gemüse und Kräuter anbauen wollte – inspiriert von Meike Winnemuths wundervollem Gartenbuch.

Voller Elan und Tatendrang widmete sie sich zunächst der Gestaltung des Restaurants: Mithilfe von Handwerkern und Malern, deren Nummern sie als Geheimtipps von Günther, Yannick und Krabben-Dieter bekam, ließ sie die bröckelnde Fassade grau streichen – und den »Hafenklause«-Schriftzug in Orange hervorheben.

Die Inneneinrichtung wollte sie erst mal so belassen, malte aber die Holzbänke und Tische und die düstere Vertäfelung weiß und lila an und legte weiße und braune Schaffelle auf die Polster, um deren grauenhaftes Muster, das stark an Erbrochenes erinnerte, zu verdecken.

Die staubigen Vorhänge und die vergilbten Tüllgardinen landeten im Müll, sodass endlich wieder Licht den Raum flutete.

Den Holzfußboden, der aus wunderschönen alten Eichenplanken bestand, ließ sie abschleifen und versiegeln. Der alte Tresen wurde ebenfalls abgeschliffen und mit stylishen Barhockern gepimpt.

An die Wand malte sie als Wandtattoo ihr Lieblingszitat von Günter Grass: »Es gibt nur ein Vergnügen, das größer ist als die Freude, gut zu essen: das Vergnügen, gut zu kochen!«

Für den vorderen Garten kaufte sie neue Tische, Stühle und Sonnenschirme und ließ eine Holzterrasse mit eingelassenen Lichtern bauen. Dazwischen platzierte sie neue Loungemöbel als Chill-out-Zonen zum Sonnenuntergang-gucken.

In die umgrenzenden Bäume hängte sie bunte Girlanden, Lichterketten und Lampions, auf den Tischen und in der Chill-out-Zone stellte sie Windlichter und Kerzen auf. Kleine, an die Hauswand montierte Außenlautsprecher, aus denen entspannte Jack-Johnson-Klänge tönten, komplettierten das Setting. Schon von Weitem sah das Restaurant dadurch einmalig einladend und gemütlich aus.

In der Küche modernisierte sie ein paar Geräte und ließ die Speisekammer zu einem geräumigen Kühlraum umbauen.

Die Elektrik wurde komplett erneuert, indirektes Licht im Gastraum installiert und WLAN gelegt.

Ihre Schwestern Merle und Rike reisten nacheinander an und halfen ihr abwechselnd bei den Renovierungs- und Einrichtungsarbeiten.

Nachdem sie die Umgestaltung des Restaurants im Griff hatte, ließ Nele die kleine Wohnung renovieren und richtete sie äußerst minimalistisch mit einer Lounge von Ikea und einem großen Flachbildfernseher im Wohnzimmer sowie einem »2 x 2 Meter«-Bett im Schlafzimmer ein.

Sie genoss die klare Linie und die spärliche Möblierung sehr, denn sie hatte das Gefühl, sich auch in Bezug auf ihre Einrichtung lange genug vollgestopft zu haben. Nicht nur in puncto Ernährung, sondern auch hier schien ihr weniger eindeutig mehr.

Das Wohnzimmer besaß einen entzückenden Balkon

mit Blick über Hafen und Strand, und von ihrem Schlafzimmerfenster aus hörte sie nachts die Wellen branden und die Kiefern rauschen – wenn Mausi-Maus nicht gerade zufrieden auf ihrem Bauch schnurrte und dadurch alles übertönte.

Ihre neue Regel, mindestens einmal pro Tag ins Meer zu springen und annähernd 10.000 Schritte zu laufen, behielt sie eisern bei, weil es ihr einfach guttat, in Bewegung zu bleiben – in jeder Hinsicht. Sie würde zwar vermutlich nie eine Bohnenstange sein, doch natürlich war es gesünder, nicht wieder allzu dick zu werden.

Auf ihren Einkaufstouren und Spaziergängen in Hörnum liefen Nele manchmal hungernde Seemöwler über den Weg. Nele lächelte ihnen stets freundlich und aufmunternd zu und fragte sich, ob auch deren Leben sich so wundervoll ändern würde wie ihr eigenes.

Ende August war die Umgestaltung von Restaurant und Wohnung abgeschlossen, und Nele stellte Kanita, Tarik sowie eine weitere Küchenhilfe und eine weitere Bedienung ein.

Sabine überlegte, ihren Job beim Theater an den Nagel zu hängen und sich stattdessen hinter den Tresen zu stellen. Dann wäre sie auch näher bei Günther. Sie hatte sich aber noch etwas Bedenkzeit erbeten, da sie mit Köln »so verwachsen« war und zudem noch ein bisschen unsicher, wie weit ihre Liebe zu Günther wirklich trug.

Zur Eröffnungsfeier kam halb Hörnum. Krabben-Dieter betrank sich fürchterlich und machte Nele ununterbrochen lallende Komplimente, Jamal und Tarik lieferten sich ein atemberaubendes Dance-Battle, Ariane und Yannick verschmolzen im Engtanz. »Sie hat eine sehr wunde Seele, und ich habe deutlich den inneren Auftrag gespürt, ihre Narben zu heilen«, verriet Yannick Nele. Ariane himmelte ihn mit Sternchenaugen an und küsste ihn stolz. Liebe machte Menschen irgendwie zu Idioten, befand Nele schmunzelnd. Greta beobachtete das Getümmel in ihrer wiederbelebten Gaststätte sichtlich stolz.

Auch einige neu eingetroffene Fastende der »Seemöwe« erschienen – und natürlich Sabine, Günther, Jamal, Ole und Chris.

Nun konnte es losgehen! Nele wollte ihr Konzept (tagesfrische Zutaten, möglichst von Sylt) beibehalten, erweiterte es aber auf drei Gerichte pro Tag.

Als Dessert bot sie die »Sölring Iskreem« der Hörnumer Familie Lund an, die ausschließlich mit natürlichen und ebenfalls möglichst einheimischen Zutaten hergestellt wurde. Die Sorten Sylter Rose/Schmand (während der Rosensaison), Meersalz-Karamell, Sylter Erdbeere, Birne-Schoko, Orange-Zartbitter, Sylter Rhabarber oder Kaffee-Sesam-Pistazienkrokant ließen nicht nur Nele das Wasser im Mund zusammenlaufen.

Alternativ offerierte Nele die köstlichen Trüffelpralinen und Schokokreationen der Sylter Schokoladenmanufaktur aus Tinnum.

Dazu servierte sie altmodischen Filterkaffee, eine spezielle »Hafenklause«-Mischung aus in der Rantumer »Kaffeerösterei Sylt« gebrannten Bohnen.

Außerdem erstellte sie eine exklusive Weinkarte und ließ sich dafür Weine ihrer Lieblingswinzer liefern.

Soja-, Chili- und Teriyakisoßen, Gewürze wie Kaffirlimettenblätter oder Thai-Basilikum, Trüffelpasten, Öle und spezielle Zutaten wie gefrorene Artischockenböden wählte sie online bei diversen Delikatessen- oder Asia-Shops aus und ließ sie sich schicken.

Sie probierte verschiedene Geschmacksrichtungen, Zutaten, Kombinationen und kreierte Multi-Kulti-Gerichte aus altdeutscher, asiatischer, orientalischer und vegetarischer Küche. Sie liebte es, die Zutaten mehr und mehr zu verfeinern. Statt gewöhnlichem Pfeffer verwendete sie den höchst aromatischen indischen Tellicherry-Pfeffer, statt Salz das Sylter Meersalz. Wie ein Maler, der immer feinere Pinsel verwendet und dessen Werke sich dadurch immer mehr herauskristallisieren. Aber sie merkte: Weniger war oft mehr! Wie bei Songs, die schnell von zu vielen Instrumenten überfrachtet werden, stellte sie fest, dass zu viele Aromen ein Gericht schnell killen konnten. Sie reduzierte also und versuchte stattdessen, den geschmacklichen Charakter der Grundzutaten an sich hervorzuheben und diese so qualitativ hochwertig wie möglich einzukaufen.

Eine qualitativ hochwertige Grundzutat pro Gericht sollte, wie bei einem Konzert oder einem Theaterstück, den Solopart haben, also die Hauptrolle spielen. Alle anderen Zutaten und Gewürze waren Nebendarsteller, die nur dazu dienten, den »Star« hervorzuheben und zum Strahlen zu bringen.

Die Möglichkeiten waren unendlich, und Nele bekam endlich Reaktionen auf die Kreationen, die sie in Hamburg sonst immer nur alleine gegessen hatte. Ohne es wirklich beabsichtigt zu haben, verzichtete sie mehr und mehr auf Fleisch und Fisch und bot überwiegend vegetarische Gerichte an:

»Brennnesselknödel mit knusprigem Honig-Fenchel und geräucherter Sylter Paprika-Ziegenkäse-Creme«

»Austernpilzsteak mit gegrilltem Sylter Gemüse und Kräuterquark-Dip«

»Orientalisches Seitan-Gulasch mit Kichererbsen und Süßkartoffeln, Gurkenrelish und Fladenbrotknödel«

»Gegrillte Bio-Avocado mit Knieper-Ragout und zitronigem Fette-Henne-Salat«

»Cordon bleu vom Kohlrabi mit Trüffelbutter und krossen Süßkartoffelpommes«

»Pikantes Chili-Lammpilaw mit Mandeln und Rosinen, gebackenen Auberginen und Knoblauchjoghurt«

»In Knoblauch-Petersilien-Zitronen-Marinade gegrillter Nordsee-Oktopus, gefüllt mit Knieper und gebackenen Miesmuscheln, dazu selbst gemachte Aioli«

»Holunderblütenpfannkuchen mit Rosmarin, Speck und Sahne«

»Kamut-Spaghetti mit Avocadocreme, rohen Zwiebel- und Tomatenwürfeln, Koriander und gegrilltem Galloway-Rinderfilet«

»Grünkernsalat mit Staudensellerie, Granatapfelkernen und Knoblauch-Piment-Dressing«

»Coq au Bio-Riesling vom Sylter Huhn mit Keitumer Gemüse«

Als Longdrink bzw. Cocktail offerierte Nele ihren Gästen einen Gin Basil Smash aus selbst angebautem Basilikum und Sylter Gin – sowie ihren selbst gemachten Eierlikör aus Sylter Eiern und Sylter Honig.

Den Tagesrhythmus ihrer damaligen Probewoche behielt Nele bei: Morgens ging sie einkaufen, entwarf die Speisekarte, bereitete die verschiedenen Gerichte vor, absolvierte danach einen strammen Nordic-Walking-Spaziergang zum FKK-Strand, schwamm eine Runde nackt und marschierte anschließend zur »Hafenklause« zurück.

Dann ging es in die Küche an die Arbeit.

Wenn die Bestellungen gegen 22:30 Uhr abgearbeitet und alle Gäste satt und zufrieden waren, ging Nele regelmäßig zu allen Tischen, fragte, ob alles recht war, und kam auf diese Weise mit vielen Gästen ins Gespräch, die ihr wiederum weitere Anregungen, Ideen und kulinarische Tipps gaben.

Die »Hafenklause« wurde zum Inselgespräch. In den Internetbewertungsportalen hagelte es jede Menge euphorischer Rezensionen. Die *Sylter Rundschau* brachte einen ganzseitigen Artikel, der voll des Lobes war – und sogar Miriam Moss, die eines Abends zufällig in den Laden stolperte, pries die »Hafenklause« danach auf ihrem Instagram-Account.

Auch ihr ehemaliger Chef, Alexander von Reutlingen, hielt sein Versprechen, schaute vorbei, war schwer begeistert und bewarb die »Hafenklause« daraufhin als Sylter Geheimtipp auf der Firmenwebsite, die täglich immerhin über 100 Besucher hatte.

Das Restaurant war meist schon mittags für den Abend

ausgebucht, und Nele stieg rasant zum neuen kulinarischen Stern auf Sylt auf.

In dem Nebenraum, der als Abstellkammer genutzt worden war, realisierte sie ihre zweite Geschäftsidee und eröffnete die Boutique »Chose ronde« (französisch für »runde Sache«), in der die bunten, lebensfrohen Gewänder von Alika, Jamals Schwester, angeboten wurden – auf Wunsch auch maßgeschneidert.

Alika reiste regelmäßig aus Paris an und brachte einen Schwung neuer Kleider mit. Eine Freundin von ihr managte den Laden auf Shop-in-Shop-Basis. Die Frauen zahlten Nele eine kleine Miete und waren für den Erfolg ihrer Boutique selbst verantwortlich. Doch die lief erstaunlich gut, und das Angebot wurde schon bald auf Onlineversand ausgeweitet.

»Rundum glücklich – Essen und Mode« nannte Nele ihr Unternehmen – bei den nötigen Behördengängen für die Genehmigungen, Arbeitserlaubnisse und Zulassungen hatten ihr Günther und Jamal geholfen.

- 28 -

Es war ein ungewöhnlich warmer Abend Anfang Oktober, als Nele sich nach Feierabend mit einem Glas Wein in den Garten setzte. Nur noch ein paar vereinzelte Gäste saßen an den Tischen und tranken ihre Gläser aus.

Nele nahm einen Schluck Sauvignon blanc, schmeckte dem stachelbeerigen Geschmack nach, schaute in den Sternenhimmel und ließ sich von dem Glücksgefühl durchströmen, das sie nach getaner Arbeit stets flutete, wenn alle Gäste zufrieden und satt waren und sich die Ruhe nach dem (An-)Sturm einstellte.

Sie legte die Füße hoch und schaute sich im Garten um, in dem die Kerzen orangefarbenes Licht verströmten. Die Wellen rauschten von ferne, ein paar Grillen zirpten – und in Neles Blickfeld stellte sich plötzlich ein wohlbekanntes Profil scharf: War das nicht Adil, der da an einem Tisch ganz in der Ecke saß? Ja, eindeutig! Dieses schöne Gesicht war unverwechselbar!

Nele sackte das Blut in die Beine. Wie hypnotisiert stand sie auf und ging mit ihrem Weinglas zu seinem Platz. Das Glas zitterte in ihrer Hand.

Genau in dem Moment, als Nele an seinen Tisch trat, schaute Adil auf – und lächelte sie an.

»Adil? Was machst du denn hier?«, fragte sie entgeistert.

Er lachte. »Das ist nicht so einfach zu erklären, Nele!«

»Setz dich doch!«, sagte er, stand auf und rückte ihr einen Stuhl zurecht.

Nele setzte sich.

»Also?«, fragte sie. »Schieß los!«

»Um es kurz zu machen«, begann Adil nervös und drehte an seinem Untersetzer.

»Es ist so ...« Verlegen ließ er seinen Blick durch den Garten streifen.

»Ich konnte dich einfach nicht vergessen, Nele!«, brach es plötzlich aus ihm heraus, und er schaute ihr direkt in die Augen.

»Huch?« Adils Blick ging Nele durch und durch, schoss ihr direkt in den Bauch. Ihr brach der Schweiß aus, und ihr Puls raste.

»Du hast das strahlendste Lächeln und die spannendsten Augen, die ich je gesehen habe«, lächelte er und strich ganz leicht über ihre Hand, mit der sie so eisern ihr Weinglas umklammerte, als könne sie sich in dem Gefühlssturm, in dem sie sich befand, daran festhalten.

»Und auch die spannendste Figur«, setzte er nach. »Ich muss einfach wissen, was das mit dir ist – deshalb bin ich hier.«

Zack! Das saß! Nele nahm erst mal einen tiefen Schluck Wein und verschluckte sich fast dabei.

Der will nur, dass ich ihn heirate, damit er eine Aufenthaltsgenehmigung bekommt, schoss es ihr durch den Kopf. Es konnte doch gar nicht sein, dass ein Mann tatsächlich so etwas zu ihr sagte – und auch wirklich meinte. Erst recht nicht so ein schöner, gebildeter Mann wie Adil. Hochkaräter interessierten sich in der Regel nicht besonders für einfache Backsteine ...

»Hast du gar keine Familie in Syrien? Frau? Kinder?«, tastete Nele sich heran.

»Ich bin geschieden und habe keine Kinder.« Sein Blick wurde traurig, die Mundwinkel fielen herunter. »Leider. Meine Ex-Frau konnte keine bekommen.«

»Und wie ist es so in Freiburg?«, lenkte Nele ab.

»Gut«, strahlte er plötzlich und war dadurch offenbar wieder aus seiner Erinnerung gerissen. »Mein Asylantrag wurde genehmigt!«

»Oh«, sagte Nele. »Und was bedeutet das?«

»Das bedeutet zum Beispiel, dass ich jetzt hier auf Sylt eine Tierarztpraxis eröffnen kann«, grinste Adil. Seine Augen blitzten.

»Hm«, machte Nele. Also brauchte er sie gar nicht zu heiraten, um in Deutschland bleiben zu können. Seltsam.

»Wie schön«, krächzte sie. »Das freut mich!« Ihr Hals fühlte sich trocken an. Das glänzende Begehren in Adils Augen irritierte sie mehr und mehr.

Er schien ihre Nervosität zu bemerken und lächelte sie so verschmitzt an, dass ihr Unterleib in hellen Aufruhr geriet. Ihr wurde heiß, heiß, heiß!

»Und warum kommst du jetzt erst zu mir?«, entfuhr es ihr. »Warum hast du so lange gewartet?«

»Ich durfte Freiburg vor Genehmigung meines Asylantrages nicht verlassen«, erklärte Adil. »Seit gestern ist er durch, und ich habe mich sofort in die Bahn gesetzt.«

»Aber warum hast du nicht geschrieben – oder angerufen?« Nele fühlte sich zutiefst verunsichert.

»Weil das nie dasselbe ist, wie sich persönlich gegenüberzustehen«, sagte er, löste zärtlich ihre Hand vom Weinglas und nahm sie in seine.

Nele schaute ihn mit großen Augen an. Sprachlos.

»Wir haben uns ja nur ein paar Stunden gesehen, bevor ich nach Freiburg abgereist bin«, erklärte er. »Ich habe zwar deutlich etwas für dich gefühlt, aber ich wollte lieber von Angesicht zu Angesicht überprüfen, ob mein Gefühl auch stimmt.«

»Und? Stimmt es?«, krächzte Nele.

Statt zu antworten, lächelte Adil sie an. »Was denkst du? Wonach sieht es aus?«

Nele senkte beschämt den Blick.

»Aber«, stotterte Nele hilflos. »Ich hatte eine schwierige Kindheit, habe jede Menge Neurosen und dazu noch einen bedenklichen BMI – und bin nur von Weitem einfach im Umgang!«

»Ich freu mich drauf!«, lachte Adil.

Und dann ging plötzlich alles ganz schnell: Mit einer einzigen Bewegung und erstaunlicher Kraft zog er ihren Stuhl zu sich heran, nahm ihr Gesicht zart in beide Hände – und küsste sie!

Offenbar hatte er nicht eine Sekunde länger damit warten können.

Es war ein fantastischer Kuss! Ein Kuss, wie man ihn in Filmen sieht, aber selten selbst erlebte. Warm, weich, samtig, zärtlich, heiß, leidenschaftlich, lecker! Ein Kuss für Genießer und Liebeskünstler.

Ein Kuss tief aus dem Herzen.

- 29 -

»Listen to my hands«, flüsterte Adil, während er Neles Brust streichelte. Und seine Hände sprachen wirklich zu ihr: Er ließ sich lustvoll viel Zeit, jeden Millimeter ihres Körpers zu erforschen und zu erkunden.

»Meine warme, weiche Frau!«, flüsterte er glücklich strahlend. »Alles meins!«

Es schien tatsächlich so, als ob er jeden Quadratzentimeter ihrer Formen liebte. Nele hatte sich noch nie so rundum angenommen gefühlt und so ehrlich und glaubhaft begehrt.

Und ja, sie fühlte sich schön! Weiblich. Ihre weichen Formen bildeten das perfekte Pendant zu seinen männlich-harten Muskeln. Yin und Yang, Schwarz und Weiß. Die ideale Ergänzung – so musste es sein. Es war absolut stimmig.

Was für ein Wahnsinnsgefühl, ihr Selbstbewusstsein würde ins Unermessliche steigen.

»Happy wife, happy life«, grinste Adil, als sie ein paar Stunden später nackt und verschwitzt nebeneinanderlagen und dem Kiefernrauschen zuhörten.

»Komm, wir gehen raus!«, rief Nele plötzlich, wickelte sich die Bettdecke um und öffnete die Balkontür. Nackt aneinandergekuschelt und in die warmen Bettdecken gehüllt, saßen sie auf Neles kleinem Balkonsofa und schauten in den Sternenhimmel, an dem gerade das erste zarte Morgenrot aufleuchtete.

Wie anders ihr Leben doch jetzt war – und wie viel schöner als noch vor ein paar Monaten, dachte Nele. Sie hatte eine Aufgabe, die sie vollkommen erfüllte, sie war frisch verliebt – und sie durfte auf diesem traumhaften Fleckchen Erde leben.

Nicht die Liebe von jemand anderem – die Liebe zu sich selbst hatte ihr gefehlt! Die war der Schlüssel, vollkommen unabhängig von ihren Körpermaßen.

Und jetzt war noch eine Liebe dazugekommen – sozusagen als Geschenk: die Liebe von Adil!

Überglücklich nahm sie einen Schluck Wein.

Und das Erstaunliche war: Sie hatte bereits sieben Kilo abgenommen.

Einfach so.

- Ende -

Neles fünf Lieblingsrezepte (jeweils für 4 Personen):

Gurken-Lammcurry

Zutaten:

600–800 g Lammlachs
2 Knoblauchzehen
1 Zwiebel
1 daumengroßes Stück frischer Ingwer
3 EL Butter
2 Lorbeerblätter
3 TL Currypulver
1 TL gemahlener Koriander
½ TL Chilipulver
400 ml Lammfond
1 EL Brühepulver
1 Salatgurke
150 g Sahnejoghurt
4 EL Sahne
1 Lauchzwiebel
der weiße Schaft einer Stange Porree
1 TL Agavensirup
Salz, schwarzer Pfeffer nach Geschmack

Zubereitung:

Fleisch in ca. 3 cm lange, dünne Streifen schneiden. Knoblauch und Zwiebel würfeln. Ingwer schälen und klein hacken.

Butter in Teflonpfanne geben und erhitzen, Knoblauch, Zwiebel und Ingwer hinzufügen und ca. 3 Minuten braten. Lorbeerblätter, Currypulver und Koriander zugeben und bei kleiner Hitze ca. 3 Minuten weiterbraten.

Fleisch dazugeben und ca. 10 Minuten braten.

Salz, schwarzer Pfeffer, Brühepulver und Chilipulver hinzufügen, Lammfond zugießen und bei kleiner Hitze 20 Minuten schmoren.

Gurke schälen, längs vierteln und Kerne mit einem Teelöffel herausschaben. Gurke in ca. 1 cm große Stücke schneiden.

Porree und Lauchzwiebel abspülen und in Ringe schneiden.

Gurkenstücke, Porree- und Lauchzwiebelringe zum Fleisch geben und zugedeckt ca. 5 Minuten köcheln lassen.

Zum Schluss Joghurt und Sahne unterrühren und mit Agavensirup und Salz abschmecken.

Als Beilage parboiled Langkornreis servieren.

Nordsee-Oktopus, gefüllt mit Spinat und Krabben

Zutaten:

4 kochfertig ausgenommene Oktopus-Tuben
2 Knoblauchzehen
2 TL gehackte Petersilie (tiefgekühlt geht auch)
½ Zitrone (Saft)
4 EL Olivenöl
½ Packung TK-Blattspinat
200 g Nordseekrabben
2 EL Butter
1 Spritzer Agavensirup (alternativ ½ TL Zucker)
Pfeffer und Salz

Zubereitung:

Öl in eine größere Schüssel geben und mit den gepressten Knoblauchzehen, Salz, Pfeffer, Zitronensaft, einem Spritzer Agavensirup und der Petersilie vermischen. Oktopus-Tuben spülen, abtrocknen und in der Schüssel mit der Marinade vermischen.

Schüssel abdecken und Inhalt eine Stunde ziehen lassen.

Butter in eine Pfanne geben, eine Knoblauchzehe klein schneiden und hineingeben. Spinat hinzufügen, salzen und bei kleiner Flamme köcheln, bis der Spinat erwärmt ist.

Olivenöl in einer Pfanne erhitzen und Oktopus-Tuben von jeder Seite je zwei Minuten braten.

Spinat mit Krabben vermengen. Oktopus aus der Pfanne nehmen und mit der Mischung befüllen. Mit dem Bratöl übergießen.

Als Beilage Salzkartoffeln oder Baguette servieren.

Holunderblütenpfannkuchen mit Speckstreifen und Rosmarinsahne

Zutaten:

4 große Holunderblüten (gibt es leider nur im Mai/Juni – evtl. auch tiefgefroren)
200 ml Milch
2 Eier
100 g Mehl
8 Streifen magerer Frühstücksspeck
1 EL Öl
2 Zweige Rosmarin
100 ml Sahne
Salz
1 Spritzer Agavensirup

Zubereitung:

Rosmarin vom Zweig pflücken, im Mixer klein hacken und mit Sahne, etwas Salz und einem Spritzer Agavensirup vermengen.

Milch, Eier und Mehl mit einem Pürierstab klümpchenfrei in einer Schüssel verrühren.

Öl und Speckstreifen in eine Pfanne geben und durchbraten, bis die Speckstreifen braun und kross sind.

Speckstreifen herausnehmen und auf Küchenpapier abtropfen lassen.

Teig in vier gleich große Portionen aufteilen, nacheinander mit etwas Öl in die Speckpfanne geben und jeweils eine Holunderblüte in den Teig pressen.

Durchbraten, bis der Teig hellbraun ist.

Jeweils auf einen Teller geben, mit zwei Speckstreifen belegen und zwei EL der Rosmarin-Sahnemischung darübergeben.

Kamut-Spaghetti mit Avocadocreme, rohen Zwiebel-Tomaten-Würfeln, Koriander und gegrilltem Galloway-Rinderfilet

Zutaten:

700 g Galloway-Rinderfilet (normales geht auch)
1 Packung Kamut-Spaghetti (Hartweizen geht auch)
½ Glas getrocknete Tomaten in Marinade
300 g aromatische Cherrytomaten
1 rote Zwiebel
1 Knoblauchzehe
2–3 Stiele Basilikum
4 Zweige Koriander
2 EL Tomatenrelish
5 EL Olivenöl
4 EL Zitronensaft
1 reife Avocado
2 EL Crème fraîche
2 EL Chilisoße (z. B. Sriracha)
2 EL Sojasoße
Salz, geschroteter Pfeffer

Zubereitung:

Getrocknete Tomaten auf Küchenpapier abtropfen lassen, frische Tomaten waschen und zusammen mit den getrockneten Tomaten in feine Würfel schneiden. Zwiebel und Knoblauch schälen, Basilikumblätter abzupfen – alles fein hacken. Relish und Olivenöl verrühren, mit Tomatenwürfeln, Zwiebeln, Knoblauch und Basilikum vermischen und mit Salz, Pfeffer und Zitronensaft abschmecken.

Avocado halbieren, Fruchtfleisch mit einem Löffel herauslösen und anschließend mit einer Gabel in einer kleinen Schüssel mit Schmand, Zitronensaft, abgezupften und klein gehackten Korianderblättern, Pfeffer und Salz vermischen.

Kamut-Spaghetti bissfest kochen und 3 EL Nudelwasser aufbewahren.

Filet in dünne Scheiben schneiden und in der Pfanne ca. 4 Minuten unter Wenden medium braten. Chili- und Sojasoße vermischen und über die Filetscheiben träufeln.

Avocadocreme mit 3 EL Nudelwasser verrühren und mit den Spaghetti vermischen. Je eine Portion auf einen Teller geben, ein bis zwei Steaks darüberlegen und mit einem Topping von 3–4 EL Tomatentatar versehen.

Grünkernsalat mit Staudensellerie und Granatapfelkernen, Knoblauch-Piment-Dressing und geräucherter Paprika-Ziegenfrischkäse-Creme

Zutaten:

200 g Kochgrünkern (alternativ Dinkel)
6 Stangen Staudensellerie
60 ml Olivenöl
3 EL Sherryessig
2 gepresste Knoblauchzehen
1 TL gemahlener Piment
1 TL geräuchertes Paprikapulver
3 EL gehackter Dill
3 EL gehackte Petersilie
300 g Granatapfelkerne
Salz
Pfeffer
1 Packung Ziegenfrischkäse
1 Spritzer Limettensaft

Zubereitung:

Die Blätter von den Selleriestangen abzupfen und beiseitelegen, Stangen klein würfeln.

Grünkern nach Packungsanleitung bissfest kochen, abgießen und in eine große Schüssel geben.

Noch warm mit dem Sellerie, Olivenöl, Essig, Knoblauch, Piment vermischen und mit Salz und Pfeffer abschmecken.

Abkühlen lassen.

Anschließend die Kräuter, die Sellerieblätter und die Granatapfelkerne untermischen.

Den Ziegenfrischkäse mit dem geräucherten Paprikapulver und dem Limettensaft verrühren und mit dem Salat servieren.

Danksagung

Ich danke ...

... meiner Mutter Gisela für ihre niemals endende Unterstützung und Liebe – und für die erfolgreiche Saat von sprudelnder Kreativität in unseren Kinderseelen.

... meinen Schwestern Julia und Lara für ihre Liebe.

... der »anderen« Claudia für Wärme, Wellness und Witze.

... meinem Vater Klaus für Stärke, das Nach-den-Sternen-Greifen« und seine Liebe.

... Lini-Bini für ständiges Entzücken und Dauergrinsen in meinem Gesicht. Kein Kind ist hübscher, smarter – und charmanter.

... meiner Cousine Kerstin für Lob und Lachen.

... meinen Tanten Frauke und Barbara dafür, dass sie meine geliebten Tanten sind.

... meiner geliebten Oma Annemarie.

... meinen Cousinen und Cousins Anja, Jan, Stefan und Nina und deren »besseren Hälften« Christian, Viola, Heike, Olli und Ingo – einfach fürs Da-Sein.

... meinen coolen Cousinen väterlicherseits: Juliane und Franziska.

... den zahlreichen Nichten und Neffen »um die Ecke« – Ben, Maria-Fee, Theresa, Antonia, Alena, Julian, Tom, Laurin und Julian No. 2 – genauso.

... Susanna für Freundschaft, Fairness, Großzügigkeit und Unterstützung.

... Veronika und Friedhelm für Freundschaft, Wärme, Respekt, Großzügigkeit, Humor – und ihr wundervolles Kind.

... meinen Schwestern Katharina, Alexandra und Friederike und deren Kinderhorden.

... meinen Freundinnen Karen, Nicole, Astrid, Julie, Constanze und Katja.

... Karina L. für kommende Bestseller. Wir sind ein Traum-Duo!

... der großartigen Regina Först, genialste Speakerin ever und Herzensfreundin.

... Meike Herrmann für Unterstützung und ihr tolles Coaching.

... Heinke Hager für mögliche Verfilmungen.

... allen anderen Mitarbeitern der Agentur Graf für ihr großartiges Management.

... Claudia Winkler vom Ullstein Verlag für die wie immer inspirierende und produktive Zusammenarbeit.

... Ingola Lammers wieder mal für das tolle Lektorat.

... meiner Anwältin Annette Kleine-Cosack und der Kanzlei Spangenberg und Sickmöller (www.spsls.de) für ihre stets äußerst kompetente und superprofessionelle Beratung in allen Rechtsfragen.

... Jörg Auf dem Hövel von Rock Lobster Webdesign (www.rocklobsterweb.de) für die geniale Gestaltung und perfekte Wartung meiner Website www.claudiathesenfitz.de.

... Marina und André vom Kino Nordlicht für ihr tolles, werbeunabhängiges Programm und ihre Freundlichkeit! www.kino-nordlicht.de

... Elke Wenning für die tollen Lesungen im Kursaal Hoch 3.

... Pauline, du geliebte Neufi-Welpin! Auch wenn James' Pfoten-Stapfen noch viel zu groß sind, springst du schon einmalig lebensfreudig darin herum!

... Sylt, einfach dafür, dass du da bist!